新しきイヴの受難

アンジェラ・カーター
望月節子訳

国書刊行会

THE PASSION OF NEW EVE

ANGELA CARTER

THE PASSION OF NEW EVE

by Angela Carter

最初の頃は、全世界がアメリカのような状態であった。

——ジョン・ロック〔『統治二論』加藤節訳〕

第一章

ロンドンで過ごした最後の夜、どっかの女を映画に連れてった。そいつに手伝わせて、あんたに献げ物をしたんだよ、つまらんもんだが精子を少々な。トリステッサ。

レイトショー、混み混み。酔っ払いどもは根が生えたみたいに動こうともせず、あんたの映画の初めから終いまで、野次り、嗤《わら》い、口笛まで吹き鳴らしてやがる。涙もろいオカマちゃんカップルたちからさんざんしーっしーっ注意されてんのにさ。だってオカマちゃんたち、わざわざ手に手を取って、あんたに敬意を表するために集まって来たんだよ。あんたはこの世界で誰よりも完璧に、あの痛みを表現したんだからね。オカマちゃんたちはもう女と同じくらい、てゆうかどんな女よりも深くその痛みを感じてる。その時の俺にはその痛みの本質なんて解らなかったが、まさにそれこそがあんたの魔法の真髄ってやつだ。フィルムは古くて傷が入ってて、まるで荒涼たる時間の経過が、スクリーン上の雨になって目に見えるかのよう、サウンドトラックの擦り切れた吃音となって耳に聞こえるかのよう。けれどもこういう経年劣化は、ますますあんたの輝くような存在を強調してる。なぜならそのおかげであんたの存在はますます一層寂寞たるものとなり、時に対するあんたの上辺だけの勝利までもがますます危なっかしいものとなるからだ。あんたは二〇年前と同じく美しかったから、いつだって美しいんだろう、セルロイドが視覚の永続性という現象と結託し続ける限りはね。けどその勝利は結局は時間の経過によって死ぬ。あんたの姿を焼き付けてるその表面だって、絶えず摩耗し続けてる。

しかしまあ、なんて美しかったんだろう、トリステッサ・ド・サンタンジュは。「世界一の美女」なんて謳い文句でさ（覚えてる？）、その象徴的な生き様を、キッチュと誇張のアラベスクで実践した。けど、その俗悪なレトリックを英雄的な妥協知らずでやり抜くことで、それ自体を超越してた。

たぶんリルケだったよな、われわれのシンボリズムがいかに不十分かを歎いたのは――われわれは古代ギリシア人（だったよな？）みたいに、内なる生を表すに足るだけの、外なるシンボルを見つけられないとか何とか――まあ、引用だが。けど、違うね。それは間違い。われわれの外なるシンボルはいつだって、絶対の精確さで内なる生を表現してるはずさ――それしかないだろ、内なる生こそがシンボルを生み出したんだから。だからわれわれのシンボリズムが貧弱だなんて言うもんじゃない。たとえそのシンボルがつまらない、馬鹿げた形を採っててもだ。なぜならシンボル自体には、それがどんなつまらない形であっても、自分自身がどんな物質的な形を採るかなんてどうにもできないんだから。ただわれわれの生の性質だけが、その形を決めるのさ。

これらのシンボルを批判するのは、われわれの生を批判することだ。

トリステッサ。謎。幻影。女？　ああ！

それで、あんたが表現してたものは全部、何もかも、一切合切嘘だった！　あんたの存在は単なる概念だった。あんたは単に、一つの純然たる神秘化だったんだよ、トリステッサ。けれど、あんたは実在しないものしか持ち得ぬ美を持っている。頭にこびり付いて離れない逆理、永遠なる渇きへの処方箋。

ロンドンでの最後の夜、名前忘れた女と『嵐が丘』のトリステッサを観に行った時にはまだ、俺の記憶力も洞察力もしっかりしてた。

トリステッサはもうずいぶん昔から、ビリー・ホリデイやジュディ・ガーランドなんかと並んで、女王様みたいな女たちの万神殿の仲間入りをしてた。誇りをもって自分の傷を曝け出し、その象徴的な絶望を指し示す女たちさ。ちょうど中世の聖人が殉教の傷を指し示すように。どんなドラッグクイーンだって、彼女の魔法と受難の悲しみを表現できなきゃ、レパートリーは完璧とは言えない。彼女のスチール写真はポスターになった。彼女は一シーズンのスタイルをインスパイアした。彼女の名を採ったディスコティックや、ブティックのチェーンだって出来た。でも俺がガキの頃にトリステッサを好きだったのは全くの純真からで、彼女の彫刻みたいな鼻孔は思春期になっても夢の中に揺曳していた。学校の俺の寝室《キュービクル》の壁にはずっと彼女の写真が貼ってあった。ＭＧＭ〔アメリカの巨大マスメディア企業〕に手紙を書いたことまである。そのインクで汚れた、綴りの滅茶苦茶なラヴレターの返事として、『アッシャー家の崩壊』のスチール写真を貰った。お似合いの柩《ひつぎ》から屍衣を纏《まと》って立ち上がった写真の彼女はこの世のものとは思えなかった。

けれども、全く予想もしてなかったんだが、頼んでもいないのに、そこにもう一枚別の写真が入ってたんだ。ズボンにセーター、そしてこともあろうにゴルフクラブを振りまわしてる彼女の写真。長身、痩軀、貧乳の女がいかにもな感じで、歯を見せて笑っている。全く自然じゃない。滅多に無い微笑を見せる時の彼女は、それが喜びとは無縁のものであることを仄めかすんだ。この写真には心底ショックで困惑したよ。この写真こそ、トリステッサへの幻滅の始まりだった。

そして、ちょうどその頃、彼女自身も流行遅れになろうとしていた。というのも、周りは頑張って彼女を型に嵌めようとするんだけど、彼女は全然〈ガール・ネクスト・ドア〉なんてのとは似ても似つかなかったんだな。四〇年代末には、ロマンティシズムが猖獗《しょうけつ》を極めてたんだけど、それが下火になると、健康と効率がモットーとなった。巨乳も誇らしげな頑健な女が新しいスターになったんだ。夢よりもパン。体、とにかく体。魂なんざ糞食らえ。MGMの広報部がこの写真を送りつけてきたのは、トリステッサがただの人間で、どこにでもいる普通の女だと示すため。つまり自分たちが彼女の為に作り上げてきた神話に自信をなくしてしまってたんだ。「遥かな姫君」たるものが今や、自転車の乗り方とか、そういうものを学ばねばならないんだとさ。だけどトリステッサは、実生活なんてものに対しては無関心な態度しか取れない。それで食ってかなきゃならないとしてもだ。それに、第一、皆だって人間性なんていうつまらんもののために彼女を愛してたんじゃあないんだ。彼女の魅惑は、悲劇的で馬鹿げたヒロイズムにあったんだから。そのために彼女は実生活を拒絶してたんだよ。

　トリステッサ、まさしくロマンティックな死滅、肉化したネクロフィリアそのものである彼女が、よりにもよってスポーツウーマンの真似事を？　両方の写真には奇妙な金釘流で、「いつもあなたを愛しています、トリステッサ・ド・サン・A」の署名があったけど、わざわざどちらかを選んで壁に貼ったりはしなかった。どちらも互いに相手を敵視しているみたいだったから……ゴルフをするマデリン・アッシャーだと？　俺はトリステッサに会うことを夢見ていた。一糸纏わぬ姿で、たぶん巡る星々の下、真夜中の森の木に縛られている彼女に。なのに、郊外のゴルフコースで彼女と会う？　それか、コインランドリーでディドに？　はたまた、マタニティ・クリニックでデズデモーナに？　ありえない！

　彼女はずっと肉化した夢そのものだったんだ。その肉というのは、俺の知る限りでは肉そのものじゃなく、単なる肉の活動写真、リアルだけど実体のあるものじゃない。

　俺が彼女を好きだったのは、彼女がこの世のものじゃなかったからだ。そして今、彼女が人間性の虚飾を身に着けるまでに堕落したのを見て、俺は幻滅した。だから棄てた。そしてラグビーと姦淫を取った。疾風怒濤。俺は大人になった。

　とは言うものの、今でも彼女は深夜上映会なんかで束の間、派手派手しく復活するし、その春にはスタイルをインスパイアしたりしてたもんだから、名前忘れた女を連れてトリステッサを観に行ったんだ。その苦悩に歪んだ台詞を、キャサリン・アーンショーのそれに合わせる彼女を。映画館での昔ながらの作法に従ってアイスクリームを買った。ガキの頃、同じく熱心なファンだった乳母に連れられてトリステッサを観に行った時、いつも銘々でチョコアイスを食べてたんだ。だからクリームをコーティングしてる苦いチョコを歯でぱりぱり嚙み砕く感覚、歯肉に当たるアイスの鋭く甘い刺戟は、燃えるような前思春期の心、それにトリステッサの苦悩を見る度に俺の中に喚起される成長期の股間の疼《うず》きと密接に結びついていたんだな。

と言うのも、トリステッサの専門は苦悩だったから。苦悩こそ天職。この上なく優美に苦悩していた、苦悩が時代遅れになるまで。それから、どこかで読んだんだったか、南カリフォルニアの閑居に隠者みたいに引き籠もった。擦り切れた夢の倉庫にきっちり自分を片付けたんだ。だけど電車の中で拾ってぺらぺら捲ってみた古雑誌の記事でその話を読むまでは、俺はもはやトリステッサに対してはある種の回顧的な、学問的な興味しか持っていなかった——あら、まだ生きてたのか。なら凄え婆ァだな。

俺はチョコアイス、連れにはストロベリーサンデーを買った。女神トリステッサの明滅する祝福の下、俺たちは座って銘々のアイスクリームを食べた。俺は自らを郷愁に、再び訪れた彼女の美の過剰に対する皮肉な賞賛に、委ねた。これは思春期のイコノグラフィへの最後の訣別なんだ、と思った。明日になれば新しい場所、新しい国へ飛ぶ。そこで彼女に逢うなんて想像もしていなかった。そこで復活の時を、永遠の夢想から彼女を甦らせる恋人のキスを待っているだなんて。

彼女、肉化した夢の統合体、夢見られるものにして夢見るもの。俺は想像もしていなかったんだ。全く。

トリステッサが脳炎で苦しむのを見て烈しく感動する俺に気づいた連れの女は、映画館の汚い床の暗がりの中、煙草の吸殻やらポテチの空き袋や踏み潰されたオレンジジュースの容器なんかの間に膝をつき、しゃぶり始めた。俺の喘《あえ》ぎは観客の中の行儀の悪い連中の歓声に呑み込まれた。スクリーン上では、ヒースクリフにしてはポマード着け過ぎなタイロン・パワーが、スタジオの雨に打たれて段ボールの荒野に向かって悲しみの叫び声を上げてたんだ。

けれどその時、このほとんど忘れた女が、俺の名を呼ぶのを聞いた。「イヴリン」。驚いたことに、そして猛烈に当惑したことに、女は泣いていた。涙が膝に溢れるのが判ったんだ。たぶん、俺を失うのが悲しくて？　そう思った時、何と残酷なことかと感じた！　彼女は子宮頸にプラスティックのヒエログリフを着けていた。避妊のためだ。あの黒人女は、俺に子宮を取りつけた時、その種の技術については何も教えてくれなかった。そんなことには全く関心が無かったんだ。

覚えている限りでは、この女は灰色の目をしていて、子供じみた優柔不断さがあった。俺はいつだって女の中のそういう性質が好きだった。というのも俺の乳母は、情に脆《もろ》いにもかかわらず、著しくサディスティックな性質があって、そのせいで俺は女性に対してアンビヴァレントな感情を持つようになったに違いないんだから。時々、性交前に女をベッドに縛りつけて楽しんだりもした。それ以外じゃ全くノーマルなんだけどね。

飛行機ではニュージャージーから来た女教師が隣りに座った。ハンドバッグの中にカードを入れていて、その片面には離陸の際のお祈り、裏面には着陸の際のお祈りが印刷されていた。その唇は音もなく動いた。彼女はヒースローでは事故もなくわれわれを空中に連れ出し、ケネディ空港では安全に着陸するよう祈った。

こうして俺、ひ弱で幼くてミルクしか呑めないイギリス産の仔羊は着陸した。ドスン！　踵から、畜殺場のど真ん中へ。

第二章

俺の経験の中には、その街への心構えなんか何一つなかった。アメリカの友人たちや同僚たちは、路上強盗だの傷害だのの話でさんざん俺を慄え上がらせようとしたもんだが、端から信用したことなんてなかったね。一瞬たりともだ。ある一つの夢に夢中になっていたんでね。そこで仕事があるって初めて聞いた時には、ありとあらゆる古い映画が頭の中を通り過ぎたよ――あのトリステッサだって、『ブロードウェイの灯』でニューヨークを征服してたよな？　まああの時は、その後白血病で死んじゃうんだけどさ。で、俺は清潔で、頑丈で、明るい街を想像した。技術的野心の模範のような摩天楼が天高く聳え立ち、話し好きのタクシーの運転手、黒いけどにこやかな小間使い、林檎を嚙る切歯と淫らな鋏みたいにツヤツヤの長い脚の、特別にエッジの効いた女の子なんかが住んでるんだ――有限で簡潔な街の、影のない住人たち。ヨーロッパの街に蠢《うごめ》いてる亡霊だって、この街じゃ居着くための蜘蛛の巣の張った隅っこを見つけられない。けどニューヨークで俺が見たものは、ハードエッジで爽やかな色彩なんかじゃなくて、身の毛のよだつようなゴシックの闇。それが俺の頭に全方位から襲いかかり、そして俺の世界になった。

空港から出て最初に目にしたのは、ショーウィンドウの中の肥満体のノーム〔大地を司る妖精〕の石膏像。石膏製のカエルノコシカケの上に蹲《うずくま》って、どデカい石膏製のパイにかぶりついている。「口こそが王」の国、食い物の王国へようこそ！　次に見たのは鼠、横痃《おうげん》みたいに黒いのが、塵の山に齧り付いている。三番目は、道路の真ん中を全速力で走る黒人。喉を抑えて喚いている。止めどなく流れるクラヴァット、赤く粘ついた、致命的なそれが、指の下から溢れ出している。銃声。そいつは俯せに倒れた。鼠どもは宴を抛棄し、彼に駆け寄る。きーきー。

その夜に泊まったホテルで、早朝に火事が出た――とゆうか、たぶん火事だったんだろう。だってどう見ても火事だったんだもの。エアコンからは濃密な煙がもうもうと吐き出されてたし。即座に全員が部屋を出た。ロビーは消防士や警官、それにガラスのドアからふらりと入り込んできた、物騒な事件に目のない夜の徘徊者たちでごった返していて、叩き起こされた宿泊客はパジャマのまま、両手を揉みしだきながら、夢遊病者みたいにうろうろしている。クリスタル・ガラスのシャンデリアの下で、一人の女が紙袋に吐いていた。

圧倒的なまでの惨禍の感覚はあるのに、誰一人、どうやって恐慌状態になればいいのかを知らないという風情だ、まるで自分自身の恐怖からも疎外されてでもいるかのように。誰もが無関心で、ただ茫然と災難を受け入れている。ロビーでは出火原因についての憶測があれこれ飛び交っていたが、それも単なる会話の口火以上でも以下でもなく、この緊急事態がどのようなものなのかを確定しようというものではなかった。それに、建物から出る者もいなかった。放火か？　黒人の仕業か、それとも例の〈ウィミン〉か？〈ウィミン〉？　何のことだろう？　他所者の俺が困惑しているのを見て、警官が壁を指さした。そこには♀の中に剝き出しの歯を入れた記号が描かれていた。〈ウィミン〉は怒っているぞ！〈ウィミン〉を警戒しろ！　何だこりゃ！

　だが結局、宿泊客も恐慌に襲われた――危険は去ったと告げられた後に、ようやく。もうその頃には真っ昼間になっていて、安心して恐慌に陥ることができたわけだ。まるで夜の恐怖は、もうそれがなくなった時、日中でなければ認識できないかのように。それからエレベーター、これはこんな高級ホテルだってのに一面落書きだらけで、当然ロビーのあらゆる壁という壁もそうなんだが、ともかくそのエレベーターに、とにもかくにも服を着て、鞄を摑んだ男女が、泣き喚いたり宥め賺《すか》したりしながらぎゅうぎゅう詰めになり、降りて来てチェックアウトして行った。顔面蒼白で、慄えながら。妙だ。

　七月、街には蜉蝣《かげろう》が立って悪臭が漂っている。俺は疲労困憊のあまり昼まで半分気を失ったようになっていて、シャツは汗で濡れそぼっていた。驚いたことに、異臭漂う乱雑な通りは大勢の乞食で溢れ返っていて、老婆や酔っ払いが塵の中で一番旨そうな部分を鼠どもと奪い合っている。鼠の好きな暑い天気。俺の踵の周囲を跳ね回る、この栄養状態の良い黒い化け物どもを半ダースも蹴り飛ばさないことには、その辺のキオスクで煙草一つ買えやしない。こいつらは俺が、その後すぐにローワー・イースト・サイドに借りたエレベーターもなければお湯も出ないアパートに帰ってきた時には、儀仗兵みたいに階段に並んで俺に挨拶することになってる。アパートを貸してくれた若い男はその後、魂の救済のためにインドへ向けて旅立った。その前に、宇宙の熱的死が差し迫ってるんだ、と俺に訴え、残された時間は短いんだから霊的な問題について考えるようにするといいよと忠告してくれた。

上の階に住んでる老兵はよくリヴォルヴァーで鼠どもを撃ってた。だから階段の壁には弾痕が開いてた。階段は掃除なんてされた試しもないので、彼のトロフィはそこで朽ちるに任されている。自分で綺麗にするような男でもなかったし。

空は妙な、明るい、いろいろな人工的な色——どぎつい黄色、金属の味のしそうなオレンジ、恐ろしげな、鋭い、蒼ざめた鉱物的な緑——目が潰れそうな獰猛な色。この不自然な空から、強い腐敗臭のするゼラチン状の雨が降る。ある日なんて、たぶんだけど、硫黄の雨が降った。その腐敗臭たるや、街中のあらゆる悪臭を余裕で凌駕していた。その日、デリカテッセンでマッシュルームとサワークリームの旨いサラダを買ってると、染みのついたレインコートを着た男がデリカテッセンに近づいて来て、全く論理的かつ物静かな声で断言した、コニーアイランドへ行こうと思って、混雑して糞便の散らばる海辺をとぼとぼ歩いてたんですがね、海の中にきらきらする自転車があるんですよ。それは神様が最後の審判の日が近いことを告げるために、天の自転車に乗ってやって来た証拠なんです。

宗教の勧誘者のグループが路上をうろついて、聖歌を歌い、祈りを唱えながら、千くらいの互いに矛盾する救済手段を売り歩いている。街はどこもかしこも、百くらいの言語で、千くらいの悲しみや欲望や怒りを表現する落書きで覆い尽くされている。そしてしばしば目に付いたのが、毒々しい蛍光着色剤の赤で描かれた、怒れる女たちの紋章だ。♀の中に剝き出しの歯。ある日、この紋章の入った赤い腕章に、黒レザーのズボンの女が路上で俺に近づいて来て、茶色い巻毛の束を後ろに払い、その強靱でごつい手を伸ばし、下品な口ぶりで卑猥なことを言いながら、傲慢な器用さで俺のコックを弄《いじ》くり回し、為す術もなく勃起するそれを見て嘲笑し、俺の顔に唾を吐きかけ、ブーツを履いた踵《きびす》を返して、軽蔑しきった態度でつかつかと去って行った。

俺の昼行灯《あんどん》みたいな純朴さが、それ自体、ある程度自分を守る手段にもなった。教鞭を取ることになっていた大学に行ってみると、ドアというドア、窓という窓にはマシンガンで武装した戦闘服の黒人たちが貼り付いていたんだ。だけどそいつらは俺の気取った母音や取り澄ました英国流のアクセントを聞くと、ゲラゲラ笑って俺を解放してくれた。そんな訳で今や無職。理性は告げる、なるべく速やかに、あの腐り果ててはいるけどそれでもまあ勝手知ったるロンドンへ、古女房の許へ逐電せよと。

けどね、「理性の時代は過ぎ去ったのだ」とあの老兵は言った。上の階に住んでるチェコ人な。神よわれら全てをお救いください、何と彼は錬金術師で、屋根裏部屋で、自ら創案した蒸留器の中で、狂気を帯びた理論を錬成していた。「この街で君は不死と邪悪と死に出会うだろう」と彼は確信に満ちた様子でさも嬉しげに預言した。その突出した眼球は赤い静脈で覆われ、何かの珍奇な大理石みたいな感じ。その男は、旋回する宇宙の青々とした軌道に瞑想せよと俺に命じた。ごく少量のミルク入りの苦いコーヒーを淹れてくれ、二言目にはボルシチと黒パンを一緒に食べようと俺を部屋に招待するんだ。その部屋ときたらまあ見たことも無い代物で、坩堝《るつぼ》だの蒸留器だの、奇妙な図表、瓶の中で血を流してる白い鳥の絵なんかが溢れ返っているんだ。手彩色を施した一七世紀の版画には、金の卵をもった両性具有者が描かれていて、何だか奇妙な魅力を感じた。乳房とペニスの両方を備えた二重の形態、何かを（これから起こることを？）熟知しているかのような静謐な顔。彼の革装本を触ってみた──ジャン＝ジャック・マンジェの六巻本『変成術集成《ビブリオテカ・ケミカ・クリオーサ》』、ザロモン・トリスモジンの『太陽の光輝《スプレンドル・ソリス》』、そしてミヒャエル・マイヤーの素晴らしい挿絵入りの『アタランテの逃走《アタランタ・フギエンス》』。パトカーが下の通りでサイレンを鳴らした。拡声器が、誰だか知らない大勢の連中に投降を呼びかけている。無駄ナ抵抗ハ止メロ、君タチハ完全ニ包囲サレテイル。それから銃声。

「混沌、それが第一原質」とバロスラフは言った。「混沌、秩序無き創造の最初期の段階、それは隠された意味を持つ現象が新たなる秩序の創造に向かって盲目的に駆り立てられる。豊饒なる先在の混沌、始まりの始まり以前の段階」。

ある夜、彼は俺のために黄金を作ってくれた──そう、実際にだ。赤い粉末に、その五〇倍の重量の水銀を混ぜ、硼砂と硝酸塩を加えて、その混合物を坩堝の中で熱した。それから、それを鉄の棒でかき混ぜると、あら不思議！　純金のインゴットだ。彼はそれを仰々しく俺にくれた。

彼は六〇代、だと思うけど、胡麻塩の無精髭にはコーヒーと煙草の黄色い染みが付いている。スラヴ人特有の広い頬骨、街に出る時にはボルシェヴィキみたいな鳥打帽を被る。彼とその妻は愛国者だったけど、敵に売られた。時々彼は強制収容所の話をした。それから、ゲシュタポが彼の妻を強姦してばらばらに切り刻んだ時の話。その時彼は森の開けたところの樹に縛られていて、一部始終を見ていたけど何もできなかったんだ。

彼は王立協会の会員であるジェームズ・プライスと同じやり方で俺に黄金を作ってくれたんだが、彼がプライスみたいなペテン師かどうかは知らない。プライスの手口は攪拌棒の中空に仕込んだ黄金を坩堝の中に入れるって奴。だけどバロスラフの黄金は本物だった。後で俺はそれをレイラっていう娘にやった。全身が優しい黒色の娘——黒化《ニグレド》、暗黒の段階、器の中の物質が分解し、無機物となっている。それからその物質は変質する。溶融。レイラ。

「混沌は」と、チェコ人の錬金術師は、おぞましい熱意で語った、「未分化の溶融の状態の内に、あらゆる対立する形態を包含する」。

彼はよく窓から外を眺めて、われわれを取り巻く荒廃を、隠し切れぬ満足と共に見詰めていた。われわれはこの混沌の大鍋に飛び込んで行かねばならぬ。夜に、闇に、死に、自らを献げねばならぬ。そもそも先に死んでいるのでなければ、誰も復活することなどあり得ないではないか？何たるうっとりするようなレトリック！　彼の額の静脈が、まるで脳のモーターであるかのように脈打った。彼は俺の唯一人の友人だった。

なぜ居座っていたのか？　仕事はない。大学を占拠してた連中と話したすぐ後に、連中は大学を爆破しちまった。それで一巻の終わりだ。俺のアパートときた日には、マットレスは床板の上に直置き、部屋にあるものと言えばすっかり手垢に塗れた『易経』とインドの掛布、窓に至っては板が打ちつけてあるというありさまで、とてもじゃないが快適な住いとは言い難い代物だった。持って来たなけなしのカネはあっという間に底を突きつつある。肉は食わずに米と野菜だけにしてるし、夜はずっと錬金術師とお喋りしたり、さもなくば出て行った家主のTVで古い映画を見てるだけだってのに。ここでもまた、トリステッサの映画がほんのちょっと、カルト的にリヴァイヴァルされていた。幾つかレアなのも観た――ヘンテコでダークな西部劇、彼女は修道女なんだが、インディアンに蟻塚に釘付けにされて、死ぬまで放置される。それと後期の無様なコメディで、似合いもしないのに狂気の小母さんを演じてる奴とか。真夜中過ぎにTVをつけて彼女の魔法の顔を見るのにも慣れてきた――我らが〈溶融の聖母〉は、街の破局を主宰している。全てに秩序がある、無秩序というエントロピー的な秩序だが。

エキサイティングな生活とは言いがたいね、恐怖は混じっているが。だが俺を誘惑したのはまさにその恐怖だった。純粋な恐怖に出会うなんてそれが初めてだったし、あの老錬金術師が実体験の深みから断言したように、恐怖こそあらゆる薬物の中で一番魅惑的なのでね。辺りに充満する不安。絶えざる恐怖。街中、どこへ行っても追いかけて来る影。じめじめした、緑の、穏やかな島の子供である俺が、暴力、恐怖、狂気の徴候にどうして抵抗なんてできる？　その街が巨大な死の隠喩以外の何ものでもないものになっていたという事実が、無邪気にも、ずっと俺をリングサイドの席でうずうずさせていたんだ。映画は最後のリールに向かってひたすら進んでいく。何たる興奮！

俺に関するあらゆることが調べ尽くされているのが判った。俺は何も、誰も信じないことを覚えた。街角の警官ですら。ましてや、哀れっぽい声で小銭をねだる乞食なんざ。その突き出した震える手は、俺を殺そうとしているかもしれないんだから。真夜中に呼鈴を鳴らされると、チェコ人は今も忘れられない怒りの熱情で作業台から飛び上がる。彼は勇敢な奴だからな。だが俺は、遥かに臆病だから、直ぐさま布団に潜り込んで身を縮め、恐怖に怯《おび》えて両手で耳を塞ぐ。それまで経験したことのないその恐怖は、吐き気がするほどの美味。

当時、それは錬金術的な都市だった。混沌、溶融、黒化、夜。中華帝国の調和的な都市のような格子上に築かれ、それらの都市のように、理性という教義の指令に厳密に従って計画され、街路は純然たる機能の尊重ゆえに名前はなく、単に番号だけが振られ、清潔で抽象的な線、個々の街区、幾何学的交差によって設計されている。それはヨーロッパの都市の生活を汚染している不潔な過去の貯蔵庫、歴史の暗渠を締め出すためだ。目に見える理性の都市――それが目標だった。そしてこの街は、〈旧きアダム〉という観念を排除する仕様書に基づいて建設され、それゆえに、流線型の尖塔が黙殺しようと企図するものに対してはとりわけ脆弱だった。なぜなら、それを建てた者たちの中には、それと知られぬまま、暗黒が鎮座していたから。何かの古い試験問題に、こういうのがあった。「アメリカ憲法はフランス啓蒙主義の私生児である。これについて論じよ」。われわれはすべからく幸福なるべしというのは、そもそも幸福なる観念についてのコンセンサスがあるということを前提としている。われわれは、幸福な世界にいる時にのみ、全員が幸福になれる。だけど〈旧きアダム〉の幸福ってのは必然的に機能不全だ。全ての〈旧きアダム〉のやりたいことってのは、父を殺して母と寝ることなんだから。「原初の形態との再統合」と黒き女神は言った、股を開いて、股を閉じて、その暗黒の城壁を、俺の上で。ああ！　だけど、駄目だ。われわれはこんな、形態と機能の純粋な、福音主義的な融合に対する欲望の言葉を吐くべきじゃないんだ。その欲望の黒い鼠どもに常に囓られ続け、絶え間なく蝕《むしば》まれていようとも。

慎重に、遠慮がちに、八月の初めに、黒人たちはハーレムの周囲に壁を築き始めた。ゆっくりと、煉瓦を目立たぬように一つずつ、ほとんど誰も気がつかぬよう。俺が真昼のサンドウィッチを食ったランチカウンターじゃ、彼らの戦士の偉業に関する恐ろしい話で持ちきりだ。最近では連中は革命的ピューリタニズムにご執心で、この防御壁、マシンガン、射撃訓練、戦車に乗ってパーク・アヴェニューを進軍する様子は、連中がゲットーの中ですでに戦闘態勢を整えており、それを戦術上の利点とすることを決意したということを示していた。連中はお洒落も睡眠薬も棄てた。一人残らず、戦闘服を着ている。

夏も盛りとなり、さらに耐えがたいものになると、〈ウィミン〉もまた略奪をさらに進めた。女の一級射手が、ポルノ映画館の外のポスターの前で長時間留まっている男たちを、隠し窓から狙撃したりするようになった。連中は、白いブーツとミニスカートというユニフォームで、タイムズスクエア周辺を練り歩いてる娼婦の中に紛れ込んでいるらしい。梅毒持ちの娼婦のカミカゼ部隊が、大義に殉ずるため、スピロヘータによる啓蒙を客にタダで施しているという噂もあった。連中はウェディング・ショップを爆破し、新聞を精査して結婚の告知を探し、載ってた花嫁に切れ味抜群の剃刀を送った。俺は連中のレザー・ジャケットの脅迫的な光沢を見ると苛々するようになってきた。ゴミを漁《あさ》る気の狂った強盗どもを見た時と同じくらいにだ。〈ウィミン〉は無差別に侮辱行為をやっている。マチズモの掠り傷は、頭を割られるより治りが遅い。

七月の終わり、街の下水設備が壊れて、便所の水が流れなくなった。御立派な市民どもは、買ったばかりのおまるの中味をアパートの窓から下の通りにぶちまけたもんだから、鮮烈で豊饒な糞の臭いは、街の数多《あまた》の臭いの不協和音に、最後の雑音を付け加えた。鼠どもは子豚みたいに肥満し、ハイエナみたいに凶暴化していた。

八月下旬のある日、ワシントン・スクエアの樹々の葉に、痛烈な黄金の最初の煌《きら》めきが射した頃、六カ月の赤ん坊ぐらいの大きさの、肉付きがよく元気潑剌たる鼠どもの一団が、一頭のジャーマン・シェパードに飛びかかるのを見た。俺には聞こえない笛の音に合わせるかのように、一斉に。犬の飼い主の目の前で。それは年の割りには若く見える、金髪に染めた四〇代前半の女で、為す術もなく空中を叩きながらぶるぶる震えている間に、鼠どもはものの三分ほどで犬の肉を残らず食いちぎり、綺麗な骨だけにしてしまった。散歩に出てサンドウィッチでも食べようぜ、と俺が誘い出したチェコ人の錬金術師は、小型ピストルから銃弾を雨霰と奴らに浴びせかけた。

家に帰る途中で、スーパーマーケットに寄った。そこは今じゃ、もう窓もない。板ガラスが何度も何度も割られちまったので、窓枠だった所をブロックで塞いでしまったのだ。牛乳を一パック買う。棚の周囲を歩き回ってる客より、武装した警備員の方が多かった。チェコ人はニュースタンドの見出しを見ると言って外で待っていた。

エアコンの身を切るような寒さから出て来ると、俺がいない間に彼は殴り殺されていた。空のピストルに付着した血と毛髪からして、このレジスタンスの英雄は、犯人にやられる前にその台尻で猛烈に殴りまくったんだろう。今や、俺はこの街で完全にひとりぼっちになった。彼の遺言によれば、死んだら実験室にある物と一緒に火葬してくれとのこと。俺はヨーロッパ的忠誠心をもって、その願いを尊重した。彼の遺体が斎場へ移され、坩堝だの蒸留器だのを俺が片付けてしまうと、彼のアパートはミッツィという名前の、上半身も下半身も脱いで踊る類いのゴーゴーダンサーに貸し出された。でも彼女がそこを借りたことは俺には全然関係の無い話だ。なぜならバロスラフの葬式のその晩、俺はレイラと名乗る女と出逢い、以後、ほとんどの時間を彼女と過ごすことになるからだ。

死に行く諸都市の冒瀆的なるエッセンス、美しきゴミ喰い。彼女の性器は俺の指の下で、濡れて脅えた猫のように搏動する。彼女は貪欲で、飽くことを知らなかったが、それでもなお冷静だった。あたかも、おそらく、募る一方の、決して満足することの無い好奇心によって何度も何度も行為することを強いられているかのように。そして、ほとんど、復讐心——と言っても、彼女自身に向けられた復讐心だが。まるで、その度ごとに、俺にではなくて彼女が軽蔑している渇望に自分自身を献げているかのように。あるいは、忌み嫌っているにもかかわらず尊大に要求する儀式に。あたかもこれが、この官能による悪魔祓いこそが、彼女の官能を現実のものとするために必要であるかのように。

彼女は影の根源のように黒く、その肌は光沢がなくマットな質感で、とてつもなく柔らかく、俺の腕の中で溶けてしまいそうだった。彼女の声は金切り声で甲高く、一文の中で、というか一つの文句の中で、一オクターヴも上がったり下がったりする。話す内容は文よりも文句の方が多いんだ。忍耐することなんてほとんど無かったし、主語、述語、目的語、それに敷衍《ふえん》を順序だてて論理的に纏めるエネルギーも無かったから。だから時々、女というより気の狂った鳥のように聞こえる。嘆願だの要求だののアリアをただ囀《さえず》っているだけの。

出逢った瞬間、俺は彼女に夢中になったね。

俺は真夜中に煙草を買いにドラッグストアに行った。そのドラッグストアは同じブロックの隅っこにあって、すぐそこだったから、危険を覚悟で行ったんだ。哀れな友人が死んじまって、悲しくて自棄《やけ》にもなってた。彼女は雑誌をぺらぺら捲りながら、良い感じで鼻歌を歌ってた。まず目に飛び込んできたのは、その引き締まって弾力のある両脚。静止状態に置くためにエネルギーを抑えつけてぶるぶる慄えているみたい。厩舎の競走馬の脚みたいに。けど、履いてる黒いメッシュのストッキングのせいでその長さと細さはもっぱらエロ方面に用途が振られているので、逃走用に使うことはないだろう。その脚を見るや否や、それが俺の首に巻き付いているというか、締めつけてるところを想像した。

彼女は黒いエナメル革の靴を履いていた。足首に巻きつける紐が付いていて、フェチなヒールは六インチで、この夏の盛りの熱と狂乱の最中に、両肩に狐の凄いコートを掛けている。そんなわけで、俺は今後、彼女と言えばいつも狐を連想するだろう。このコートのお陰で、彼女の身体をほとんど隠していないダークブルーの、コイン柄のドレスは裾の縁しか見えない。髪はハリエニシダの茂みアフリカン風、口には明るいパープルのリップスティック。実話雑誌の間をうろうろしながら、一本のキャンディを噛んでいる――ベイビー・ルースか、何かそういうアメリカンな食い物。甘美で、甲高く、空虚で孤独な歌を歌っている。顔にはヤク中の微笑を貼り付けている。

真夜中のドラッグストア、退屈した警備員がプラスティックの腰掛けに座り、暇つぶしに警棒で自分の腿をぴしゃぴしゃやっている。エアコンが唸る。外をクルマが通った。俺はラッキーを買い、パッケージを開けて火を着けた。手が震えて、火の着いたマッチが揺れた。一目見た途端に、彼女をモノにすることに決めた。向こうも俺が見詰めているのを知ってたに違いない。女ってのはそういうもんだ。こっちをちらりとも見てないのに。けど確かに慄えてる、例えばあの途方もない髪のアンテナとかが。つまりそれは、周囲の空気のあらゆるニュアンスを掌握してるってことだ。その空気を彼女は、自分自身の電気みたいな蠱惑で充電した。彼女は新聞の棚から離れ、キャンディをしゃぶり、あのとんでもなく高い、子供みたいな声で、朦朧とした、ほとんど支離滅裂な調子で、解読不可能な歌を歌っている。

ドアのところで彼女が俺の方に向き直り、はらりとコートを落とす前に、もうすでに俺のコックはギンギンだった。彼女のドレスは袖のない、痕跡器官みたいなシャツウェストで、もうすでに前のボタンを外し、小振りだがツンと上向きの、尖った乳房を誇示している。乳首は口に合わせて鮮やかなパープルに塗ってあり、乳房の肉から優に半インチほど勃起している。白いぎょろ目が俺の目を捉え、終わりなく続く一秒間、その不可解な視線にありとあらゆる嘲笑的な誘いを詰め込んで、俺を凝視した。それから片手を伸ばし、指先に煌めく五匹のパープルの甲虫の翅鞘《ししょう》で、ドレスの胸元を掻き合わせたかと思うと、堂々たる、野蛮な回転運動で再びコートをきっちりと纏った。だから全身毛皮に覆われた生き物に見える。セイレーンの真似をする仔狐、暗い森で人を化かす狐。まさに下生えの生き物。彼女の背後で扉が前後にスイングした。行っちまった。

退屈しきった警備員が、彼女の退店を記録した。

「売女が」と彼は言った。彼の倦怠を和《やわ》らげるものは何も無いだろう。味がなくなるまで嚙んだガムを口から取り出して腰掛けの裏に貼り付けている。俺はまだスイングしているガラスのドアを潜り、矢のように彼女を追った。

このブロックの街灯のほとんどは撃ち抜かれていたが、残ってるのはソフトなピンク色で、それで市当局は住民の攻撃性を緩和できるかもと考えたわけだ。これらの街灯は、その下で生じた略奪を美化し、黙認するような光を投げかけている。大気汚染で藤色を帯びた、弱々しいインナーシティの月が、俺の獲物に幾つかの弱々しい光条を洩らしている。あまりにも高いヒールのために危なっかしい足取りで、この世界から少し足を踏みはずしてしまう。彼女は奇妙な、鳥のような生き物に変容する。毛皮の羽根を纏い、空飛ぶものではなく、走るものではなく、這うものでもない、獣肉でも鳥肉でもない、その中間の何か。地面から高く浮遊している、それでもやはり、嫌々ながらその地面に棲んでる。

クルマの断続的な唸りを越えて、彼女の歌詞のない歌が聞こえた。とても穏やかに歌っていたのに。だが彼女の声は物凄く高く、日常世界の音とは違う周波数で作用しているみたいで、細い針金みたいに俺の脳を貫いた。彼女は汚い通りをふらつき、がらくたの間を通り抜ける。牧草地のお花畑を彷徨《さまよ》い歩く田園の女羊飼いみたいに、夢見心地で嬉しそうに。肩でひらひらしてる毛皮から麝香が強烈に香り、毛皮自体が鮮烈な生命を持っている、彼女の単なる持物ではなく、まるで同伴者みたいに。

この絶望的な街路をぶらぶらと、こんなに鮮やかに飾り立てて、歌いながらうろついている、そのあまりの無謀っぷりに俺は仰天し、そして魅せられた。それには感染力があって、俺にも覿《てき》面《めん》に感染《うつ》った。死にかけの月の下、アル中やジャンキーどもが瓦礫や排泄物に塗れて寝転んでる裏道を、目に見えない糸を辿るみたいに俺を導いていく。大声になったかと思うと次の瞬間には静かになる意味不明の歌、時に数秒間、よろめきのダンスとなる淫らで覚束ない足取り、発散するホットな動物の香り——まさに手に取れるほど生々しく実体化した誘惑って奴。

だけど彼女は自分の周囲に不可侵の空間を作ってるみたいだった。駐車場で、三人の男が四人目の男の俯せの身体を踏みつけてるのが目の端にちらっと見えた。彼女もまた見たに違いない。だって嗤いの漣《さざなみ》を立てたんだから。まるで俺のアパートの窓が鳴り響く時の風鈴みたいな音。この陽気で無情なゲットーのニンフは。だけど、レイプを一瞥した時には、呻き声を上げて少し小走りになった。こうして彼女は俺を街の中心の幾何学的な迷宮へ、廃墟と見棄てられた工事現場の味気ない世界へ、鼓動を止めた巨大都市の心臓部へと導いた。防弾窓のついたイエローキャブが唸りを上げる。鼠どもはちゅーちゅー囀る大部隊を成してハンバーガー・スタンドに蝟集している。その影は不快で、冷酷だ。

だが、彼女は周囲に結界でも張っているかのように、俺以外、誰も彼女が見えないらしい。そして、まるで俺自身もまた彼女の奇蹟の一部と化していたかのように、誰にも邪魔されずに歩いていた。真夜中の闇のページェントはいつものように俺の周囲で展開していたというのに。

彼女は俺が尾行《つけ》ているのを知っていた。しばしば肩越しに流れるような視線をこちらに向け、そして時々穏やかに微笑んでいたんだ。けど、俺たちの間には妙な、魔法みたいな空間があった。近づきすぎると、麝香の匂いに圧倒されそうになり、彼女はコートをかき合わせて少し急ぎ足になる。そんなに速く移動しているようには見えないのに、俺よりも遥かに素速く動いているに違いない。何しろ追いつけないんだから。俺は思った、もしもあんな重い靴を履いてなければ、間違いなく飛んでたね。彼女の靴だけが、彼女を地面に繋ぎ止めている。靴は重力と共謀している。だが彼女はそうではない。

俺たちは交差点に辿り着いたんだが、彼女は道路の安全地帯まで渡ってしまい、俺は縁石に取り残された。信号が変わったんだ、「止マレ」と。この時初めて、彼女は公然と俺の存在を認めた。俺の方を振り返った。笑っている。その顔は、純粋な陽気さが過剰に充塡されたかのように変化した。行き交うトラックやクルマに邪魔されながらも、彼女はもう一度コートを開けて、俺にネオンの菫《すみれ》みたいな二つの乳首を見せつけた。信号が言う、「進メ」。島に着くと、彼女はもう行ってしまっていたが、俺は彼女が残した罠に足を取られた。白い水玉のある黒いコットンを捻ったようなもの。彼女のドレスだ。息を呑んだ。それを拾い上げ、額の汗を拭く。

彼女はトイレタリーを売ってる店の窓を蔽っている鉄格子の棒の間をぼんやりと見詰めながら、所在なげに立っていた。でもそこまで追いつくと、もうすでに半ブロック先にいる。真夜中の通りには他に歩く者なんていない。ただ犯罪者だけが戸口で待ち伏せしている。恐ろしいほどの無邪気さが彼女を守っている。彼女は人魚みたいに、ただ自分自身の感覚だけを充足させて生きる隔絶した生き物だ。俺を招き寄せる、彼女は煌《きら》めく川のローレライだ。何百万の、きらきらする目を持つクルマの川が、断続的に俺たちの間を流れていく。

気がつくと、彼女はたぶん五〇ヤードほど向こうの、『ボヴァリー夫人』のリヴァイヴァルをやってる映画館の照らされたポルチコの下にいた。彼女の身長と同じくらいの大きさのトリステッサの顔を背景にして、彼女は突然、意図したかのように立ち止まった。そして一瞬の間、赤く塗られた柱の背後に消えた。そこにはあの恐ろしい女の印が描かれていた。そして姿を現した時、彼女は何か黒い、束のようなものを滑り落とした。そして俺がそのあからさまに歓迎する微笑みに向かって駆け出した時、彼女は、あたかも奇蹟によって瞬間移動したかのように、いつもいつも単なるトリック写真であるかのように、五〇ヤード先のコーク・スタンドの前でポーズしていた。落ち着き払って鮮やかなピンク色のミルクシェイクを飲みながら笑っている。茶色の縞の入った黄色い歯を全開にして。

そこで俺は彼女が落としたものに辿り着き、拾い上げた。手に取る前からそれが何かは先刻承知、でも手に取った後も信じられない、彼女の——気づいたが——クロッチレスのニッカーズ。そのセクシャルな黒いナイロンに顔を埋める。そのレースは俺の唇に健全なゴワゴワ感を味わせてくれた。彼女の陰毛もかくやとばかりに。周りには、黒い紙から切り抜いて空に貼り付けたみたいに、摩天楼の陰画のパースペクティヴ。彼女は飲み干した合成クリームの縞模様の付いた空のゴブレットを置き、またしても逃げていく、俺の鬼火、よろよろと跡を追う、今やこれでもかと勃起してほとんど走るに走れないのは置いといて。

俺たちは鼠どもが人間様の五倍はいるかというところに辿り着いた。今にも崩れそうな安アパートが詰まった荒寥たる地区で、全く生気というものが感じられないが、にもかかわらず人間は住んでいる。建物にぐるぐると巻き付いている、錆び付いた非常階段に、暑さと湿気で眠れない連中がぎっしりと屯《たむろ》している。寝間着や下着の着の身着のまま、何とか爽やかで涼しい一休みでもと思って出て来てるんだ。徐々に朝に向かおうとする真夜中の不快な空気に少しでも漣が立てられないかと。非常階段の鉄の桟に座り、真剣に黙りこくってぴくりともしない。ただひたすら、爽やかな空気の追求に没頭している。何しろ空気は下水道みたいで、そこから少しでも生きた心地を得るには究極の集中力と、継続的かつ高度に熟練した意志の力が必要だったのだ。

俺たちは何時間も、何マイルも歩いて来た。

まだ踏段を照らしている貧弱な裸電球の下、薄汚いアパートの出入口で、彼女はまたしても俺の方を向き直り、そして俺が近づいて行くと、輝く毛皮をするりと落とした。ストッキング、それを留めている緋色のガーター、尖ったヒール以外は全くの全裸。エロティックな手管を惜しみなく見せつけ、それを脱ぐために身を屈める。俺のことなんて全く眼中にないかのように、メッシュのストッキングを片方の黒いマットな太腿からくるくると巻き降ろしていく。粗いメッシュはそこに網目を残していた。まるで、いつも入れられている捕虜収容所から脱走しようとしてその肉をずっと有刺鉄線に押し当てていたかのように、傷ましく。いつだって逃げようとして、いつだって失敗する。

ストッキングを脱ぎ終える前に、俺は彼女に乗っかっていた。荒々しく抱きすくめ、火照り勃つものを彼女に押しつけた。みすぼらしい裸電球の下、崩れそうな安アパートが立ち並ぶ通りで、押し黙って目もよく見えない住人どもは汚い空気を吸って石化している。彼女は俺の抱擁に少しも動じることなく、笑いながら身を捩らせてすっと擦り抜けた。魚みたいに。

彼女は片手に靴をぶらんぶらんさせている。それで殴られたら相当痛いだろう。それに、そのヒールで俺を殴り倒しちまったら、次にはガーターで俺を絞め殺すことだってできるんだ。一瞬、俺は自分がどんなに無防備で、どんなに危険かを知った。血が脈打つ音がする。その音の上に、開いてる入口の向こうのホールから、鼠どもの耳障りなお喋りが聞こえ、そこに集まってる影が見える。中の暗闇に恐怖を感じた。

だけど、獰猛な欲望に鷲掴みにされた俺は、恐怖を恐怖として維持することができなかった。俺はそれを、俺を破壊する欲望の激烈化として感じた。彼女は身を離し、一本の指を唇に当て、静かにして、と合図した。空いた手で俺の手を取り、引っ張った――有無を言わせず。

一瞬、ほんの一瞬だけ、彼女が俺に触れる直前、そのエナメルのついた指先の刃が俺に触れた時、俺がその、荒涼たる、明かりのない、階層的な、全く見知らぬ連中しか住んでない、静まりかえったアパートの汚い敷居を越えた瞬間、薄汚れた入口に入った瞬間、俺の感覚は極度の恐慌に遮断された。この恐慌は、その瞬間まで、街の中で体験していた心地よく刺激的な恐怖とは似ても似つかないものだった。それは原初の暗黒と沈黙以前の、彼女が明白に俺に提供する彼女自身の神秘以前の、原始的な、先祖返り的な恐慌だった。その神秘は、全然知らない連中が棲み着いてるあまりにもたくさんの部屋のあるこの建物全体にも同様に浸透している神秘だ。そして、壁にチョークで落書きがされている。記憶を掻き回してその意味を思い出していたら、俺は狼狽していただろう——入ルベシ、此処ニモ神々ハ御座ス《イントロイテ・エト・ヒク・ディイ・スント》。決まり文句、俺の精神の隅っこに押しやられた不可解なもの……

　ぞっとするような墜落の魅惑。断崖絶壁に立つ男のように、重力に為す術もなく誘惑されて、俺は直ちに屈した。墜落の最短コースに突っ込んだ。眩暈《めまい》の衝動に抗えなかった。

　小さな赤い火、鼠どもの眼が廊下を走り去る。彼女は小さな冷たい手で俺を導き、螺旋《らせん》階段を上って行く、上へ上へ上へ、ようやく彼女の部屋に辿り着く。床にはゴキブリが蝟集し、虫に喰われた街の終夜灯の光がカーテンのない窓から流れ込む。ドアが後ろで音を立てて閉まった。彼女は砕けた床板に鈍い音を立てて靴を落とした。俺は彼女にキスした。その口は奇妙な味がした。セイヨウカリンみたいな不思議な果物のような。腐るまで食用にならないような。舌は熱烈だった。

　彼女は毛皮を床に落とした。俺は服を脱いだ。俺たちの呼吸は騒々しくなった。俺の全存在は今や、怒張の中に消失した。俺はもはやコックそのものだ。俺は彼女にのしかかった、たぶん、猛禽みたいに。まあ俺の獲物は、追跡中はずっと、狩人を演じていたのだけれど。俺の全勃起した嘴は彼女の腿の間にある有毒の愛の裂け目を掻き開いた。突然に、真に突然と。レイラ、その夜の贈物。この街からの。

　どうやって生活費稼いでるんだ、レイラ？　ヌードモデル、と彼女は言った。時にはダンスもする、裸で、それか蝶ネクタイと飾り房で。時には疑似セックス・ショーのサクラ、たぶんチョコサンドの具とか、モカ・レイヤー・ケーキのモカクリームみたいに。だから家賃分くらいは稼いでる。どっちにせよ、あまり食べないし。誰が彼女に狐の毛皮のコートをやったのか？　盗んだのよ、と彼女は言って、弾けるように笑った。それから彼女は一七歳で、それから母親はカリフォルニアのどこかにいると。

なぜ俺を、レイラ、どうして俺を？　どうしてこんなロココのファッションで自分を俺にくれようとしたんだ？　だが彼女はくすくす笑って、答えようとしない。

彼女は油のこびりついたホットプレートでインスタントのコーヒーを淹れた。そこに固形コーンシロップから作った合成クリームを添える。彼女はセックスの匂いを追い出すために窓を開け放ったので、夜明けと共に目を覚したクルマの騒音のせいで、お互いに怒鳴り合うことを余儀なくされた。彼女の言葉は隠語なのか方言なのか全く聞いたことのない代物で、一言たりとも意味が解らなかったが、そんなことはどうでも良くてもうすっかり彼女に夢中になっていたので、午前中の内にさらに何回も彼女に乗っかった。だが彼女自身は全く満足する素振りも見せず、ただひたすら欲しがるばかり、やればやるほど、ますます苛立つように、切ないほど渇望するのだ。ランチタイムには、彼女の乳首の暗い口紅は俺の蒼白い肌にすっかり擦り付けられていた。俺が彼女を妊娠させたのはこの一発目の夜か、さもなきゃこの臭いのたちこめた昼前だと、そう思う。

働いてない時は日がな一日何をしているのか？　家主が病院から盗んできたに違いない、白く塗った鉄でできた狭い鉄製ベッドに寝転んで、自分で作ったハッシュ・キャンディを喰ってる。あまりにも大量のハッシュ・キャンディを食うもんだから、歯はボロボロだ。あと、夢でも見てるみたいに人差指でクリトリスを擦ってる。頭の中は——俺の知る限り——散漫な、パープルや深紅の形でいっぱいだ。それが集まったりパターンに分かれたりする。それを俺に話すわけだが、そのパターンというのはやけに気だるく、ぐったり脱力している。あたかも彼女の夢が彼女自身よりも遥かに疲れ果てているかのように。思い出した時には、物凄く高価なステレオ装置で一つ覚えのソウル・シンガーかモータウン・グループのレコードを何度も何度も掛けていた。時々、思い出した時には、レコードを変えて新しいのを、やっぱり何度も何度も掛ける。何度も何度も何度も。そのレコード・プレイヤーはどこで手に入れたんだよ、レイラ？

タダで売ってる店よ、と言って彼女は笑った。つまりそのステレオ装置、それもまた、盗んだってことだな。彼女は俺の口にハッシュ・キャンディの固まりを突っ込んだ。彼女は不自然で、いい加減だ。その眼の中には二重性が煌めいていて、彼女の自我はその身体に出たり入ったりしているように見える。気まぐれに、好き放題に、自分の身体を訪れるんだ。彼女の肌は手袋の内側みたいで、俺はその全身を隈無く舐め、俺の上に乗っからせた。混沌の坩堝が彼女を俺に届けてくれたんだ。俺の快楽のために、俺の破滅のために。だから俺はバロスラフの黄金を彼女にやった。

カーテンの無い、カーペットの無い部屋、壁には破れたソウル・シンガーの写真。そこで彼女はストリップ・ダンスをしてくれた、俺のために、そして割れた鏡に映すために。彼女は俺の影みたいに黒くて、俺は彼女を仰向けに寝かせ、医者みたいに両脚を開かせる。彼女のとびきりの性器の陰画をもっと入念に診察するために。時に、俺が疲れ果ててるのに彼女がそうじゃなくて、まだ肉欲に掻き乱されている時には、真夜中に俺の上に這い上り、部屋の中の暗闇は肉となり、俺の萎《しな》びたコックを彼女の中に突き刺し、そうしながら狂ったカナリアみたいに囀りまくるので、寝てても起きてしまう。俺からオーガズムを捥《も》ぎ取る直前に眼を覚ますと、びっくりした俺は決まってサキュバスの神話を思い出す。夜中に聖者を誘惑しに来る女の姿をした悪魔だ。それから、俺をそんなに怖がらせた罰として、俺は自分のベルトで彼女を鉄のベッドに縛り付ける。脚はいつも自由にさせてるが。鼠を蹴り飛ばせるように。

それから、罰として彼女を放置したまま出掛けてしまう。荒れ放題の通りをぶらつく。今や、俺は、レイラの甘い、ぼやけた、安全な幼児期の世界を完全に俺のものにして、毎日が約束の日、毎日が推測の日だ。だって彼女のハッシュ・キャンディを同じくらい食ってるんだから。夜になると、フライドチキンの箱かハンバーガーの袋を持って帰る。彼女は戒めを解こうとした形跡も無い。放置した時と同じように寝転がっている。塩気のあるような眼は天井に固定されてる――「固定されてる」という言葉が、あまり厳密すぎるものではなくて、その彷徨《さまよ》う視線をそう描写しても良いものなら。でも時々、仕返しとして、ベッドを汚していることもあった。

ベッドを汚していた時には、ベルトを解いてそれで打った。すると彼女はまたベッドを汚すか、俺の手に噛みつくわけだ。こんな風にこのゲームは自然に始まり、たぶん、ほとんど解らないくらいの度合いで、堕落していった。彼女は俺には生まれながらの餌食みたいだ。もしも彼女が殴打や堕落を、もはや鈴みたいじゃない、興味深い皮肉な笑いで――なぜなら俺は彼女の中から風鈴を叩き出したから、完膚無きまでに――受け入れるってんなら、皮肉ってのは餌食の唯一の武器じゃなかろうか？

　彼女が夕方に、パフォーマンスするクラブや劇場やレストランに出掛ける前に着飾るのを見るのが好きだった。行ったことはないが。太守《パシャ》みたいに彼女のベッドに寝っ転がって、煙草を喫い、割れた鏡の中で、ひねもす卑猥な転《うた》た寝をしている薄汚い小さな蕾が変容する様子を見詰める。彼女は夜に咲く花。だけど、花とは違って、彼女は単になるべくして美しくなるわけではない。彼女の美は獲得するものだ。意識的な努力によってそれに到達するんだ。鏡の中の人物を夢中になって凝視してるが、鏡に映るその姿を、いかなる意味でも、自分自身と認識しているとは思えなかった。鏡に映ったレイラは確固たる形を持ち、そしてこの形は完璧に触知可能ではあるが、俺たちは、つまり部屋の中の三人は、それがもう一人のレイラであることを知っていた。レイラはこのフォーマルな他者を、妖術を思わせる厳粛さと儀式によって召喚した。彼女は鏡という非世界の中にのみ生きるレイラを錬成し、それから自分自身の鏡像となった。

　この身支度には何時間もかかった。もう一人の彼女を飾り立てるのはこういう時の彼女の唯一の専心事項で、話しかけても全く耳に入らない。ようやっと〈鏡のリリー〉の暗く輝く姿が完成すると、彼女は彼女になる。いつものレイラはあっさり姿を消す。俺のレイラは今や完全に別人だ。振り向いて素速くキスするが、その時には鏡を通じてのみ得られる上の空の威厳を身に着けている。鏡は彼女に気品を授けた。今や、彼女は彼女自身の女主人だ。

そしてそれから、彼女は高いヒールを履いて夜闇のキャバレーへと出掛けて行く。

時計のように正確に、一夜に一度、彼女は俺に魔法をかけた。来る夜も来る夜も。ああ、俺専用の娼館！ あらゆる肉の悦びが、骨と筋肉の一つの機関で手に入る。この殿堂の創設のために彼女が日頃から与えている細かい配慮！ 下の唇にルージュ、口と乳首にはパープル、芍薬色《ピオニー》、それか緋色のグリース。眼窩の皮膚には虹の全ての色のパウダーとクリーム。精密機器の組み立て機のような手先の器用さで、付け睫毛の縁を貼り付ける。髪には時にビーズを通したり、恥丘にも施す煌めくブロンズ・パウダーを振りかけたりする。それから、濃厚な香水を振る。それは彼女の自前の香水であるセクシュアリティの残り香を隠すというよりもむしろ強調する。ワッツ〔ロサンジェルスの地区、一九六五年に人種問題から暴動が発生した〕のゲットーの故郷にいる貧しい掃除婦は何と言うだろう、もしも今の君を見たら、レイラ、リリス、泥のリリー、君が新しいシークインのニッカーズをすっと履くのを見たら？ それは単なる飾り、君の性器の周囲を取り囲む不完全な括弧でしかない。

そんな感じで、彼女はステレオが奏でるジョー・テックスだのアル・グリーンだのを聞きながら、この誘惑の装具一式を巧妙に身に着ける。

彼女のドレスはシフォンか、下品な合成繊維か、あるいは粗い織地で編んだメタリックな奴——金と銀と銅——の、要は襤褸《ぼろ》だ。ストッキングは黒か、パープルか、緋色のメッシュ。不安定な靴は緑、ピンク、パープルもしくはオレンジに染めたテカテカの革の組み合わせ。彼女はカラー映像で歩く。時にはエキセントリックなブーツも履く。膝まで蔽っているが、爪先は裸足。時には奴隷みたいに脹脛《ふくらはぎ》を革紐で繋ぎ合わせる。それから、遊女ラハブ〔旧約聖書のヨシュア記に登場する娼婦〕みたいに飾り立てていながら、堕落した純潔という鉄壁の鎧で武装した彼女は、さらにもう一枚の毛皮を引っかけ——というのも、彼女は茶箱一杯の毛皮と、さらにチンチラのストールも持っていたから——動物の美しい毛皮のスカーフかクロークかジャケットを、特別に繊細でなだらかな裸の両肩に引っかけ、日曜学校へ通う良い子みたいな風情で、夜の悪魔的な亀裂の中へ足早に出掛けて行き、朝の五時か六時に、酒臭い息で、と言っても大したことはないんだけど、ストッキングの中にしこたまドルを詰め込んで戻って来る。

彼女のストッキングには物凄い額のドルが詰め込まれていた。レイラと暮らしていた時、俺はカネに困ったことはない。ちゃんと食ってた、しばしば近所のデリのカウンターからサンドウィッチ（ライ麦パンにパストラミとか）、サラミ、コールスロー、フライドチキン、ポテトサラダ、アップルパイ、ブルーベリーパイ、ボイゼンベリーパイ、ラズベリーとカラントパイ、ピーチパイ、ペカンパイ、エトセトラ、エトセトラ、エトセトラ、チーズケーキ、シュトルーデルとか。それから中華料理屋から蠟引きカートンに入れた芙蓉蟹《フーヨーハイ》や雲呑《ワンタン》スープやチャーハンなんぞを持ち帰り、それと、思い出すのは、冷蔵庫の水滴のついた缶から大量のコカコーラを飲んだりした。

割れた鏡が彼女の分割された鏡像をぎざぎざと映し出す。それと、頭の周りにマリファナの紫煙を燻《くゆ》らせてる俺の姿も。彼女が着飾って、公的な顔を身に着ける様子を見るってのは、これから後に彼女が自らの身体を捧げるところの儀式的な脱衣の逆ヴァージョンを目撃してるってことだ。だって、着れば着るほど、俺の記憶の中の彼女の裸は鮮明になっていくから。それに、彼女の全装備はつまり、その下にある黒いなめらかな脇腹と緋色の裂け目をただ強調しているにすぎない。そんな装備万全の彼女を見てる俺を彼女が見るってのは、彼女もまた鏡の中の自分自身を抛棄しているんじゃないか。自分自身を鏡に捧げ、鏡に押し込まれた俺のエロティックな夢の虚像として機能することを許しているのだから。

こうして俺たちは二人して、同じ夢に参入した。自らを生み出し、自らを永続させる、唯我論的世界。そこでは女が、鏡の中で見られている自分自身を見ている。その鏡は、彼女の世界を支えるという重圧で割れてしまったらしい。

まだ言ってなかったな、彼女がどんなに子供か。どんなに幼くて、そして時にどんなに甘えっ子か。それに彼女には陶器の飾り物みたいな恐ろしいほどの繊細さがあって、思わず叩き割ってしまいたくなるんだ。あまりにも壊れやすいから。歩く時には踊ってるみたいで。陽気な愛嬌があって、だからこそいとも簡単に躓《つまず》いたり、よろめいたり、転んだりしてしまう。

彼女くらい、スタイルの奴隷である女は知らない。彼女にとっては、睫毛や髪の毛の彫刻みたいな弧がちゃんとしてるってことが、世界で一番大切。仕事に出かける前に俺にキスされるのは嫌い。口紅が滲むとか、とにかくそういうのが厭で。でももちろん、俺は彼女の儀式的変身に、つまりシステマティックに自分自身を肉化し、服を着た肉に仕立て上げるさまにもうすっかり滾《たぎ》っていて、いつだってどうにかして最終的にはやっちまう。万策尽きようが、この攻撃の苦痛のために彼女の唇が捲れ上がって黒い歯茎が見え、息を切らせて「駄目！」と言いつつ、パープルの爪が情熱ではなく憤慨のために俺の背中を掻きむしろうが。

でもすぐに俺は彼女に飽きちまった。もう十分やるだけやって、さらに十分以上にやった。彼女は単なる肉の刺戟、掻かずにいられない痒《かゆ》みになっちまった。反射であって、悦びじゃない。病気は自然に治り、気がつけば彼女の官能は単なる習慣、半分恥ずかしい中毒になった。

彼女は俺の中に何を見ていたのか？　俺の華奢で白い肌や蒼い眼、それに何を言ってるのか解らない、古風な英国流のアクセントなんかを気に入ったんだろう。それ以外の何を気に入ってたのか、神のみぞ知るだ。餌食の役割以外には。俺が彼女にやったものと言えば錬金術の金塊、赤ん坊、それに堕胎と不妊くらいのものだ。

荒れ果てた街の見える彼女の小さな部屋に転がり込んでから二週間か三週間もすると、彼女は朝になると吐くようになった。寒さも酷くなっていた。一時は朝方が特に冷え込み、ハドソン川に細かく暗い霧がかかった。彼女は冷たい水の洗面台の上に身を屈め、息み、少し泣いた。俺の前で吐くのは屈辱だったんだ。乳房が張り、痛むと言って触らせようとしなかった。生理は来なかった。クリニックで検尿した。当たり。彼女は妊娠していた。

どうしてそれが俺の子だって解るんだ、レイラ？　最古の虐待、最も原始的な言い逃れ。彼女は唇を捲れ上がらせて泣き喚いた。全部白目になるまで目を剝いた。化粧品のケースを摑み、窓のサッシを引き上げると、残らず下の通りへぶちまけた。ドレスを引き裂き、毛皮も引き裂く勢いだったが、そこで止めた。グラスを挽き砕いて喰ったが、為す術もなく全部吐き出し、それから、すっかり弱って病気になり、ヒステリックな裏声で結婚しなさいよと要求した。あたしと結婚するのはあんたの義務よ。二度とできなくしてやる、とヴードゥーばりに呪った。鶏が来て、あんたのコックをぽきんと折るんだから。俺は信じなかった。この手の妖術は俺のヨーロッパ的感覚にとっては癇に障った。妊娠して頭がおかしくなってるように思えた。

腹に俺の子がいると解った途端、辛うじて残っていたなけなしの欲望まで雲散霧消した。彼女は俺にとって単なる厄介者になってしまった。どうにもお話にならない迷惑となり果てた。

時々俺は、何とか一定の時間、自分の性的倦怠から自分を引きずり出し、イーストサイドの昔のアパートに郵便を取りに戻っていた。その前に両親に仕事がおじゃんになってしまったので、短期の休暇を取れるくらいのカネを送っては貰えんだろうか、と手紙を送っていた。そうすれば中古車を買ってドライヴして周り、合衆国の某かを見ることもできようし、そうすればこの旅行も全くの無駄だったってこともなくなるだろうと。このことはレイラには話していなかった。

当初、両親は茶を濁していた。合衆国の不安定な政情のニュースを見てすっかりやきもきしていたんだ。息子がちゃんと安全に帰国しますようにって。黒人どもがグランド・セントラル駅を灰燼に帰したので、通勤して来る奴なんて、たとえいたとしてももうほとんどいなくなっていた。インナーシティの住人どもは何でもありでやりたい放題になった。マンハッタンはほとんど中世の都市となり、排水溝は下水溝となり、金持ちの住む塔は城みたいに城塞化された。夜の街の灯りと言えば燃えてる建物くらいのものだ。ストライキのためにライフラインは途絶した。州兵が銀行を警備し、様々な派閥の都会のゲリラどもが、市街地で手当たり次第に銃撃戦を繰り広げている。

だが俺は自分の冒険心を擁護し、両親にはヨーロッパのマスコミが自国の問題から目を逸らすために大西洋の向こう側の状況を誇張してるんだと説明した。英国でも、国民戦線の連中が初めて国会の議席を得たばかりだった。バーミンガムとウルヴァーハンプトンでは暴動が勃発していた。発電所員はもう何カ月もストライキをしている。そんな時、遠縁の伯父が死んで俺に遺産を残してくれた。だから両親もカネに関して何の言い訳もできなくなった。そんなわけで俺は、親から銀行為替を受け取った。これだけガソリンの高騰したご時世でも十分な額だ。レイラの汚いシーツに挟まって過ごす血腥《ちなまぐさ》い時間にも、頭の中で贅沢な旅行計画を思い描いた……ニューオーリンズ、その街路の名前は音楽だ。そしてセイレーンのような南部。スパニッシュ・ウェスト。砂漠……そして今、レイラは妊娠していて、ああ神様、俺と結婚しない理由など何も無いらしい。俺は断固として言った、君は俺とは結婚できないので、堕ろすしかない。彼女はベッドから俺に飛びかかり、パープルのエナメルが惨めに剝げかかっている貧弱な爪で俺の目を剔《えぐ》ろうとした。だが俺はあっさり彼女の手首を摑んで押さえ付け、君はまだ一七歳で凄く綺麗なんだから、君みたいな魅力的な女性なら、世の中には、就職すらできなかった無一文の英国人の若造なんかよりずっと良いことがあるさと説得した。どこからどう見ても聖人ぶった偽善者だ。彼女を厄介払いできるなら、どんな卑劣漢にでもなってやる。

俺はローワー・イースト・サイドのアパートに置きっぱなしだった僅かばかりの本と所持品を金に換えて売上を彼女に渡した。それから元々英国から持っていた残りの端金《はしたがね》も渡したが、両親が送ってくれた小切手のことはおくびにも出さなかった。もう心は旅行のことで一杯で、何であれそれを台無しにするわけにはいかなかったんだ。

それで、俺が彼女に言ったことは真実、というか俺がそう信じたがっていること以上にはるかに真実だったんだが、けど実際に彼女は俺が言った通りに美しくて素晴らしいということを認めてしまうと、俺の虚栄心は甚大に傷ついていただろう。だからその時ですらまだ俺は、今や俺に対して全ての黒い花弁を閉ざしてしまった彼女の顔に浮かんだ侮蔑を見えないふりをすることができた。

むっつりしたままヒステリーから回復して正気に戻った彼女は、俺にあえて背を向けることはなかった。そう、俺に対して完全に無関心になったんだ。黙りこくったままでだけど。俺は彼女にとって何の意味も持たなくなった。そして意に反して俺は傷ついた。俺の無責任な虚栄心は少々落ち込んだ。そして心の中では、彼女がある意味、察知して反映させていたのは俺自身の弱さ、俺自身の憔悴であり、それこそが彼女をあれほどまでに魅力的に見せていたのだということを知っていた。彼女は完璧な女だった。月のように、ただ光を反射させるだけ。俺を真似、俺が願うものになった。それによって俺が彼女を愛するように仕向けたんだ。けど、あまりにも上手く真似るもんだから、俺の致命的な欠陥までをも真似しちまったんだな。つまり、俺自身が他人に愛されるような存在じゃないから、彼女を愛することもできないってこと。

そういうわけで、偽善者同士の俺たちは、愛という最後の偽善だけは免れたってわけだ。言い換えれば、あらゆる攻撃の中で最も残忍な、他者を占有するという行為だけは免れたんだ。

今やレイラは、俺が望みうる限りに弱々しく、受身で、従順だ。だが彼女は知らない人間を信用できない。だから働いていたところの女の子から、ハイチから来たという老婆の住所を聞いたらしい。この老婆はハーレムの中心で堕胎をやっている。だがそんなところへは、たとえレイラが一緒だとしても、俺自身が足を踏み入れるべきではなかった。殊にこんな事情では。彼女の方はカネを作るのに毛皮を一枚か二枚売った。堕胎の代金は高いよ、魔術代もコミだから。術後の譫妄《せんもう》状態の中で、このヴードゥーの堕胎医は手術の前にいつも雄鶏《コック》を生贄《いけにえ》にしていることが明らかになった。そしていずれにせよ、婆ァはその仕事をやり損なって、レイラは感染症に罹り、残りの毛皮を全部売ったカネで病院へ行かなきゃならなくなった。子宮を代償に。

俺はタクシーで彼女を予約時間に送り出した。勇気を振り絞るために、彼女は完璧なまでにドレスアップし、一番高い、一番バロックな靴を履いた。あれだ、ローズピンクのスウェードで、ヒールはシルヴァー。それにチンチラのストール。それから緋色のシルクの布を、ドレス風に。獰猛な臭いを放っているが、それは完全に自前だ。香水瓶のものじゃない。タクシーが遠ざかる。彼女は振り向いて俺を一瞥した。その顔は悪意に勝ち誇っているように見えた。あたかも、俺が彼女に強いたこの窮状は俺自身への罰であって、彼女の痛みは彼女とは何の関係も無く、何もかもが俺の痛みであるかのように。

一八時間後、彼女は別のタクシーで戻ってきた。気を失ったまま。大出血して。タクシーの床が血で冠水している。運転手も黒人だったが、俺が黒人でないのを見ると、この女の人をすぐ病院へ連れてけと憎々しい金切り声で言い、クルマのクリーニングの責任まで俺に負わせた。

俺はずっと彼女を腕に抱いていた。罪悪感と恐怖でいっぱいだったが、こんな苦痛を彼女にもたらしたという俺自身の良心の呵責から逃れる一番簡単な方法は、彼女への同情を一切やめてしまうことだから、言うまでもなく、翌日にはそうしていた。だけど、この壊れちまったものが俺の腕の中に身を横たえ、その虐待された女性性から生命力を漏出させている間、俺が感じてたのは全ての元凶は俺だということだ。タクシーが救急病棟の外に到着すると、彼女は一瞬意識を取り戻した。眼を開き、烈しい苦悶の眼差しを俺に向ける。俺はほとんどたじろぎ、ほとんど彼女を愛しそうになった。それから重い瞼は再び垂れ下がった。だけどここに彼女を入院させ、輸血を受けさせるためには、俺はあらゆる書類にサインし、カネを掻き集めなくてはならなかった。

婦人科病棟の受付は、過剰な軽侮で俺に接した。鋭いが整った顔つきの若い女で、金髪を襟首のところできちんと結《ゆ》っている。アクセントは東海岸の大学のそれで、眼は貞潔だが冷たい。俺を中に入れてレイラに会わせようともせず、レイラの母親に連絡しますと言う。レイラが母親に会いたいと言ったのだそうだ。費用が幾らになるかは解りませんがと言いながら、だいたいの概算をくれた。凄く貧乏なんですと言うと、タイムズスクエアでケツの穴でも鬻《ひさ》いでカネを作ったら、と来たもんだ。あまりにも冷静に、当たり前みたいに言うもんだから、俺にはほとんど信じられず、病院の上の方に掛け合うと言った。彼女は嗤った。

「雌鵞鳥のソースは雄鵞鳥のソースにもなるのよ」〔「一方に当てはまることは他方にも当てはまる」という諺をふまえた表現。ここでは女が売春するように男がそうしてもよいでしょうの意〕と彼女は言った。「初めての時は最悪だそうよ、どっちもね」。

「こいつが悪いんだ」と俺は言った。「ハーレムへ行くって聞かなくて。呪術医のところへさ」。

「だから何」と受付はその眼で俺を撃墜した。

毛皮は売らなきゃだ。それと、親の小切手は現金化してあったので、それを崩して哀れなレイラを助けるためにさらに五〇〇ドルも出してやった。それから中古のフォルクスワーゲンを買い、その平たいトランクに着替えと少しの食料を詰め込んだ。レイラに手紙の一通も書こうとしたが、出て来るのは恨み辛《つら》みばかり——そもそも何で俺を誘惑したんだ、ここまで無知なのに？　なぜピルを飲んだり、子宮にプラスティックの避妊リングを入れたり、君の穴が俺を呑み込む前にゴムのディスクを入れといたりしなかったんだ？　なぜ衛生的な堕胎医を見つけなかった、この街にはいくらでもいるのに、この馬鹿め、売女め……この短気な愚痴、彼女の破滅に対して示すとのできた唯一の反応を自覚して、俺自身ですらムカついた。でも、俺は彼女のために花を注文してやった。薔薇、赤い奴、それで俺の良心は少し落ち着いた。そんなヤワなもんじゃないからな。

連中が入院を認めてからまだ一日しか経っていないが、デリカテッセンから病院に電話すると、受付は嫌々答えた、レイラは子供の産めない身体になってしまったが、一命は取り留めるだろう、そしてその夜に彼女の母親が到着するだろうと。それも飛行機で。ああ、カネは受付で払ってもらえばいいですから。けど、貧しい黒人の掃除婦が、一体どうやって病気の娘を見舞うために大陸横断するカネを工面できたのだろうか？　たぶん、雇い主が憐れんでチケット代を払ってくれたんだろうなと俺は推測し、それ以上レイラの母親について考えることはなかった。そう。全然。

この街が俺にレイラをくれ、そして取り上げた。もうこれ以上ここにいる理由は無い。夜中にネオンが快楽への白い誘いを放っていたところで、今じゃあちこちで火の手が上がっている。雪が来るまでには、暴動とコレラがマンハッタンを引き継ぐだろう。そして大通りを吹き抜ける風には、すでに雪の気配がある。俺の脳はハシシの煙を追い出した。俺ははっきりとこの惨禍を見ていた。

旅行用にポテトサラダとコールドハムを買った。クルマに戻る途中、そこから五〇ヤードも離れていないところで、黒人のガキどもに襲われた。一番年長の奴でも一五にもならなかったが、俺はボコボコに殴られた。だけどカネだけは守り抜いたよ。アメリカン・エクスプレスの窓口の奴に言われた通り、カネは折りたたんで小さな束にし、無意識の失禁に備えてポリエチレンのキッチン・ラップに包み、スコッチ・テープで股間に貼り付けておいたからな。戦車の轟音が近づいて来て、俺を襲った連中を追い払った。凱旋する英雄たちの轟音が通り過ぎると、俺はよろよろと立ち上がり、クルマに向かってこの震える脚に出せる限りの速度で走った。

こうして、俺は死に行く街にレイラを置き去りにして高速に逃げ込み、燃えているクルマの残骸をいくつも過ぎた。窓も防弾だから、いつ撃たれても安心安全。本物のアメリカン・ヒーローみたいに、颯爽と高速を行く。カネを股間にたくし込んで。

最初は、舞い上がっていた。この街から生み出された致命的な病いから逃れられたと思ってね。けど、この街の暗黒と混乱はそっくりそのまま俺自身のものであり、俺自身がその病いを持ってきたんだ。俺自身が感染したのか、それともそもそも俺の手で旧世界から新世界へ持ち込んでたのか、俺自身が全世界を覆う絶望という疫病の病原体のキャリアだったんだ。でも、自分の病気を誰かのせいにしたくて、だからレイラを選んだ。彼女はこれまで出会った中で、何よりも俺自身に近いものだったから。

俺は自分に言い聞かせた。彼女の遅鈍で魅惑的な肉体は、俺自身の身体をその頽廃的な倦怠で満たした。ゲットーの病いと、女性性という緩慢な譫妄性の病い、その受動性、そのナルシシズムが、彼女のせいで俺に感染したんだ。彼女はその人種と性別によって二重に侮辱されてきた。彼女が俺にくれたこの苦痛は、だから二倍に有害で、俺は死ぬかも知れん。こういうような馬鹿げた考えが、夜通し猛スピードでクルマをぶっ飛ばしている逃亡という俺の悪事の間中絶えずひらめいた。ニュージャージーの料金所で夜が明けると、俺はこの大都会全体の荒廃を見た。それは俺自身の鏡像だった。

人間嫌いが悪化し、人の住む場所にはびこっていると思い込んだ悪疫を恐れて、俺は出来の悪い計画の全てを抛棄した。もう南部へは行かない。その澱《よど》んだ入江には、ヨーロッパの亡霊どもが多すぎる。亡霊のいないところに行くんだ、きれいな空気と清潔な場所が必要なんだ。砂漠へ行こう。そこなら、人の目によって疲弊していない原初の光が、俺を清めてくれるだろう。

砂漠へ行こう。この広大な国の中心の荒野へ。人は砂漠に背を向ける、空虚を思い起こさせるのを恐れて——砂漠、不毛の地、そこに探そう、キメラ〔ギリシア神話に登場する、頭はライオン、胴はヤギ、尾は蛇の火を吐く怪物〕の中のキメラ、そこに、砂の海に、この世界の中で誰も住んでいない場所の漂泊された岩の間に、俺はあらゆるキメラの中で一番捕らえがたいものを見出せるだろうと思った。つまり俺自身を。

そして結局のところ、俺は見出した。この自己は、俺の全く与り知らぬ奴だったんだが。

道。へとへとになってそれ以上運転できなくなると、クルマのバックシートに縮こまって、二、三時間、不安な夢を見る。けど、そんなしょっちゅうじゃない。何しろ狂乱してて、眠れないんだ。物凄く急いでるのに、俺が急いで向かってるのは、まさに今棄ててきたまさにその謎だなんて、知らなかった――暗い部屋、鏡、女。この目的地が俺に磁力みたいな魅惑を揮《ふる》っているなんて、知らなかった。止められないなんて、知らなかった。

朝には地面は霜で白くなっている。もう一〇月も下旬だし。緋色の太陽が蒼ざめた空の縁と同じくらい遠くまで広がる平原の上に登る。木は一本もない。カーラジオが安っぽい傷心という聴覚上の糧を供給する。この鼻にかかったカントリー・ミュージックは、無数の消耗品を讃える歌を歌う声、口角泡を飛ばしてニュース速報を告げる声で絶えず中断される。ハーレムの壁はより長く、より高く、より分厚くなっています。州兵は常駐しています。暴動に放火。旅行にはこれ以上もない最悪の時期。ただ宿命だけが俺に取り憑いて、こんな厄介な時期に尻尾を巻いての逃走に駆り立てている。宿命と、目の前にある目的地の不可知の推進力。俺が全く与り知らぬ内に、遥か昔に俺を選んでいた目的地。目的地の方が人を選ぶんだ。生まれる前に。

そして磁力みたいな魅惑を行使する。情け容赦もなく人を、忘れていた始源へと引き寄せる。下降せよ、人を始源に回帰させる、存在の先細りの螺旋を下降せよ。下降せよ、世界は規則正しく前進し、ゆえに運動の幻想を与える。だが人は誰もがその人生において、ただ脳の曲がりくねった回廊を、われわれ自身の中の迷宮の核に向かって進んでいる。

全国的に石油備蓄は欠乏しつつあった。給油所は好き勝手に配給量を決めた。値段は三倍になり、四倍になり、さらにその倍となった。俺はドルを鷲掴みにして叩きつけた。この切迫した逃亡を維持するために。

郵便局で両親に海外電報を打って、俺は無事で元気だと報せる。コロラドの埃まみれの、打ち捨てられたプレーリーの村。ソーダ・ファウンテンに屯する老人たちが、TVの武力衝突のカラー映像を見ながら首を振り、舌打ちしている。カウボーイハットを被った老人たちは、低いガラガラ声で画面に毒突いている。大統領は黒人どもを空爆すべきだと思っていたのかも知れないが、何が何でもというわけでもなくなった。要は娯楽だ。もう辺境へ隠退しちまったんだし。今更ニューヨークが何だって？　外の、埃っぽい街路では、電線と電話線の幾何学的な網の中で、風が孤独の歌を歌っている。ハンバーガーは五ドル。肉は四分の一インチほどの厚さだろうけど、ピクルスはまだ大量に入ってるんだ。

俺は取り憑かれていた。あの都市を捕らえていた痴呆症に完全にやられていた。店の窓越しにちらりと見えたTV画面上で展開される歴史のメロドラマ的装置なんて、もはや何の関心もないね。むしろ、道路脇の電柱に停まっているところを俺のヘッドライトで照らされて目をぱちくりさせてるミミズクの方がよっぽど興味深いよ。昼も夜もクルマを走らせた。思っていたよりは遥かに早く、俺は砂漠に到着した。強制された不毛の地、脱水された不妊の海、地球の閉経後の部位に。

第四章

砂漠の真ん中で迷っている、完全に迷っている。

俺は地球上の温和な場所を拋棄した。太陽は給油所の男の目を灼いた。乾いた空気は彼の顔全体に細かい皺を刻んだ。彼は何も話さなかった。昨日、それか一昨日だ。一昨日、さもなくば昨日、風が俺の地図を吹き飛ばした。空気が肺を乾かす。俺は喘いだ。

誰もいない。唯ひとり。

俺は砂漠の真ん中で、成す術もなく迷っている。地図も案内人もコンパスもない。風景は、古い扇のように周囲に広がる。彩色した絹の全てを失い、剝き出しになった骨董の象牙の黄色い骨組みだけが残っている。俺が生きている、だが何もできない世界に。大地は削られ、剝ぎ取られた。棲んでいるのは谺《こだま》だけ。世界は輝き、煌めき、悪臭を発し、蒸されて表皮が剝け、剝がれ落ち、罅《ひび》割れ、水膨れる。

俺は自分の心象風景にぴったりの景色を見つけたんだ。

第五章

道は錯乱した光景を貫いて走っている。蒼ざめた岩、不安定な漂移性の構造物の、重なり合う蜂の巣のような峰、白さと沈黙が石灰化したアッサンブラージュ、そこでは犇《ひし》めき合う小石が、時の始まる前にひからびた川の痕跡を形作っている。そこでは蛇と蜥蜴《トカゲ》が灰色の砂の中でかさかさと蠢《うごめ》き、鵟《のすり》が空中を漂う。そんな道の上で、ガソリンの切れた俺は、気がつけば全くお手上げになっていた。運転席に座ったまま、勇ましくもこの自らの苦境を笑おうとしたが、俺の笑いの谺はパロディみたいに響き、俺はすぐに沈黙した。プラスティック容器の中にほんの少しの水、セロハンに包んだハムとレタスのサンドウィッチの半切れが三つ、煙草が一七本、それから――数えてみたが――マッチが一一本。夜が迫った。

夜と共に恐ろしい冷気が来た。まるで太陽が、岩の先端の向こう側に沈む時に、熱まで一緒に持ち去ったみたいに。太陽は日中の間、その熱で砂を覆い尽くしていたというのに、いざ立ち去ると、その正反対のもの、寒さなんてもんじゃないものを残していった。しばらくすると見慣れない星々が疎《まば》らに縫い込まれた空に鎌みたいな月が出た。一度だけ、遠くに、凍てつくような遠吠えが聞こえて頭皮がひりひりした。そして全き沈黙。

俺はフォルクスワーゲンのバックシートに縮こまり、誰か親切な人が通りかかって、町まで牽引してくれないかなと期待して待った。誰一人来やしない。サンドウィッチを半切れ食べ、水を一口か二口飲み、煙草を二本喫った。二本目は一本目の吸いさしから火を点けた。カーラジオを聞いていたが、この原始の、畏るべき場所に安っぽい音楽は全くの場違いで、俺はやむなくスイッチを切った。それから眠ろうとしたが、できなかった。この砂漠は旅の道連れの中でもとびきり邪魔っ気な奴だから。

出始めの弱々しい月光の下、岩は奇怪な群落に見えた。その夜の終わりなき不寝番《ねずばん》の間に一度か二度、誓って言うが、人の手で建てられたのではない街の、すり傷だらけの塔の間のそこここに、明滅する光を見たんだ。だけど俺の眼は、それに俺の耳もまた、俺を騙し始めていた。この深遠な沈黙、そしてたぶん、その沈黙よりもさらに深遠な暗闇が、月が落ちたという言い訳と共に俺を支配したせいで。その最初の孤独と寒冷の夜以来、俺は多くの身の毛のよだつような夜を過ごした。その最初の夜は俺を疎外に直面させた。けどまだ最初の夜だったし、そもそも砂漠特有の恐怖ってものをよく知らなかった俺は、これ以上酷いことなんて未だ嘗てないと思った。そう、絶対。俺は自分が荒れ果てた土の裂け目に潜む柔らかい幼虫みたいに感じた。俺を守ってくれるのは、薄い金属の小さな甲殻、つまり俺のクルマだけだ。沈黙は俺の耳に毛皮を詰め込んだ。

認めなきゃだが、一度か二度、可哀そうなレイラのことを考えた。彼女はあの薔薇に心を動かされ、話しかけ、じっと見詰めたりしているだろうかと思ったこともあった。けど、そんなにしょっちゅう彼女のことを考えていたわけじゃないし、たとえ考えたとしても、これ以上もないほど根拠のない感傷が伴っていた。

夜明けの光が岩々から暴力的な蒼白さを叩きつける。俺はふらふらだった。眠れなかったし、物凄く腹が減っている。サンドウィッチの最後の半切れを一口ずつ噛みしめながら食う。食うのに時間をかければかけるほど、それが長い間俺を支えてくれるかのように。乾いた口を水で潤し、残り二本の煙草のうちの一本に最後のマッチで火を点けて喫った。それから、その吸いさしで、最後の、人生最後の煙草に火を点けた。

それを渋々揉み消した時、一つの考えが浮かんだ。道の近くの岩の頂に登れば、周囲の土地が全て見渡せるだろう。で、もしかしたら、たぶん、次の給油所か——あるいは、遥か遠くに、近づいて来るクルマでも見えるかもしれない。なら助かる。

澱《よど》んだクルマの中から鋭くギラギラする陽光の下へ踏み出した俺は、新鮮な空気の一撃を受けてよろめいた。すると、鋭い炸裂音がして空気が切り裂かれ、そしてまた自動的に閉じた。銃声？　それか、岩の圧力が音となったのか？　それとも俺自身の耳が、俺を欺いているのか？岩の間を、ゆっくりと慎重に歩いてみる。上に登る前に、俺はそれに躓いていた。眼に入ってすらいなかった——鳥だ。

それはまだ完全に死んではいなかったが、菊の花の花びらみたいにびっしり生えている胸の羽毛に血塗れの穴が開いている。少し熱に浮かされて、俺は直ちにそれが何かを見て取った――〈ヘルメスの鳥〉、錬金術師のイコノグラフィにある血を流す鳥。今、この偉大な、白い、美しい鳥は、死へと、腐敗物へと変容する……

たぶん翼長は六フィートくらい――天使みたいな、イカロスの翼。だが死の銃弾は、それを本来の住まいである空から、為す術もなく叩き落とした。それによって、その天空の本質の印であり、動力でもあった素晴らしい翼は折れて捩れた。それは巨大で、雪みたいに白かった――筆毛だけが、汚されたかのように黄ばんでいる。

どこから来たんだろうか？　砂漠の鳥じゃない、鷺や鵟でもない。俺はあんまり鳥には詳しくないんだが。でもたぶん、アホウドリ――〈老水夫〉の破滅の元だ。ああ、詩なら詳しいんだ。アホウドリ、神聖にして不吉な。だが一体どんな突風なら、海から遥か遠く、乾いた砂漠の真ん中での死までそれを吹き運んでくることができたのだろう？　そして誰がそれを、この人っ子一人いない場所で撃ち落とし、路傍に放置して死なせるなんてことをしたんだ？　この鳥は何と忌まわしく、哀れなことか。今やそれは重力を受け入れねばならない。それまで滑空し、高く飛んでいた、この諸天の鞦韆《ブランコ》の上の軽業師は、その生涯を、重力など意に介することなく挑戦的一生を送ってきたのに。ちょっと前までこれほどまでに美しかったものがこんなにもあっさりと、それとは正反対の乱れた姿で苦悶しているのを見て、俺は悲しみに圧倒された。何たる瞬間的変容！　その黄色い眼には霞がかかりつつあった。

そいつのためにひとつ墓でも掘ってやろうと思いついた俺は、道路に跪《ひざまず》いて両腕に抱えた。それは弱々しく羽ばたいた。まだ死にきっていないんだ、可哀相な鳥……だが、赤い腐食性の蟻の奔流がその両眼と傷口から滝のように流れ落ちてきた。奴らはもう、すでにそれを宴に供しているのだ、死にきってもいないのに。

屍肉喰いの蟻どもの光景を見て、胆汁が喉まで込み上げた。俺は鳥を落とした、吐き気で。その瞬間、強烈なカラテ・チョップを項《うなじ》に受けた俺は昏倒し、腐っていく信天翁の横の地面に伸びてしまった。

また目を開いた時、俺は悪夢から悪夢へと移った。目の前に見たのは俺自身の蒼ざめた顔。俺の上にしゃがみ込んでいる人物の顔を覆っている黒い円盤に、歪んではいるが確かに映っている。俺は再び眼を閉じた、恐怖で。だがそいつが慣れた手つきで俺のポケットを弄《なぶ》り始めたので、俺は飛び起きた。そいつは素速くもう一発のチョップで応戦し、俺はまたしても蹲ってしまった。もう一度怖々眼を遣ると、そいつは俺の運転免許証、トラヴェラーズチェック、パスポート、さらには汚いハンカチまで、脇に提げたたっぷりとした雑嚢に詰め込んでいる。

肩には軽機関銃。

その時、弾丸が唸りを立てて俺の頭の上に飛んできて、砂に突き刺さった。俺を捕らえた奴は振り返りざま、空中に無数の穴を穿った。大きな、パニック状態の金切り声が起こり、どこか近くでエンジンの回転速度を上げる音。さらに二、三発の銃弾が俺たちをかすめ、不格好なヘリコプターが、俺が登ろうとしていた岩の先端から空中へ昇った。そのプロペラはよほどの年代物みたいに悲鳴を上げ、本体は吠えて唸りながら空を移動し、喘ぎながら澄んだ空を遠ざかっていく。つまりこの砂漠はどこからどう見ても無人の空き地なんかじゃなかったんだ。

俺はこの痩せて背の高い奴と二人っきりになった。革みたいな材質のしなやかな衣服に身を包み、頭には庇《ひさし》の付いた粋な帽子、この帽子には黒いプラスティックののっぺりした遮光板が付いている。これは砂漠を移動するために誂《あつら》えられたダストシールドに違いない、と俺は思った。これがそいつの顔を完全に隠している。俺の迷信的な恐怖はほんの少し和らいだが、それほどでもなかった。何しろそいつは恐ろしいほど威嚇的だったんだ。それに、まだ実害こそ加えられていないが、そいつがあの〈ウィミン〉と同じ緋色の腕章を着けてるのを見て、ますます脅威を感じた。

だけどこの腕章には改造された♀の中の剝き出しの歯はなく、その代わり、俺の眼には折れた矢か切頭柱のように見えるシンボルが描かれているのが見えた。

彼女は小さなジープみたいな妙ちきりんな小型の乗り物でここへ来ていた。車輪の代わりに橇がついている。あるいは、車輪に変換できる橇なのか。明らかに砂上を走行するための設計で、電気で動いている――彼女が来た時、何の音もしなかったし。さて、彼女はシートからロープを一巻き取り出し、その一端を、俺の抵抗も虚しく、俺の腰にきつく巻き、両腕を脇に縛りつけた。

これでもかと縛り上げると、電気砂橇に飛び乗り、ゆっくりと滑り出した。よろめきながらの小走りで俺がついて行けるぎりぎりの速度――そして俺にはそうする以外、無い。

今や俺は虜囚だ。だが誰に捕らわれているのかは判らない。そいつが女だってこと以外は。

彼女は俺を引っ張って雨裂《うれつ》を行く。それは淡い影の静止した集団の間を通る自然の小径を形成していたが、風紋のある砂地に辿り着くと、俺は太陽に苦しめられることとなった。少しでいいから休ませてくれ、と捕獲者に懇願するも、その反応ぶりからして、こいつは耳が不自由で、口もきけないのだろう。肩越しに振り返ることさえしないんだ。太陽は残酷にも俺の白い肌を痛めつけるが、彼女は俺の懇願を全く黙殺している。正午になり、どこにも影が落ちなくなると、彼女は停止して飛び降り、今まで乗っていた、するする滑る静音性の獣の中からピンクの紙パラソルを出した。

彼女は日傘を広げ、その象牙の柄を砂に突き立てた。それは小さな丸い薔薇色の影を落とした。彼女は俺の縛めこそ解かなかったが、その下に座れと俺を招いた。俺の片腕だけ緩めて、使えるようにした。それから操作レバーの間の荷台から水のボトルを取ったが、まず自分でぐびぐびと飲んでから、ようやく俺に飲ませた。そんなわけで飲めたのは底の方に溜ってた塩気のあるのを何口かだけ。飲む時、彼女はマスクを跳ね上げたが、顔はちらりとしか見えなかった。水は妙な、人工的な味がした。

それから彼女は何枚かの、合成だけどそこまで不味《まず》くもないパンというかビスケットみたいな薄いものをくれ、自分でも食べた。この化学合成食は、いかにも禁欲的な感じがする割りに思いの外栄養満点で、その日の悲惨な行程の残りを支えてくれた。何しろ燃えるような砂の上を、自分の脚で延々走らされたんだ。夕暮れになって、彼らがベウラと呼んでいる場所に到着した。

ああ、ベウラの住人たちの禁欲ぶり、厳格さときたら！　ベウラは内部、すなわち地球の内側の部分にある。その紋章は破壊された柱。ベウラでは、哲学が岩を支配している。〈マザー〉がこの地下の街を造った、砂の下に穴を掘って。隠れて住むことにしたのだ。〈ホーリー・マザー〉の指は外科医のメス、それがベウラの同心状に下降する諸球体を掘削した。それ以外の時は、彼女自身が常にそこにいたってこと――地下の神、夢の形成構造の中に常に存在する存在。彼女は聖なる女性、そこは瀆神の場所。

それはあたしが生まれた場所になるだろう。

俺の靴の底は焼け落ち、足はひりひりし、出血する水泡だらけ。俺の自由な片手は、彼女が親切にも貸してくれた日傘の象牙の柄を握りしめていたお陰で皮が剝けた。シャツは汗でぐしょ濡れになってからまた乾き、再びぐしょ濡れになり、何にせよもはやほとんど身体を保護してない――俺は徹底的に焼かれ、頭を太陽にやられて、砂という小さな鞭で打たれ、両眼は痛み、埃が詰まって、夕暮れの影が砂を侵蝕した時にも、その藤色の透明度がほとんどわからなかった。

涼しい風も、気分を爽快にはしてくれない。この酷い仕打ちにあまりにもぼろぼろになり、あまりにも捨て鉢になっていた。だがその時、捕獲者は砂橇を停め、俺も停まった。停まったなんて信じられなくて、それと気づかず数歩よろめいてしまったが。立ち直って呼吸を整え、眼の砂を拭うと、彼女が運転席から出て来て、両手を腰に当てて肘を張り、彫り込まれた石のモニュメントの前に立っている。それはこの、存在するものが鉱物となって根絶される場所のまさにその中枢、何エーカーも広がる風紋の砂の平原の中心に、その場違いさを傲岸にも無視して建てられたものだ。

それは仰々しい構造物で、誰も知らないところから引っ張って来た花崗岩から切り出されたものだ。高さは二〇フィートか三〇フィート。夜の方角に無限に伸びる影を落としている。立派な土台の上に安置されたそれは、睾丸の付いた石のコックを模している。実に本物そっくりで、巨大な勃起の状態にある。だがそのコックは中ほどできれいに折れている。その折れた面に、絞首刑フェチの裁判官みたいな顔つきの禿鷲が留っている。そして俺の方を見てこれ以上もなく恐ろしげなウィンクをした、ような気がした。コックの上半分は一〇フィートほどで、俺の足元の砂の中に横たわっているが、偶然落ちたようには見えなかった。

この彫刻された碑文を当惑して見つめている間、捕獲者は握りしめた拳をそれに向かって上げて敬礼した。そして俺にもそれに敬礼するように促した。その土台には銘語が刻まれている。ラテン語の決まり文句、入ルベシ、此処ニモ神々ハ御座ス《イントロイテ・エト・ヒク・ディ・スント》。この文句は知っている、見たことがある、俺の記憶に引っかかってる。可哀そうなレイラを思い起こさせる、まあその時には自分自身以外の奴のために割いてやる憐れみなんて欠片《かけら》もなかったわけだが。この石の下に、神話とテクノロジーの複雑な混淆の中に、〈マザー〉が御座《おわ》す。その混淆は、俺がその相続人であるのに、一人では解きほぐすことはできないだろう。「入るべし、此処にも神々は御座す」。

矛盾する事柄が、等しく真実である場所というものがある。

この場所はベウラと呼ばれている。

砂漠の中心であの壊れた柱に視線を注いだあの時点で、俺の人生の糸はぷつんと二つに切れた。俺はもう、二度と、あれを初めて見た時と同じ俺になれないだろう。ひとたびあれを見たが最後、俺はこの世の中においては機能しない残酷で循環論的な論理のなすがままになってしまっていたことに気づいた。

捕獲者は小さな橇に飛び乗り、スイッチを入れた。橇は急発進して俺は前のめりに倒れ、引きずられた。転倒した時、柱が倒れ、禿鷲が驚いて空中へ飛び上がるのが見えた。柱、台座、基盤は大きな音を立てて一緒に後ろに倒れ、その下の砂に大きく開いた入口、下へ続く傾斜した穴が露わとなった。彼女はそこを下る、地球の深淵へと続く、舗装された砂の喉を滑り下りて行く。徒歩で逃げる余地など全くない。彼女は俺をひたすら無様に引きずって行く。だから俺は女の街にはそぐわぬ形で到着した。何尋《なんひろ》もの深いところで、ついに休息を得た時、俺は小学二年生みたいに、為す術もなく泣きじゃくっていた。

俺は砂の中で大の字になっている。屈辱以外、何も判らない。

そして俺はここ、ベウラにいる、矛盾する事象が共存する場所に。

第六章

さらに下へ。迷路の終わりには到達してない、まだ。

ベウラは瀆神の場。それは坩堝。自らを〈偉大なる親殺し〉と称し、また〈大いなる去勢者〉の称号を誇る女の住処《すみか》。法悦を唯一の麻酔薬として、キュベレの神官たちは彼女を讃えるために自らの一部を切除し、血を流し、聖歌を詠唱し、狂乱して街を練り歩いた。この女には多くの名があったが、彼女の娘たちは彼女を〈マザー〉と呼んだ。〈マザー〉は自らを神の化身とした。自らの身体を完全に変容させ、全身に痛ましい改造を施し、自然の原理という抽象概念となった。彼女はまた異常な実験を行う偉大な科学者で、俺はその被験体となるべく定められていたのだ。だけど、気を失ったままベウラに到着した時には、そんなこと何ひとつ知らなかったわけだが。

彼女らは俺の日焼けに軟膏を塗り、顔と眼を拭ったに違いない。目が覚めた時には痛みはかなり引いていたから。俺は仄暗く白い部屋の床の、粗末な寝床に寝ていた。明かりは壁の足下にあるピンクっぽい発光の明暗の縞のみ。この部屋はかなり丸く、地下で風船ガムよろしく息を吹き込んで膨ませたかのよう。壁は強靱な合成の外皮でできていて、不自然な光沢のために眼に優しくなく、テカテカして、無機的だ。部屋の中のあらゆるものが奇妙なほど人工的だが、非現実的なものは何もない。それどころかベウラは、あくまでも精神状態に基づいて設計されてるから、非の打ちどころがないほどリアルだ。だがそれは科学の勝利であり、自然なものはほとんど何もない。あたかもそこでは、この世俗主義の時代に信頼を勝ち得るために、魔術が外科手術になりすましているかのように。だけど今、ベウラのことを考えると、その驚異のテクノロジーをあたしが誇張してないとか、大袈裟に言いすぎてないなんて言い切れない――それか、間違いの付きまとう、精神的なショックを受けた記憶が、そのほとんどを捏造してたのかも。そこで加えられた神話的な復讐を緩和するためにね。

復讐、という言葉を使ったわね。けどそれ以来、もしもあたしが世界の浄化を体験して来たのなら、もしも今のあたしが肉の本質というものをほんの少しでも理解しているのなら、その理解は〈ホーリー・マザー〉の黒曜石のメスの陰鬱な一閃によってもたらされた啓明のおかげ――イヴリン、すなわち彼女の野蛮なる正義の最初の犠牲者は、そのナイフで切り取られ、イヴ、すなわち彼女の製造所の最初の子供になった。

ほら、あたしって自然じゃないから――そりゃまあ確かに、切られりゃ血も出る身体なんだけどさ。

部屋は丸かったけど、床は充分に平らで、艶《つや》のあるプラスティックの物質で覆われていた。とても涼しかったが、エアコンの唸りは聞こえなかった。冷え冷えとした感じの、経糸《たていと》も緯糸《よこいと》もないベッドカバー、織機《はたお》りというものを見たことのない繊維。まだ痛む頭を支えるための機能的なプラスティックの高枕。酷い眩暈《めまい》でこの部屋が、SFの礼拝堂みたいな見た目と相まって、俺の周りでワルツを踊ってる。だけどこの球体の場所から出るためのドアが無いことに気づいた俺は、まだ仔猫みたいに弱ってはいたけれど、ベッドから飛び起きて両の拳で壁を叩き始めた。罠だ！虜囚だ！　地面の下に丸呑みにされ、囚われた！　出してくれ！　だが、砂が喉に詰まっていて大声で叫ぶこともできず、俺は酷く喘いだ。壁は防音がよほどいいのか、鈍い打撃音が帰ってくるだけ。

それから、俺の周囲の不吉な円のどこかに隠されている拡声器がばちんと鳴り、知らない女の声がした。元通りに床に就け、体力を浪費するな、われわれの都合の良い時にそちらに行くと。できることは何も無さそうだったので、俺はまたしてもマットレスに大の字になったが、手足の震えを鎮めることはできなかった。声の後の沈黙はあまりにも底なしに深く、情け容赦のないものだった。つまりそれは地球内部の非人間的な沈黙で、俺が今いるのは太陽の光から隔絶した場所なんだ。

アメリカ到着以来、俺の脳の後部に犇めいていた恐れが、いまや洪水のように俺の中に溢れ、俺を純然たる恐怖に陥らせた。衛生的に静謐を強制する冷たく清潔な部屋は、俺を恐慌に導いた。何しろ俺は乱雑なのに慣れて大きくなったもんだから、今じゃ整理整頓は有毒物質くらい恐いんだ。俺は完全に無力だった、異国の、全く知らない場所で――故国から遠く離れた名も無い砂漠の、卵みたいに継ぎ目の無い、窓も出口も無い地下深くの部屋に埋められている。俺はすっかり取り乱し、母親を呼んだに違いない。なぜならその時、隠された拡声器から低い、皮肉な笑いの爆発が起こり、それで俺は、連中がどんなに静かにしていようと、常に聞き耳を立ててるってことが判ったからだ。だから俺は耐え難いほど恥ずかしくなり、涙に濡れた顔を冷たいベッドに埋めた。ああ、あの低い、泡立つような笑い！　「泣きなよ赤ちゃん、泣きなよ赤ちゃん」。子供みたいだ、という悪口に勝る屈辱はない。

　それから笑いが止んだ。沈黙、再び重苦しい沈黙。奴らの呼吸の形跡がないかと思って耳をそばだてたが、何も聞こえない。固く閉じた瞼を通して光が感じられなくなったので、何かが起こっているのかと思ってそっと覗くと、まだ完全な暗闇じゃなかった。部屋は俺が眼を閉じている間に照明が消えており、あまりに不吉な気がして、俺は俄に慄え始めた。これから死ぬんじゃないかと思ったんだ。しかも、俺の死は死刑という形を取るんじゃなかろうか、どんな犯罪を犯したのか想像もできないけれど、欠席裁判で裁かれていたんだ。きっと黒いレザーの制服の女が俺を連行し、壁際に立たせて撃つんだと確信するや否や、送話器がまたしてもぱちんと鳴り、朗々たる陰気な声が朗唱した。**男は死に、生まれ変わらぬ限り、天の王国に入ることはできぬ。**

　恐れていた最悪のことが現実のものとなった！

俺を取り巻く暗闇と沈黙は、存在自体が一時的に中断したみたいに強烈だった。ここは五尋もの砂と岩で全ての自然の光や音と隔離されている。だが徐々に、その部屋はごく僅かに暖かくなった。気づいてみると、俺は夥しく発汗していた。それから、あまりにも緩やかで最初は気付かなかったくらいなんだけど、というのも最初は単に暗闇がその色を変化させただけのように見えたんだけど、薔薇色の光が部屋を満たし始めていた。ピンクっぽい光が広がり、拡散し、独房の丸い壁から染み出し、あらゆるものが柔らかく輝いていた。その光輝はさらに強まって赤っぽくなり、それから徐々に緋色になった。室温は上がって体温と同じになった。汗が滝みたいに流れた。

　それから送話器からピーと音が出て止んだ。女の声が言った、**今あなたは誕生の場所にいます。**ゴングが鳴り響き、ハープか、そんな感じの弦楽器が何度も何度も響いた。小さくなって行く囁き声で彼女は今俺がいる場所を宣言し、他の女の声が復唱した。**今あなたは誕生の場所にいます、今あなたは誕生の場所にいます**……とても穏やかな、あやすようなコーラス。俺が横たわっている暖かくて赤い場所は子宮の似姿だと気づいた。声と変な音楽は消えていった。それから、耳の中で俺自身の血が脈動する音以外は何も聞こえなくなった。

　今や俺は、場違いにも、異なる宇宙の発生の中心に投げ込まれていたような感じがした。大地の下で、その湿っぽい腹の中で汗を流しながら、俺は砂漠の、砂漠の向こうの山々の、広大なプレーリーの、草を食《は》む牛の、麦の鈍い圧力を感じた。俺は自分の上に、都市と硬貨、鉱山、鋳物工場、戦争と神話を乗せた大陸全体の重さを感じた。その広大な広がりが、悪夢みたいに俺の胸にのしかかっている。息が詰まった。窒息した。俺の恐怖は新たな性質を帯びた。俺自身の安全に対する恐怖だけじゃない、今や、俺の周囲の世界の広大さへの恐怖なんだ。

だがこの特別に形而上学的な恐怖は、ボロ切れを振り回す仔犬みたいに俺を揺さぶり、不安に陥れ、破壊しつつある。それは不道徳な狡猾さで、精巧な舞台演出によって創られていたから――少し赤い照明に、古風な楽器の二重奏の音。自分の反応ですら、もはや俺には制御不能で、砂漠の女族長の部族、歌う女たちによって厳格にプログラムされていた。革を纏った彼女らの密使が砂漠を越えて俺を引きずり、この苦痛と屈辱の場へと連れて来たんだ。

それから拡声器がまたもやばちんと鳴り、俺の注意を惹いた。ゴングが鳴り、東海岸の大学特有のアクセントで話す抑揚のあるはっきりした声が、次のような格律を述べた。その時の俺にはさっぱり判らなかったものだ。

「命題一：時間は男であり、空間は女である。

命題二：時間は殺し屋である。

命題三：時間を殺し、永遠に生きよ」。

再びゴングが鳴り、それから同じ声が次のような講義をした。

「オイディプスは後ろ向きに生きたいと望んだ。父親を殺したいという分別ある欲望を持った。その父親は、史実性と共謀して彼を子宮から引きずり出した。父親は小さなオイディプスを男根的軌道に乗せて送り出したいと願った（前方へ、そして上方へと！）。父親は彼に未来に生きるように教えたが、それは生きているとは全く言えぬ。そして内なる、時を越えた永遠性には背を向けるよう教えた。

しかしオイディプスはその任務に失敗した。男根中心主義と共謀したために、彼はその軌道の結末を老いた盲人とし、和解を求めて海岸沿いを放浪することとなった。

だが〈マザー〉は任務に失敗しないだろう。

男は史実性に生きる。その男根的軌道は彼を前方へ、上方へと連れて行く――だが、どこへ？不毛の海、月面のクレーター以外の、どこへ！

後ろに向かえ、後ろに向かって源に至れ！」

ばちんと音がして、伝送は終わった。一言たりとも意味が解らなかったが、今はこれまでよりも遥かに恐怖している。俺を捕らえたのは、と俺は推測した、家母長たちだ。連中は俺が犯罪者だと気づいた、連中の世界の体系化の仕方は、俺のそれとは全く違っているから――あの講義は、他の何も明らかにしなかったとしても、そのことだけは明らかにした。俺は犯罪者なんだ、投獄されてんだから。何の罪を犯したのかは知らんが。けど、俺自身の立場が解ると、ほんのちょっとほっとした。

それから、空腹に気付いた。空腹だけが、どれだけ時間が経過したのかを知る唯一の方法だ。それと、この密閉された球体の外のどこかじゃ、たぶんだけど、時間は依然として流れ続けてるってことを。空腹ってことは、まだ生きてるってことだ。腹は減ったが、俺は眠った。

かすかなかちっというか、ちゃりんという音で目が覚める。部屋は元の無害な育児室みたいなピンクの色合いに戻っている。壁の一部は開いていて、女が、生身の女が！　非の打ち所の無い真っ白な布で覆われたステンレス・スティールのワゴンを押している。このワゴンの中に隠れている中身が擦れ合ってちゃりんと鳴ってたんだ。この女は俺を捕まえた奴だ。水のボトルから飲もうとしてマスクを外した時に見せた顔。でも今は私服で、ヴェストというかTシャツというか、前面にシルクスクリーンのプリントがある。この街に到着した時に俺を出迎えてくれた、破壊された男根《ファルス》のモティーフのデザイン。それと、ぴちぴちの青いデニムのショーツ。実際には相当肌を露出しているのだけど、完全に、全身が衣服に覆われてるように見える。生まれてからこの方、鏡を見たことがない女みたいだ。ただの一度も、女たちを惑わせて裸にさせるあの姿見などに身をさらしたことがない。

彼女は会釈もせずに直ちに俺の手首を摑み、深遠な専門家のようなやり方で脈を取り、それから俺の口に体温計を突っ込み、それが温まる間に、ワゴンに被せた布の下から血圧を測るのに必要な機器を取り出し、直ちに血圧を測った。頷いている、測定結果に満足して。体温計の状態を見て、ショーツの尻ポケットから金のシャープペンシルを取り出し、ワゴンにクリップで留めてあるカルテに大量のヒエログリフを記入した。それから皿の蓋を取ると、中身はスープだった。ありがたいことに俺の脇に跪いて、スプーンで食べさせてくれた。効率よく、だが思い遣りなど欠片《かけら》もなく、スープを投与していく。いかにも合成な味、だけど不味くはない。それから偽牛乳のプリン。病人食だ。

すべて食い終えると、まだ頭痛の残ってる俺にはあまりにもお節介すぎる音を立ててプラスティックの器を重ね、上掛けを除けて俺の日焼けした裸体を、冷徹な看護婦の眼で点検した。全身にわっと屈辱感が湧いたが、一日中太陽にこんがり焼かれてたんで、その屈辱は表には出ない。この間ずっと、彼女は全く何も言わない。ただ彼女の為すがままになるしかない。湯を持ってきて、充分丁寧だが人間味の欠けたやり方で俺の体を洗った、もうすでに死体になっているかのように。壁のコンセントに電気剃刀を差し込み、三日か四日分の無精髭を剃る。俺が自分の顔の髭を見るのはそれが最後だ。その時は知らなかったんだけどね。

彼女は丹念に俺に殺菌剤を塗ったんだが、もう痛いのなんので叫び声が出た。それに対して彼女は即座に、断固とした軽蔑の眼差しで応えるもんだから、俺は唇を噛み、これからはもっと勇気を持とうと決意した。彼女は痩せて蒼白く、鋭い顔立ちで、その態度は俺を苛つかせた。亜麻色の髪は二つのお下げに編んである。見れば見るほど、こいつと会話を始めるなんて不可能な感じだ。

俺の髭を剃り、洗い、薬剤を塗布すると、彼女は壁の一箇所を押した。するとその部分が後退して、戸棚が出現し、彼女はそこから自分のと同じTシャツとショーツを取り出した。俺の服はとっくになくなっている。彼女は俺に服を着せた。家庭教師みたいに厳格に、俺の長めの黄色い髪を梳かす。絡んだところは容赦無く引っ張るが、俺はたじろがないよう、精一杯男らしくした。

もう長年の間、他人に髪を梳かされたことなんてない。昔乳母が、俺のもつれ髪を嫌って梳き続け、いつも俺は哀れっぽく泣いて鼻を啜ってた、その時以来だ。それからこの女が別のボタンを押すと、壁の別の部分が後退して、長い鏡が現れた。前にも言ったけど、俺は痩せてて華奢な体格。それが今、この女と同じ服を着て、何だか姉妹みたいだ。俺の方がこいつより断然綺麗なんだけどね。けどこいつの瞼には、この皮肉を認めた気配はちらりとも現れない。俺が外見の変化にびっくりしてるのを見て取ると、彼女は少し微笑むことを自分に許した。それから俺の手をとると、再びドアが開いた。魔法みたいに。俺たちは丸くて狭い廊下に出たが、やはりその表面はいずれも不自然で、すべすべして、合成で、不安定で、偽物っぽい。ベウラでは、神話は作られたものであって、見出されたものではない。

どっちが上でどっちが下か、どこへどうやって逃げたらいいかもわからなかったが、なけなしの力を集めて彼女から逃げようとした。だが彼女はすかさず、砂漠で使ったのと同じあのカラテ・チョップで俺を倒してしまった。だから逃げようとするのは無益だと判って、俺はおとなしく彼女に付いて行った。彼女は一度だけ俺に話しかけた。「オイディプスは世界で一番幸運な男よ。喜んで自分の運命を受け入れたから」。

そう言った時、彼女はこれ以上もない異常な微笑で俺を讃えた。輝かしいが多義的な、法悦的なスフィンクスの微笑は彼女の顔を別物に変え、気の狂ったバッカスの巫女の表情を与えた。

廊下は、下降螺旋を描いてぐるぐると下りて行く。目的地が下にあることはすぐに判った。ここの照明もまた人工の夕方みたいにピンクっぽい。補助的な階段への入口を何度か通り過ぎたが、それもまた地中の深みへと巻かれていく。これらの廊下は俺たちが降りて来たのと全く同じだ。壁自体から発してるらしい、微かなハミングの音がする。酔っ払ったみたいなぶんぶん言う音、人間的なものは全くない、その合間に時折、どこから出ているのか皆目分からない金属的なビーンという音が挟まる。

まるで内耳の迷宮への旅みたいだ。いや——これはもっと深い探検、連続的な渦の複雑なシステム、内部の線的地理学、脳それ自体の迷路の探査であり、俺は迷路のアリアドネ〔ギリシア神話の女神でもとはクレタ王ミノスの娘。ミノタウロス退治のため迷宮に入るテセウスに導きの糸を与えた〕、手掛かりはこの女の蒼白い手——迷路、蜘蛛の巣、だが全ては下へと進んでいく、内部性の脳の迷路へと。そして俺は、マンハッタンの舗道にいた時よりも遥かに強烈な恐怖を感じた、というのも俺はそれと知らぬ間に、絶対の他所へやって来たのだ。そんなものが存在するなど想像だにできなかった場所、公演中の劇場みたいに全てが清潔で、輝いていて、無菌の場所。そして妥協を許さぬ手で俺を引っ張ってるこの女は、絶対的な処女性を保持しているかのように歩いている。地球上のどんな鍵が脅そうが賺《すか》そうが、開かせることはできないような。彼女は英雄的な太陽光の完全な子供、その名はソフィア。まあ俺は彼女のことを怖がってはいたが、そのTシャツの貞淑な外皮の下に左の乳房が無いってことくらいは気づいてたさ。一方、右の方は良く発達して形も申し分無い、やや小振りではあったけれど。この欠損は彼女に対する俺の心を少し和らげた、まあ向こうは俺に対して滅茶苦茶に冷淡だったんだけどね。癌の手術でもしたに違いないと思った、それに相当若いとも。その時はまだ、キュベレの女神官がたちが片乳を切り取って母神への献げ物にするってことを思い出してなかったんだ。

壁は俺たちを逃がさぬよう密封されており、気持ち悪いほど暖かい。衝撃的なまでの清潔さ、鋼の壁、人工の灯にもかかわらず、これらの壁は膨大な秘密を密封しているに違いないと思われた。ひょっとして、俺は何かの政府機関に転がり込んでしまったのか、エージェントを養成しているような……俺の合成スープに幻覚剤でも入れられてたのか？　何らかの心理テストみたいなのを受けさせられてるのか？　こんな風に理性の糸にしがみつこうとした。だけど、どんなに一生懸命、この奇妙さと、俺の知ってる奇妙さとの間に折り合いを付けようと頑張ってみても、この場所を支配している神秘の仕掛けは――その奇妙な音楽、その格律のような言葉は――本物の神秘の持つ圧迫を容赦なく俺に揮っている。俺自身がどう思おうと、周囲のものが露骨に偽物っぽかろうと、それらは俺を呑み込み、俺を信じさせようと粗削りな誘惑を仕掛けてくる。

下へ、下へ、下へ、螺旋の、絡み合う、常に下向きの廊下の測り知れぬ連続。それは曼荼羅みたいな強迫的な魅惑を行使する。あたかも、何らかの意味で、俺自身がこの迷路を作り出したかのように。情け容赦もなくソフィアの手に拘束されて今辿っているこの迷路を。俺の目的地が俺を駆り立てている。この螺旋の最深奥の眼が俺を引き寄せる、恐怖を越えて、俺自身の不本意を越えて。俺たちの上の重たい世界が、俺たちの消音された跫音《あしおと》、俺たちの呼吸音から全ての谺を押し出す。ますます暑く、暑くなる。

今やある種の暗い好奇心が俺の恐怖を苛立たせ始めた。俺は瀆聖の感覚を覚えた。ここでの俺の存在が禁断であり、それでも捕獲者がそれに共謀しているかのように。この螺旋状の通路にいるのは考え得る最大の危険だってことは解ってる。そして俺を待ち受けるスペクタクル、迷路の中心にいるミノタウロスが、俺の恐怖に値するってことも。それがどれほど高く付こうと。そう思ったんだ、その時は。そして俺の期待と恐怖は身震いするピークに到達した。その時には、何が俺を待ってるのか知らなかったから。彼女の恐るべき忍耐力、俺をずっと待ち続けてた忍耐力を知らなかったから。俺が彼女を放逐した、俺の脳の根幹にある最下層の部屋で。

そこで彼女は待っていた。この不自然な螺旋の核にいるその畏るべき、原始的存在。永遠に占められた余暇の間、磨かれた松材の高く真っすぐな背もたれの椅子に腰かけて。

彼女は俺が生まれてこの方、ずっと俺を待ち続けていた。彼女を見た瞬間にそれが解った。けど、彼女がずっとそこに、ヒンドゥー教の彫刻みたいに威嚇的に静止していることを示唆するようなものは俺の人生には何一つなかった。一目見て、彼女が聖なるものであることを確信した。彼女はかつては人間だった。そして今や、自らをこんな姿に変えたのだ。こんな姿に！

〈マザー〉は象徴を具体的な事実にしてしまった。

彼女は彼女自身の、自ら打ち立てた神学の、手彫りの像なのだ。

そして彼女を見た時、俺は故郷に帰還したことを知った。だが荒寥たる疎外感が俺を圧倒していた。俺はここに留まれないことを知っていたから。偉大な、黒い、自らを聖別し、自らを任命した女預言者、自らを創造した神、それ自身の預言の肉化となった者は、何も知らない彼女の侍者が、俺をそこに連れて行く以外にない目的地なのだ。一人の女が全ての女たち。レイラがドラッグストアから俺を誘い出し、夜の中へ、彼女のベッドへと連れ込んだ時、彼女はすでに陰謀の一端を担っていたのだ。砂漠、死んだ鳥、ナイフ、生贄の石は全てその陰謀に絡んでいる。レイラは遂に、俺をここに誘い込んだ。レイラはずっと俺をここに連れて来るつもりだったんだ。最深奥の洞窟、俺の中の密閉された赤い壁の部屋の中でずっと俺を待っていたすべての暗闇の焦点に。

なぜなら、この部屋の中に暗黒の焦点はあったから。彼女は全ての男の目的地であり、到達し得ぬ沈黙であり、最後の瞬間には常に手の届かぬところに滑っていく暗黒だ。オーガズムと呼ばれるドアはいつも男の目の前で閉じる、一瞥した瞬間に逃げ去ってしまう非在の涅槃を固く閉じ込める。彼女は、この最も暗き者、この肉を纏った滅尽、時を超え、想像を超え、常に僅かに超え、霊の指先を僅かに超え、永遠に捕らえがたき消滅、俺を存在から解き放ち、俺の俺を別のあたしに変容させ、そしてそうすることによってそれを無化する者。

だがそれはそこにいる、その本人、謎が、人工の洞窟の中に奉られ、ありふれた椅子に腰掛けて。ソフィアという女はその額にキスし、俺に跪くよう合図した。俺はぎこちなく跪いた。女神の外観に仰天した。彼女は聖なる怪物だった。彼女は擬人化された、自己実現する豊饒だった。

彼女の頭は、雄牛のような首の上で重々しく揺らぐ端麗で厳粛な仮面を被っており、ハイゲート共同墓地のマルクスの頭と同じくらい大きくて黒い。彼女の顔には、人民共和国の田舎の広場にある土台の上の像みたいな断固たる民主的な美しさがあり、上下エジプト王国の女王ハトシェプストが付けていたような、黒い巻毛の付け髭を付けている。彼女は猥褻な裸で着飾っている。彼女は雌豚のような乳房をしている——乳首が二段になっており、それは難しい移植プログラムの結果だ（とソフィアは言うだろう、ムカつくほど恐ろしいことに）、だから理論上、一度に四人の赤ん坊に授乳することができる。そして彼女の四肢は何と巨大であることか！　その重々しい足は重力の説明をするのに使えそうなほど重い。彼女の手は巨大な無花果《いちじく》の葉の形で、膝という突っかい棒の上に安置されている。彼女の皮膚は、使君子《からくちなし》の皮みたいに皺が寄り、ギリシアの百姓の山羊革の水入れみたいな襞《ひだ》があり、まるでそれ自体の中に素晴らしい、暗い、再生の川の水源が入っているかのように豊かに見える。あたかも彼女自身がこの砂漠の唯一のオアシスであり、彼女の亀裂が世界中の生命の水の源であるかのように。

彼女の彫刻みたいな、完璧なる不動性は、想像しうる限り最大の身体的な強さを持つ者が意図的に静穏にしていることを仄めかしている。彼女の眼差しの柔和さは確かに叡智を示しているので、俺が彼女に男性性を示して彼女を驚かせる手立てなどないということは一目見た瞬間に解った。この圧倒的な女性の前では、俺の腹から垂れ下がってる器官は役には立たない。それは自然の軽薄な気まぐれによって、ただの装飾的な付属物としてそこにくっつけられただけのものだ。

彼女は自らの自由意志で、その自然なるものの地上における代理人となった。そんなものを付けたままで、どうやって彼女に近づけば良いのか判らなかったので、彼女はそれを取るに足りぬものとした。彼女に対しては、彼女自身の望むままに対峙せねばならぬ。彼女の両腕は養育のパラダイムではあるが、避難所を提供することはない。女が慰撫だと言うのは男の夢だ。彼女の乳房には、俺が頭を休める場所など無い——それは授乳のためのものであって慰藉のためのものではない、それに俺は、一人前の大人の男じゃなかったか？

そしてその腹、千年分の収穫みたいに豊かなその腹には、俺に対する当てにならない恩赦などない。なぜなら俺は生まれた時点で、すでに子宮に還る権利を全て失っていたから。俺は涅槃から永遠に追放され、そして、女の精髄の具現化と対峙して、どのように振る舞ったら良いか途方に暮れた。どれほど巨大な存在が彼女と番《つが》うのか、想像もつかない。彼女は純粋な自然の一部であり、彼女は地球であり、彼女は結実である。

俺は男としての旅の結末に辿り着いた。その時の俺は〈マザー軍団〉の中にいることを知っていた。俺はファウストの純然たる恐怖を体験した。

そして彼女は自らを生み出していたのだ！　そう、自分自身を作ったのだ！　彼女は彼女自身の神話的作品なのだ。苦痛に耐えてその身体を再構成した、ナイフと針で、表象としての、模範としての超越的な形態へと。そして彼女の娘たちの乳房から縫い合わせたパッチワークのキルトを彼女の内部の大聖堂、洞窟の内なる洞窟に投げ入れたのだ。

俺は祭壇にいたのだ。
彼女は語った。その声はチェロのみで構成されたオーケストラのよう、怪物的音響《ソノロシティ》が語りかけている。彼女は床に座るよう命じた。震えながら、俺はそうした。
野蛮な音楽の長く伸びたコードに続いて、女声コーラスがつっかえつっかえしながら、祈禱の遠吠えを歌う。「マーマーマーマーマーマーマーマ」。ソフィアは俺の方を向き、ゴングとハープのリズミカルな代禱に合わせて、女神の別名と特性の一覧を簡潔に読み上げる。これに対応して、黄金の光の輪光が連禱の本尊を照らし出し、彼女が座る椅子がゆっくり回転する、催眠術みたいにぐるぐると、だから今彼女の巨大な背中と偉大な臀部が見えたかと思うと、今はその巨人みたいな前面、そしてその重々しい下り傾斜の上に遊ぶ光条が見える。

存在の根絶し得ぬ開孔、神託の口。

それなくしては無すらあり得ぬ絶対の始源。

片手には太陽
もう片方の手には月
彼女は両肩から星々を振り払う

欠伸《あくび》をすれば地震。

処女なる月
母
娼婦のパトロン。

ダナエ　アルフィト　デメテル
月の鎌で刈り取る。

砂漠のアラビアの偉大な女神アル＝ウッザー
内海の干潮の統治者
メッカの聖なる石
預言の死の誕生の三叉の月。

彼女は冥土の暗い鍵をぶら下げる、
その尊大な指の間に
地下世界の女王　悪霊たちの女帝。

迷路の女王　小麦の女王　大麦の女王
実を結ばせる者　生命を与える者　疫病を媒介する者
坩堝の女王。

恐ろしき顔の運命
歯を剝いて唸る者、すなわち必然性
われらを罪より解放する白小麦の女神。

食人種の聖母
白豚ケリドウェンが牛小屋で生んだカリドウェン。
子供を貪り食う雌の白馬
逞しき者。

砂漠の裸の無害な子供たち
舌打ちと唸りの言語で彼女に呼びかける

クナピピ　カルワディ　カジャーラ
男たちが彼女を讃えて作り物の乳房を付ける時。

ブリジット　アンダステ　ケカテ　アーティアントシク　マナト　デルケート
フレイヤ　女神セドナ
リーアノン　リガントーナ　アリアンホド
ダーナ　良き母ブ＝アナ
人食いの黒きアヌ。

アナあるいはデ＝アナあるいはアトゥ＝アナあるいはディ＝アナあるいはウル＝アナ
ハンカチの中に包んだ
風を持つ天なる者。

柳の母ベリリ
春をもたらす者サル＝マ
アンナ　フェアリナ　サルマナ。

潮流の統治者　凍土の淑女、海象《セイウチ》の母
海の星
月　宵の明星　決して閉じぬ腿
娼婦の中で最も純潔なる者。

カリ　マリア　アフロディテ
イオカステ
イオカステ　イオカステ　イオカステ。

（イオカステ？　何でイオカステ？）ゴングが最後の、無限に反響する金属音を放ち、漸くそれは終わった。黄金の光はひとりでに消えた。眼の前のすべてのものが赤い闇の中で煮詰まり、その闇を通じてあれらの丸々とした過剰な形態は煌めく。誕生したという事実と同様、それらを取り消すことはできない。

「エデンの園はいずこに？」とソフィアは儀式的に彼女に問う。

「アダムが生まれし園は、我が腿の間に」と〈マザー〉は答えた、マーラーそのものの抑揚、聖なる井戸の底から発せられたかのようだ。

彼女は俺に微笑んだ、とても優しそうに。

「我は命を授く、すなわち奇跡を成し遂ぐ」と彼女は断言した。

彼女はあまりにも大きく、ほとんど、この丸い、赤く塗られた、暑すぎる、赤く照らされた独房を満たしているように見えた。彼女がこの部屋に現れることを選んだのだが、俺はぞっとするような閉所恐怖症の感覚を覚えるようになっていた。これまでそんな状態になったことはないが、今の俺は叫びたい、息が詰まり、喉が苦しい。彼女のあやすような、朗々たる声が俺に語りかけている、重大な秘密を明かすかのように。

「男たることは所与の状態ならず、継続的なる努力なり」。

俺は膝ががくがくし、床に頽《くずお》れていった。すると彼女は両腕を上げ、俺の方に差し伸べた。何たる腕！　大梁《たいりょう》みたいな。水路橋みたいな。その声は慈《いつく》しむような優しさを一目盛り落とした。

「汝はこの世界にて迷子になりたるが解らぬか？」

空気は暖かく、緋色で、香料の効いたクッションみたいに俺を圧迫し、窒息させる。

「ママはお前が彼女の腹から出た時におまえを失った。ママはお前をもうずっとずっと前に見失った。おまえが小さかった頃に」。

俺は呼吸ができなかった。罪の場所にいるのは解っている。

「我が許に来たれ、か弱く小さき者よ！　自らの居場所に還るべし！」

ソフィアは今や、予期せぬ情熱的なメゾソプラノを加えた。彼女は驚くほどの信念で俺に厳命した。「汝が父を殺せ！　汝が母を抱け！　すべての禁制を突き破れ！」

黒い女神は今や、玉座の上で催眠にかかったかのように前後に揺れ、盛りのついた雌のブラッドハウンドみたいに唸り始めた。ソフィアは残っていた抑制をかなぐり捨て、狂乱したバッカスの巫女の熱情で金切り声をあげた。突如、ゴングとハープの、甲高い音楽の不協和音が生じた。俺はその騒動に我を忘れ、馬みたいに嘶《いなな》き、猫みたいににゃーと言い、逃げ口を掘ろうとして力なく砂の床を掻いた。だが〈マザー〉は、何かに取り憑かれて、叫んだ。

「我は癒えぬ傷。我はあらゆる欲望の源泉。我は生命の水の泉。我を所有せよ！　生命と神話は一つ！」

独立して活動している彼女の声は、強風に煽られた襤褸切れのように俺の所に飛んできた。これが嵐だ。

ソフィアはそこに縮こまって慄える俺の身体を摑み、偉大なる吠える者のところへ引きずっていった。彼女は今や椅子から崩れ落ち、床に仰向けになって、胴回りが許す限りの速度で両脚を空中でばたつかせている。その乳首は、嵐の日に開けっぱなしにしたフランス様式の窓の、古風な赤いフラシ天のカーテンの縁の玉飾りみたいに暴れ回っている。ソフィアは俺のショーツを一撃で引き剝がすと、床の上で波打っている肉の塊に向かって俺を投げつけた。

「原初の形態と再統合せよ！」と彼女は命じた。

「原初の形態と再統合せよ！」と〈マザー〉は叫んだ。

彼女の肉は溶けて、燃えているように見える。俺は倒れこむ時に、彼女のぽっかり開いたヴァギナを垣間見た。今にも噴火せんとする火山の噴火口みたいだった。彼女が顔を上げ、俺にキスしようとし、幻覚かと思うほど一瞬、彼女の口の中に太陽を見た。それで俺は一時的に目眩ましに遭い、彼女の舌の触感の記憶はないがただその大きさはびしょ濡れのバスタオルほどに感じられた。それから彼女のヴァージニア・スモーク・ハムみたいな拳が俺の縮み上がった性器を握った。それを根元まで挿入すると、〈マザー〉は吠えた。俺も。

つまり俺はイキナリ強姦されたんだ。そしてそれは、俺が男としてした最後の性行為だった、それが何を意味しようと。そして悦びはほとんど無かった、実際には全然だ。というのも彼女の腿は雌蟷螂《かまきり》みたいな烈しさで俺をがっちり挟み込み、俺はただ飲み込まれたみたいに感じただけで、その後、数秒間の素っ気ない摩擦。それから、満足感を示す大きな喚き声がしたが、その満足感には俺自身はほとんど何も関与しておらず、彼女が自らの筋肉を締め上げ、俺が為す術もなく精子を出すように強制したのだ。俺は床に転がり、悲鳴を上げ、その結果として絞り出した大量の精液によるカタツムリの航跡が残った。

マザーは肘をついて身を起こし、全く無感情に、俺の天晴な屈辱ぶりを眺めている。

ソフィアは、フットボールの試合を見てる女子大生みたいな取り澄ました熱情で俺たちを観察していたが、今じゃまたしても元通りの効率の権化となって、ショーツのポケットから試験管と箆《へら》を取り出して、飛び散った精子を容器に入るだけ掻き集め、栓をして、俺たちを残して立ち去った。

徐々に俺は我に返り、〈マザー〉はいくらか優しくなった。でも俺は今迄、憐れみの対象にされることがどれだけ屈辱的なことか、知らなかったよ。彼女は俺に体を拭く布を投げて寄越し、それで恥部を隠すようにと言った。自らの巨体の重さに呻《うめ》きながら体を持ち上げ、背に梯子状の横木のある椅子に腰掛けた。敬虔で厳格なシェーカー教徒が作る奴にデザインが似ている。それから彼女はその巨大な膝に俺を乗せ、嫌がる俺の頭を二段の乳房に押しつけた。巨大なシネマオルガンの演奏席に座ってるみたいな感じで、このお勤めは嫌で嫌で堪らなかったが、成す術無し。何せ彼女は俺の二倍はあるんだ。俺に話す時、女神としての立場上採用した聖職者みたいな話し方はもう止めていた。観念的には優しくなったが、それでも上から目線だ。

「ファーザーは自分がどんなに美しいか知らないのさ。彼のコックは彼と〈マザー〉を取り成してくれる」。彼女は金玉を軽くぴしゃりと叩き、ぐんにゃりと萎えたものを皺くちゃの黒い指で撫でた。指先だけがピンクっぽくなっている。「それに、お前は女たちを虐待してきただろう、イヴリン。この繊細なものでさ、これ、快楽の為にだけ使うべきものなのに、お前はそれを凶器にした！」

そして彼女は慈悲深く、だが暗黙の残忍さを込めて俺を見た。俺は何か言おうとしたが、言葉は出なかった。彼女の色はレイラと同じで、だからすっかり恥ずかしくなったんだ。彼女はその巨大な肩をすくめた。

「まあ……いつかお前も解るでしょう、性的衝動《セクシャリティ》とは、異なる構造に顕現する合一。こんな疎外の時代じゃ、何がそうで何がそうじゃないかを判断するのは難しい。ああ、イヴリン、お前が男だからってだけで、お前と仲違いはしないよ！　お前の可愛い小さな男のものは鳩みたいに愛おしくて無害ね、何と嬉しいこと！　若い娘にとっては素敵な玩具ね……けどお前は、今の男の体で、それの一番良い使い方をしたと断言できる？」

何が言いたいのか？　彼女の顔は月蝕のように暗く、巨人みたいな憂慮の表情で俺にのしかかってくる。彼女の熱い息が至近距離から俺を襲った。泣けてきた。

「あら、怖がらないでね、可愛いイヴリン！」

だけど彼女は俺をあまりにも強く抱きしめたので、俺の頭を隠すところは彼女の胸以外にどこにもなく、そんなことをする彼女はあまりにも恐ろしかった。〈マザー〉、だけどあまりにも過剰に母親過ぎる、雌過ぎる、俺の想像力に収まらないほど太すぎる。その声は低く重々しいバッソ・プロフンドで、俺の頭の中に振動を引き起こす、まるで俺の内耳前庭の微細毛の一本一本が音叉になっちまったみたいに。そして今や俺の意識の中には大きな、不規則な空白が生じ、彼女が何をし、何を言っているのかほとんど判らなくなった。だが彼女は俺の腹、臍のすぐ下にキスしたんだと思う。彼女の息が俺を撫で、彼女の唇が俺の引き攣《つ》った皮膚の上で濡れた革のように痙攣した感じを覚えている気がする。それから声明。幟《のぼり》を掲げる軍隊みたいな声。

「我が前には、最上の種のための、最も美しい大地の実りがある。マリアの最も純粋な子宮の中に、ひとつの小麦の全粒が蒔かれた、それは小麦の園と呼ばれる——

ホサナ！　ホサナ！　ホサナ！」

響き渡る俺の受胎告知の祝典、彼女の煌めく目、揺れる乳房の中で、覚えていた感覚の全てが失われた。ソフィアがハイファイのスイッチを入れたに違いない、オルガンの付いた大規模な聖歌隊の声と、トランペットの真鍮の不協和音が、豪華なデシベルの濫費と共に俺が寝転んでいるこの原始的な穴を引き裂いた。

ホサナ！　ホサナ！　ホサナ！

お前の内側にこれから刻み込む無限の草原《プレーリー》を思いなさい、可愛いイヴリン。それは天上の広大な地所、永遠の牧草地みたいになるよ。

オイディプスみたいに運命を受け入れなさい――だけど彼より勇敢に！

（「オイディプスはその任務に失敗した」と彼らは言っていた、「だが〈マザー〉は任務に失敗しないだろう」）

そして朗々と、大声で、またしても彼女は唸り始めた。雷鳴のように彼女は名乗った。

「我は〈偉大なる親殺し〉、我は〈男根中心宇宙〉における〈女去勢者〉、我は〈ママ〉〈ママ〉〈ママ〉！」

コーラスがしゃっくりみたいな遠吠えを再開する、マーマーママ、トランペットとホサナの喧噪の上に、古風な波となって衝突する。そして彼女は視覚トリックみたいに行ったり来たりを繰り返し、幻聴みたいに振動している。次の鮮明な記憶は、俺が今では床の上、彼女の足下に寝てるってことだ。騒ぎの中で彼女の膝から振り落とされてたんだ。彼女は俺の上に右手を上げて祝福している。だけどその微笑に一瞬、一種の残虐な皮肉が見て取れたような気がした。

「やあイヴリン、男たちの中で最も幸運なる者よ！　お前はこれから、〈反定立の救世主〉を産む！」

音楽がゆっくりと消えて行き、灯は煮えるのを止め、澄明になり、普通の日中の光になった。しかし相変わらず彼女はそこに二段の乳房、付け髭、黒人礼賛の態度で座っている。彼女は光学的幻像なんかじゃないんだ、ああ。

「女はもう充分に長い間、創造の弁証法における反定立でした」と彼女はほとんど会話みたいな声で述べた。それはかなり鮮明に聞こえた。「私は〈ファーザーの時間〉の女性化を開始しようとしています」。

床の上げ蓋が音もなく開き、彼女は依然として俺に陽気に微笑みながら、下の深淵に下りて行った。それからソフィアが来て俺を連れ出した。

ソフィアは俺の独房に熱い風呂を用意し、回復薬の粉を混ぜた。彼女はきびきびした有能な看護婦だった、俺の身体にとっては。だが俺の恐怖に対してはそうではなかった。

「神話は歴史より教訓的なんだ、イヴリン。〈マザー〉は単為生殖の元型を復活させようとしている、新たな方式を利用して。彼女はお前を去勢するよ、イヴリン。それからお前の内側に穴を開けて、『結実の女性空間』と呼んでるものを創り、完全な女性性の標本にするだろう。それから、お前の準備ができ次第、お前自身の精子でお前を妊娠させる。お前が彼女と番った後に私が採取したものを、集めて冷凍してあるのよ」。

俺は途切れ途切れに、なぜあんたは母親の実験のために俺を選んだんだ、と訊ねた。こんな罰を受けなきゃならないなんて、一体どんな罪を犯したってんだ。彼女は横面を張り飛ばすような声で答えた。

「私みたいになるのがそんなに悪いことか?」

だが俺は途方に暮れて狼狽しきっていた。悪夢の最中にあって食い、眠り、起き、会話し、そして俺を完全に変えてしまう手術を受けようとしている。完全な女、そう、ソフィアは断言した。乳房、クリトリス、卵巣、大陰唇、小陰唇……だけどソフィア、外皮の色合いを変えたら、その果物の味は変わるのか? 外見が変われば、本質も再構築される、とソフィアは冷淡に断言した。精神外科手術、と〈マザー〉はそれを呼ぶ。俺は押し殺したように呻いただけなのに、ソフィアは聞いていたのだ。彼女は俺が女になりたくないことを怒ってる。彼女は俺の日焼けには粗すぎるタオルで俺を擦り、それ以外にも細々と虐待を続けながらベッドに寝かせたが、無愛想に俺の腕に睡眠薬を注射する程度の慈悲はあり、それから俺を一人残して出て行った。つまり強制的に眠らされたのだが、どうか目が醒めたらあの砂漠の祝福されたフォルクスワーゲンの中にいますように、あるいはマンハッタンのレイラの愛おしい、失われたベッドの中で、ハシシのやり過ぎで腹が痙攣して目が醒めますようにと願った……だが、見たのはナイフを持った女たちの夢ばかり。それと、どういうわけか盲目の夢を。俺は何度も叫び声を上げて目を覚ましたが、いつだって砂の下のあの黒い卵の中だった。時には低い笑い声が聞こえた。が、バルビツールが夢と共謀して、何度も何度も俺を夢に引き戻した。

次にソフィアが現れた時には、何も食べるものを持って来なかった。手術のためだ。そして俺に背中が大きく開いている硬くて白い綿のガウンを着せた。俺は泣き崩れ、何か食べ物をくれ、迷路から出る道を教えてくれ、たとえガラガラ蛇や禿鷹がいようと、出たとこ勝負で砂漠に逃がしてくれと懇願したが、彼女が何を言ったのかあまり覚えていない。ただ時間がどうとか死がどうとか、死の発生装置である男根中心主義に対する勝利とか、いかにして権威ある救世主が男から生まれるか、学校でそう習わなかったのか、とか。いや、俺の二流のパブリック・スクールじゃ、そうは習わなかったな。彼女を殴ろうとすると、またしても手の側面のチョップを受けて床に転がされた。それから彼女は俺の両手首をロープで縛り上げたので、俺は生贄の獣みたいに、祭壇へ、手術台へと引っ立てられた。〈マザー〉がナイフを持って待っている。

下へ、下へ、下へ、暗闇の中へ。柔らかくて、静かで、暖かい、緋色のフラシ天のカーテンの掛かった子宮内の左右対称の場所へ、カーテンで隠された小部屋へ。そこには白いベッドがある。ベウラ内部の光である仄暗い赤い輝きが全てを覆っている。彼女が待っている。今や直立した彼女は、六フィート半はあると見た。膨れ上がった楕円形の乳房が横に並んでいるさまは、鈴の列が重なっているかのよう。彼女は白衣も着ていない、外科医なのに。その狭い場所には圧倒的な秘密の香りが漂っている。カーテンがさーっと開いて観衆の前に曝された時のことは今でも覚えてる。室内オペラの観客みたいに、小さなステージの周囲の階段席に座っていたんだ。黙りこくって座っている女たちの列、俺が想像していたこの地下の街の人口よりも多くの女たち——熱に浮かされた俺の想像力は、世界中の全ての女がそこに座っていると思い込んだ。俺の懲罰的な切除が行われようとする円形劇場を目を皿のようにして見詰めている。ソフィアは俺のガウンの紐を解いた。それははらりと落ちた。俺は生まれたままの裸となった。

そして今、〈マザー〉は凶器を持っている。この怪物的存在が、彼女自身と同じくらい黒い黒曜石のナイフを揮っている。あの畜殺場みたいな光の中で、とても見辛かった、今思い出す、出来事よりも、その雰囲気の方を——古代の儀式の剣呑な感覚、また、厳格な大人たちがいる感覚。彼女らは、俺自身よりも、俺にとって何が最善かをよく知っている。実際、それは人身御供の完璧な陣立てだ。ただ、〈マザー〉の脇にあるのは完璧な二〇世紀のエナメルのワゴンで、覆いを掛けたトレイが載っている。願わくば、そこに麻酔薬を詰めた注射器が入っていますように。

ソフィアは俺を驚かせた。俺を抱きしめてキスしたんだ。

「お前は新たなイヴとなるんだよ、イヴリンではなく!」と彼女は言った、そんな声が出せるなんて想像もできなかったほどの優しい声で。「そして処女マリアにも。喜びな!」

集まっていた女たちは全員、拍手喝采した。〈マザー〉はナイフの切れ味を確かめるために刃に指を上下に這わせた。

「怖がらないで」と、安心させるようなバリトンで言う。「お前に最も幸運な苦痛を与えます」。

ああ、あのナイフの恐ろしい象徴的意味！ 他ならぬ男根の象徴が、俺を去勢するとは！

（けれど、と〈マザー〉は言う、これほど理に適ったやり方が他にあるか？）

俺は自分の中の全ての恐怖を使い切ってしまった。今はすっかり穏やかな気持ちだ。絶望を通り越して、もうどうでもいいって感じ。実際どうしようもないんだし。その日は〈血みどろ祭《ディエス・サングイニス》〉、キュベレを称えて自発的に去勢する日、俺の変容の為の緋色の儀式だ。

それからソフィアはトレイの布を取り、心から安堵したことに、皮下注射器を取り出して、俺の腕に刺した。直ちに麻痺の薬流が俺の中枢神経を凍てつかせた。同時に何も感じなくなる。だがこの時はまだ意識は失っていない。まだ見える。手術台の上で落ち着かないが、俺の上で乳房の黒いぎざぎざの縁がひょこひょこ動くのが見える。ほんとなら身震いしてたとこだが、身体は全く動かない。彼女の付け髭の顔が見える。微笑んでいる、半分は同情、半分は勝ち誇って。

ナイフを振り上げ、振り下ろす。一撃で俺の性器とその付属物を根こそぎ切り取り、もう片方の手に受けて、ソフィアに投げ渡した。彼女はそれを自分のショーツのポケットに入れた。つまり彼女はかつて俺であったものの全てを切除し、その代わりに、この先、月の命ずるままに、月一で出血する傷を残したってわけだ。ソフィアは布で止血し、トレイからもう一本の針を取った。この針は世界を完全に消滅させた。

そしてそれがイヴリンの終わりだった。それまでその存在すら知らなかった、黒い女神に生贄にされたんだ――まあ、あとで判るんだけど、迷路の終わりは、まだ先なんだけどね。まだまだ旅は終わっちゃいない。ああ！　お楽しみはこれからよ。

イヴリンをその短縮形であるイヴに変える形成外科手術、人工的なチェンジリングを全て完了させるのに、この南カリフォルニアのテイレシアス〔ギリシア神話に登場するテーバイの盲目の預言者。オイディプス王に、王が自分の父を殺し母を妻にしたと告げた。キュレネー山中で交尾している蛇を打ったところ、女性になってしまった。九年間（七年間とも）女性として暮らした後、再び交尾している蛇を見つけ、これを打つと男性に戻った〕は僅か二カ月しか要しなかった。その間のほとんどは深い麻酔下で過ごした。時々鈍い痛みを感じて目が覚め、嘆かわしい内部の傷はもう二度と癒えないのだと思い知らされた、もう二度と。それから、ぼんやりベッドに寝そべっている内にプログラミングが始まり、そして魂消《たまげ》たことに、懐かしのハリウッドが新しい御伽噺をくれた。

その映画が、あたしの存在に関わるような重要な変化を形式上の悔悟にしてしまおうとする計画の一環として意図的に選択されたものかどうかは知らない。これこそ、お前が女だと思ってきたものだ！　そして今、お前自身が、お前が思ってきたものとなる……確かに、このぼんやりした目の前で架空の現実の意図を紡ぎ出す映画たちは、女性であることのあらゆる苦痛を見せつけた。トリステッサ、あんたの孤独、あんたの憂鬱――〈我らが悲しみの聖母〉トリステッサ。あんたは七枚のセルロイドのヴェールの中でここに戻って来て、その比類なき涙で、女性性の様態のあらゆる行き過ぎた俗悪さを示した。

何度も何度も連中は、あんたの驚くべき感情の模倣を再生した。全作品を。ジョン・ギルバートがあまりにも地を出し過ぎて、完璧な説得力を持つファウストとは言いがたい『マルグリット』から、あんたが四姉妹の母マーニーを台無しにしちまった『若草物語』まで。まあその後、あんたは引退して、幽霊の出る人里離れたところに引き籠もり、俺に見つかるわけだけど。そして今に至るも、〈マザー〉があんたの陰鬱な頽廃をあたしの新たな女性性のモデルにするように望んで、反射光という半分影みたいな存在にさせようとしてたのかどうかは解らない。でも今なら解る、〈マザー〉があんたの普通じゃない秘密を知ってたってことはね。他にももっと微妙な理由があるんでしょうけど。そんなわけで俺の病床はトリステッサに取り憑かれ、痛み止めの薬が妙なところに流れ込んで、俺はあんたの病い、あんたの永遠の渇望の痛み、あんたの永遠の夢想、あんたの美しい存在の欠如の中を泳ぎ、また出る。あたかもあんたの本質は着るのがもったいないドレスみたいに物置の中に掛けっぱなしにされ、あんたはただの外見だけの存在になってしまったかのように。

だけど精神外科の心理的側面は、道具としてトリステッサだけを使ったわけじゃない。今や俺の独房は全然静かじゃなくなった。特に覚えてるのは、三本のヴィデオテープ。新しい形態に慣れるためのもの。ひとつは、西欧美術の全歴史上の全ての聖母子像を一つ残らず、だと思うんだが、複製して、独房の曲がった壁に原色のまま、実物よりも拡大して投射されたもので、そこに赤ん坊が喉を鳴らす音や満足した母親の囁きから成るサウンドトラックが伴っている。これは今後の展望を讃美するためのものだ。また別のヴィデオテープは、母性本能それ自体を無意識の内に吹き込むためらしきもの。仔猫と母猫、仔狐と母狐、仔鯨と母鯨、オセロット、象、ワラビー、どれも跳び回り、授乳し、注意深く世話をする、毛皮のある生物、羽毛のある生物、鰭のある生物……そしてもう一本、さらに不可解なヴィデオテープは、さまざまな非男根的なイメージから構成されていた。開閉する磯巾着、水の流れ出す洞窟、蜜蜂を受け入れる為に開く薔薇、海、月。これらの映像には〈ホーリー・マザー〉の祈禱が伴っている。ベウラに着いた日にソフィアが歌ってた奴だ。それをモンテヴェルディ風に女声用に編曲して、何度も何度も反復するもんだから、歌詞は全部、今でもあたしの脳に刻まれてる。〈マザー〉の幅広い属性の中には、厳然と卑俗な傾向もあったんだけど、その範囲については初めてあたしの新しい人格を見るまでは解らなかった。

昼も夜も作業が行われている〈マザー〉の地下の研究複合体にある手術劇場で外科手術が続いている間、ソフィアは毎日大量の女性ホルモン注射を投与したけど、時にはベッド際に来て座ることもあった。映画の音量を絞って脅すような講義。彼女はとても優しくて共感的だったんだけど、それは俺の痛みに関してだけのこと。俺の屈辱に関しては、むしろ特権だとさ。彼女は陰核切除みたいな野蛮な風習の話を読み聞かせ（そういう風習がどのくらい広まってるかとか、どうやってクリトリスを切り取ったかなんて、俺が知るかよ?）、で、〈マザー〉が、外科手術という現実の奇蹟で、自分専用の魔法のボタンをつけてくれたことがどんなに幸運か、思い起こさせた。

昔、中国で行われていた纏足という女性の足を不自由にするやり方とか、ユダヤ人は女の人の足首を鎖で繋ぎ合わせたとか、インド人は夫を亡くした女の人に、夫を焼く薪に身を投じて殉死させたとか、そんな話ばかり延々と、何時間も何時間も、俺の古い性が新しい性に対して犯してきた恐怖の話を語って聞かせるもんだから、しまいにはうんざりして呻いちまうが、その声はだんだんと柔らかく、そして、意志に反して、日ごとに音楽みたいになっていって、それからよくソフィアの本を奪い取ってやろうとしたんだけど、その手もまたどんどん繊細に、白くなっていくんだよな。

そういう不当なことをされ続けて、俺は言葉を失ってしまった。それにソフィアだって、それが不当だってことは知ってたはず。彼女は俺がテイレシアスの罪、つまり蛇の交尾なんて見たことないって知ってたんだから。

まあ、実際見てても解らないってこともあるけどね。

たぶん、思うに、こいつらが俺の華奢な身体を利用したのは、俺の名前の恐ろしい語呂合わせ、その暗示するところにガマンできなくなったからだな。イヴリン。何で俺の両親は、世界中に数ある名前の中から、わざわざイヴリンなんてつけたんだ？　でもやっぱり、ソフィアの眼の中のあからさまな非難を避けるために顔を逸らせた。彼女の細長い顔は、産婦人科棟の受付係を思い起こさせた。レイラを棄てた場所。そしてこの記憶は、酷い苦悩を引き起こした。ソフィアは黙って俺の傍に座っていて、時々痛みが薬の鎮静作用を完全に上回ったりすると、俺は彼女の滅多にみせない、厳格な共感には値しないと感じるんだ、俺はあの街の暗黒と混沌の中のどこかで、たぶん罪を犯していて、今はその罰を受けなきゃって思うから。

でも、だったら何で俺は、女にさせられたことを罰だと考えたりしちゃったのか？

ソフィアは俺の痛みを見て可哀そうと思ったかもしれないけど、決して憐れんだりはしなかった。これは罰なんだって俺が考えてることを知っていたからね。

二カ月目の終わりに、彼女は残ってた包帯を全部取って、無言で検査した。それから壁を開いて鏡を出し、俺を一人きりにした。

でも鏡を見ると、そこにイヴがいた。俺はもうどっか行っちゃってたんだ。そこにいるのは若い女、でもそれはあたし。こんなの俺じゃないよ、だってこんなのは俺にとっては、こいつは女性性のリリカルな抽象、ただの曲線に陰影を付けただけじゃないか。俺のものじゃない乳房や恥丘を触る。鏡の中で白い手が動いてる。俺自身という、全然知らないオーケストラを指揮するために付けた白い手袋みたい。もう一度見ると、何だか血縁があるみたいに俺に良く似てるじゃん。でも髪は凄く伸びて腰ぐらいまであったんだけど、その腰は手術のお陰で凄いくびれを獲得していた。整形も上手く行って眼も昔より大きいし、何かもっと蒼くなってる。美容整形のメスは、赤くぷっくりした下唇と、突き出した上唇をくれた。あたしは女なんだ、若くて魅力的な。あたしは乳房を掴み、赤黒い乳首がどれだけ伸びるか引っ張ってみた。予想外に伸縮性があり、強く引っ張っても痛くないわ。それでもう少し勇気を出して、もっと自分を探索してみようと、恐る恐る手を腿の間に滑り込ませた。

けどその時、酷使された脳は爆発寸前になった、移植されたクリトリスがあまりに凄くて。触覚は鋭敏なままに残っていて、だから凄い快感だった。その割れ目が今や自分のものだってほとんど信じられなかったけど。

何であれ、罪には最適な罰を。あいつらはあたしを、『プレイボーイ』の見開きにしてしまった。あたしはずっと自分の頭の中にあった焦点の定まらない欲望の対象になった。あたしは自分自身のズリネタになってしまった。そして——どう言えばいいのかな——頭の中の俺のコックは、それでもまだ、あたしを見てムラムラしてる。

心理プログラミングは完全に成功したわけじゃないってこと。でも、あたしがコックを覚えている場所には何もない。ただの空虚、付きまとう不在だけがある、わずらわしい沈黙みたいな。

すっ裸で、見知らぬ自分として突っ立っていると、〈マザー〉が部屋に入ってきた。一陣の地下の暗闇を引き連れて。彼女が座ると、ベッドが悲鳴を上げた。今日の彼女は、女神として来たんじゃない。医者の白衣を着てるもんだから、あたしは過去の彼女をぼんやりと思い浮かべた。女神になる前は——外科医。その前は、医学生。その前は？　彼女はあたしに（ああ神様！）一ダースの赤い薔薇を持って来てた。俺がレイラに贈ったような奴。それと一房の葡萄。まるであたしが自分自身を産んだばかりみたいに。あたしはびっくりしてこの贈物を見た。あたしがベウラで見た園の初穂。

「はい、イヴ」と彼女は満足げに言った。「自分をどう思う？」

「自分なんてどこにもいない」とあたしは憂鬱に答えた。

すると彼女の浮かない眼差しは、奇妙な悲しみを湛えてあたしに固定された。まるで、あたしの未来がどうなるかを恐れているみたいに。彼女は自身の母性の強い収縮で慄えた。あたしを招き寄せ、白衣のボタンを外してあたしを乳房に押しつけ、授乳した。あたしは凄く穏やかな気持ちになって、報われたと感じた。あたしが吸った乳房は尽きることがなく、いつもあたしを育むために乳を流してるみたいだった。そしてその母の部位とあたしの関係は変わっていないのだし、変わりようがない。だって小さなオイディプスは元は母乳と優しさの地にいたんだ。なのに彼の父親が男根の突き立て方を教え、赤ん坊と乳房との関係は、彼や彼女のそれとは何も関係が無いのだと教えた。

今、あたしは彼女の娘なの、違うの？

でもあたしは彼女のために片方の乳房を切除したりなんかしない、絶対に！

だけど、乳首と同じくらい早くに現れていた反抗心にもかかわらず、彼女はなんとかあたしを少し宥め、仰向けになって脚を開くように言った。

彼女は真ん中に小さな電球のついたヘッドバンドを巻いていた。それはチベットのラマ僧の第三の眼みたいに発光していて、その明かりであたしの新しいヴァギナがちゃんとしてるかどうか凝視している。それからあたしの乳房を揺らして、きちんとしているか確かめた。と言うのも、それは彼女自身が工夫した特別の配合のシリコンで、今の目を惹く巨乳になるよう彼女が手ずから造ったからだ。ソフィアが太鼓判を捺したように、それはトップレス・ダンサーの膨れ上がった入れ乳みたいに固くなることはない。彼女はあたしの肌を毛穴まで調べ（上等だ）、血圧を測った——あら、イヴ！　あなた一〇〇歳まで生きるわね。もう一度あたしの額に素速くキス。そして出て行った。ソフィアが入って来て、採尿した。

「男による支配が」とソフィアは訊ねた、「私たちにあまりにも酷い苦痛をもたらしたとは思わないか？　あんた幸せだったのかよ、男だった時、子宮から出た後に？　また戻ろうとしてる時以外」。それからあたしに、処女特有の高慢な眼差しを向けた。

「女になって幸せになるっての？」とあたしは詰問した。

「まーさか」とソフィアは言って、笑った。「なるわけない！　私たち全員が、幸せな世界に住むまではね」。

あんたの名前が叡智と同義語なら、ねえソフィア、幸せな世界ってどんなものなのか教えてよ。まだ住んでないのに、どうやったら解るのさ？

でも彼女の顔は少し曇り、黙って考え込んでいる。まるでそこに、明記されていない形而上学的問題に対する答えが入っているみたいに、あたしの採尿瓶を見ている。

〈マザー〉にあたしは幸せになれるのかと訊いた時には、彼女は勿体ぶって答えた、「お前が男だった時、お前は死を免れなかった。なぜならお前は代理人によって、女の媒介を通じてしか自らを永続化しえなかったからだ。しかもそれはしばしば強制的な媒介であり、ゆえに全く媒介とは言えぬ。だが今や、この世界のあらゆる存在の中で初めて、お前は自ら種付けし、自ら実を結ぶことができる。私の精子バンクで、お前は全き自給自足の存在となったのだ、エヴァ！

だからお前は〈新しきイヴ〉になった。そしてお前の子は世界を若返らせるだろう！」

見計らっていたかのように、その瞬間トランペットとシンバルが舞台裏で鳴り響いた。彼女が女神としてここに来る時には、乳房の飾りしか身に着けていない。あたしはまだ気を呑まれて慄えてしまう。それから彼女は、轟くような弱強五歩格で語る、永遠を、時間の崩壊を、性心理の力学を、そして男根中心主義の推力の停止によって世界は男の時間の死すべき介入なしに、女の空間の中で円熟できるのだと。彼女のパープルの乳首はその朗唱の振動に合わせて揺れ、どんなに心奪われていても、その下品な肉の変調を見てあたしはたじろぐのだった。その肉体はかつては、あたしの新しい肉体と双子の陰画だったんだ、黒いから。彼女はかつては小さな女の子で、とてもスリムでしなやかだったんだ。でも今の彼女を見てよ！　どんな憤怒、どんな絶望が、彼女自身の肉体に、多くの乳房を持つアルテミス、もう一人の不妊の豊饒の女神の光り輝く形態を模倣させたの？

たぶんこの砂漠は、連中が核実験をやらかしたから、この広大な土地のどこかで、突然変異を生んだんだ——これまでの想像を絶する人間の形を創り出した。そこでは生命が神話のパロディとなる。それか、神話そのものに。それであたしは身震いした、連中の言う、鶩鳥があたしの墓の上を歩く感覚。でも大抵の場合はひたすら困惑していた。

〈マザー〉は相も変わらず、毎日ヘッドランプであたしの内側を覗き込んでる。そして間もなく、あたしの新しい卵巣の中の卵が成熟していると断言した。連中は試験的な生理を起こさせた。月経が終わって一四日後、受精に最適の時期にあたしを妊娠させるんだ。

「母親になる準備なんかできてねえ！」とあたしは泣き叫んだ、この生物学的な無力さに絶望して。でも、〈マザー〉とソフィアはただ笑ってるだけ。かなり優しくだけど。

あえて言うけど、この時期のあたしは、文字通り二つの精神を持ってた。あたしの変容は完全でもあり、不完全でもあったんだ。新しきイヴの経験の全ては、二つの感覚のチャンネルを通じてやって来た。あたしの肉体のそれと、俺の精神のそれと。でもとうとう、イヴリンだったという感覚が、不本意ながらも薄れ始めたけど、イヴは記憶を持たない存在だった。彼女は記憶喪失で、彼女がその体でいる世界では異邦人——でも、それは彼女が何もかも忘れちゃったわけじゃないの、違うの。むしろ、覚えているものが何もないの。全く何も。ただたくさんの聖母子、母親の爪で仔狐の耳の辺りを優しく叩く母狐、それから、古い映画の茶色っぽいスチール写真、それも無数の、悲しみに包まれた顔の亡霊、ただそれだけ（「孤独と夢想」とトリステッサは言った。「それが女の人生」）。

夕方なんかに、クールなソフィアは、あたしに対する堅苦しさを滅多に変えようとしないんだけど、砂の回廊を通って散歩に連れて行った。彼女は形成外科の手術室を見せてくれた。そこで女たちのチームがあたしの新しい形に取り組んだんだけど、それは理想的な女性の身体的形質に関する合意から作られた青写真に基づいてて、その合意というのは、長年にわたるメディアの研究から立案され、ここ、設備の整ったスタジオで作られ、〈マザー〉の承認を受けたものなんだって。もしあたしがブルネットだったり赤毛だったり、背が高かったり低かったり、お尻がもっと痩せてたりした場合の顔は全部、壁に留めてある。片乳の女たちが製図板を見ながら熟考したもの。新しい砂漠の放浪者、哀れな男を捕まえるや否や、次の処女降誕を合成するそうな。

ソフィアは、化学物質から合成ミルクやウェハースを生産したり、石油化学製品からタンパク質を作り、木材を削って野菜の代用品を作る研究所を案内してくれた。一晩中、一日中、地面の下で、砂の地表の下に吊り下げられたこれらの丸い構造物は、ご機嫌な蜂の巣箱みたいな低い、忙《せわ》しないぶーんという音を立てている。エネルギー源は頭上の太陽。彼らはそれを砂から取り込む。水は彼ら自身のリサイクル尿。ソフィアはあたしに変な臭いのするプラントを見せてくれた。輝く鋼鉄の大樽だの、滅菌フィルターだのがあった。

そしてこれらの献身的な専門家たちは、全員が女神に仕えている！　この女たち全員が彼女に献身している！　彼女たちは本当にたくさんいて、音もなく動き、滅多に笑わず、全員が片乳で、その眼差しは恩寵に到達して満足したカルヴァン派のそれ。

毎晩、真夜中に、彼女らは砂の中の跳ね蓋から外に出て軍事訓練をし、イヴも銃が握れるようになればそれに参加するようにと言われた。この演習は夜間のほとんどを占めてて、単に射撃訓練や、爆破装置や携帯核兵器や射程限定ミサイルを用いた演習だけじゃなくて、銃剣突撃、白兵戦による要塞奪取、針や釘で作られた簡易バリケードの突破なんかも含まれている。あたしたちは何に対しても備えができてる。こういう模擬戦闘の後で行進してる時、彼女たちの身体は流血し、裂けた手足からは皮膚が垂れ下がってる。ソフィアによれば、コロンブスと仲間たちが最初に新世界の地に足を踏み入れた時、女の射手に襲われたんだって。〈マザー〉の左右非対称のアマゾネスは、古代の英雄的な原型を復活させた、ジョン・ホワイトがフロリダのスケッチブック一杯にその教練を描いたインディアンみたいに、裸の。でもイヴったら武器の扱いがからっきし駄目で、射撃をしくじっては笑われ、嘲られた、「男の腐ったみたいな奴!」

けど、この小さな軍隊の目的は何?〈マザー〉の突撃隊員が、頽廃の都市に急襲をかけるんだろうか?〈第一年〉の最初の日、あたしの子供が自分の処女の母親から生まれる時に。そして彼女自身の魔術的・全体主義的な統治を樹立するんだろうか?時が止まり、男根のような塔の全てが打ち壊されるような?そうあたしは推測したけど。でも実際にこれほど多くの言葉で説明した者はいない。正直言うと、あたしは自分自身の変容だけで一杯一杯で、この疑問についてそんなに深く考えたわけじゃない。あたしは知ってたけど、ソフィアはあたしの世話をしてない時には、特定の部屋でTVのニュース番組を研究していた。その部屋の壁には地図が貼ってあり、地図上には旗がピンで刺してある。それに、〈マザー〉は〈ハーレム包囲〉に興味を持ってたらしいし、その理由は知らないけど……知りたくもないけど。

訓練が終わると、女たちは微かな風を求めて月光の下を漫《そぞ》ろ歩き、とても上品にお喋りしてる。その振る舞いは完璧な淑女そのもの。元男のあたしの気持ちに、かなりの機転と配慮で対処した――というか、やり過ぎなくらいに。実際、彼女たちはあたしのことを容赦なく、庇護者《パトロナイズド》（父親）ぶって――それとも庇護者《マトロナイズド》（母親）ぶって？――扱った。彼女らの押しつけがましい、親切すぎる、熱心すぎる同志愛と、たとえからかい半分とは言え、以前のあたしの怪しからん状況も許しましょうという寛大な態度は、〈マザー〉の演説だの、身体の変化とプログラミングという双子のストレス下の絶え間ない人格の再構成と相俟って、あたしをほとんど錯乱しそうにさせた。あたしは完全な崩壊、究極の絶望を予感した。

ソフィアは女性のトイレの仕方をはじめ、二、三の生物学的に正しいやり方を教えてくれた。髪の梳かし方と編み方、股と脇の洗い方とかね。でも時々心配そうな顔になる。あたし、一番出来の悪い生徒だからさ――もっとプログラミングのテクに打ち込むべきね、ソフィア。本物の女を作るのは、ラファエロのマドンナになりきれば良いってもんじゃないんだからね！　それから、腎臓に蹴りを入れられたみたいな激痛、これが初めての月経の前触れだった。明るい茶色の血の中に指を突っ込んでみた。これがあたしの中から滴り出たなんてほとんど信じられないけど、止める方法なんてない。その源はあたしの中の奥深くにあって、あたし自身の意志を超越した、女の機能の象徴だ。その時あたしは、自分の変化が絶対的なものであることを思い知った。あたしは否応なしに、女の子の皮膚の内側に入り込まなきゃならない、好むと好まざるとにかかわらず、そしてどうにかして、そこで生きることを学ばなきゃ。

そうこうしてる間にソフィアは、恐ろしいカウントダウンを告げた——あと一四日、一三日、一二日、一一日、一〇日——処女でいられるのもあと一〇日、予定されてる受胎まであと僅か九日、あと八日。受胎の予定日を過ぎると、実在するものは孕めない。あたしは生まれながらの女の誰よりも、母親になることを恐れた。どうしていいか解らない、けど結局、絶望があたしを大胆にした。最後の日。明日は、朝早くあたしは白いシーツの手術劇場に下りて行く……明日！

ソフィアはあたしの就寝時刻も管理していた。まだ眠るのに注射が必要なんだけど、あたしが自殺するのを恐れて薬品棚を自由に使わせて貰えないし。彼女らはまだあたしを信用しきってるわけじゃないけど、あたしのことを食料も水もなしに砂漠に逃げ出すような馬鹿だと考えるほど疑り深いわけじゃなかった。小さな砂橇には四〇マイル分の燃料しか入ってないしね……あたしはソフィアに共同トイレに行くからと言った。もう今じゃ迷路の作りだって解ってる、自家薬籠中って奴。あたしは鼠の道を駆け抜け、緩い傾斜の廊下を走り、眠そうな女神官たちが寝支度をしている隔離された寝室を通り過ぎた。砂橇は砂漠のすぐ下の駐輪場に置いてある。あたしはついてた。誰かがパトロールから帰ったばかりで、不注意にも砂漠への扉の前に乗物を置きっぱなしにしてる——しかも扉は開けっ放し！

あたしは運転席に飛び乗った。素速くバックでそのまま外へ出て、ぶっ飛ばす。全速力で。夜明け前の暗闇を、太陽が昇ると思われる空の一点を目指して。水はない、案内人もない、コンパスもない、いつものショーツにTシャツだけで、あたしは〈女の街〉を出た。あたしは自分のことをほとんど英雄だと、もう一度、ほとんどイヴリンだと思った。

誰も追いかけて来ない。だって、ねえ？　誰もあたしがいなくなったことを知らない。門に警報機なんてないし。〈女の街〉から逃げたい奴なんていないし、盗みに入る奴だっていないんだから。ソフィアが気づいた頃にようやく、大声で追跡追跡と騒ぎ出すはず。後ろを見ても、暗い砂の上に、もっと暗い折れた柱の影が見えるだけ。スピードを上げる。ソフィアはあたしがまだトンネルを縫うように戻っているところか、上品な姉妹が、その庇護者のもてなしでいつもやってる寝酒を無理にあたしに勧めてるとか思ってるに違いない。ベウラとあたしとの距離が広がって行く。あたしは疾走した。風が顔に叩きつける。乗物には風防が付いてなかったし、あの気持ちの悪い黒いマスクをくすねて来るのを忘れたから。背後で砂丘が波浪みたいに盛り上がってる。ベウラは見えなくなった。あたしは孤独だった。

けどその時は僅か一時間の孤独でもあたしには祝福だった――どんなに束の間の自由でも、その束の間の自由で十分だった。

僅か一時間の束の間の自由と孤独、僅か一時間――その間、あたしはもう一度昔の自分に戻った気になれる。家に帰れるという幻想で自分を慰める。僅か一時間……

砂漠には身を守るものは何もないと連中は解ってる。あたしがいなくなったと判れば、のんびり追いかけてくるだろう。砂橇の跡を辿れば、失踪したマドンナの所に嫌でも辿り着くんだ。そこで砂の中から拾い上げて連れ戻すだけ。その後はたぶん、追加の外科手術。今回は脳だって無傷じゃ済まないだろう。当然ながら恩赦はない。刑の執行延期がせいぜい。でも、それで充分。そしてたぶん、あたしの傲慢で、不変の心の中では、あたしは不合理にも、ただ意志の力だけで完全に彼女らから逃れることができると確信してたんだ。

第七章

何も知らない。あたしは文字の消された石板《タブラ・ラーサ》で、白紙で、孵化《ふか》してない卵。女の形はしてるけど、まだ女になっていない。女じゃない、そう。本物の女以上で、それ以下でもあるもの。今や〈マザー〉と同じくらい、神話的で怪物的な存在。でもそのことを考える気にはならない。イヴは堕罪の前の無垢の状態に、自らの意志で留まってる。

考えはひとつだけ――あたしは世界で一番滑稽な混乱の中にいる！

あいつ等から逃げ出したとして、今何をすれば？ 逃げ出して、それから？ 世界中のどこの病院が、〈マザー〉があたしにやった間違いを正せる？ 状態は絶望的だし、しかもその上、カネもない。服だって今着てるのしかない。パスポートもない。身分を証明する方法もない。トラヴェラーズチェックもない。クレジットカードもない。あたしの実存的な荷物は、あたしに合わなくなった途端に、全部〈マザー〉の紙屑籠に無造作に投げ込まれた。あたしの元に残ったのは、あたしが全然必要としないもの、精巧な女性器だけ。細部まで緻密で、極上の魅力を持つものだけど、イヴリンじゃなくて、もう一人の人間の発生期の種子のために創られた。その人間の存在を、今でもまだ、イヴリンは認めまいとしてる。そしてかつてのあたしだった、経験不足のもう一人は、この新たな形態の付属装置の使い方なんて全然知らなかった。だけど、今更〈マザー〉が約束した神化とやらをしに戻る？　あり得ない！

あたしは知らなかった、神化は不可避で、どんなに急いで逃げても、そこから離れることはできず、いつもそれに向かって走ってるってことを。実際、そこから逃げるのは、そこに辿り着く一番速い方法なのかも。厳然たる目的地が、あたしのルートを選んでる。あたしは運転を続けた。

第八章

月が丸い地平線の上を進む。ヘッドライトがあたしの前の暗闇に双子のトンネルを掘る。その間に突っ込んでいくと、トンネルは望遠鏡の筒のように順にはめ込まれていく。ついに崩れた岩の危険な墓場の端に辿り着いた。砂漠を支える固い地盤が露出している場所の一つ。突然、へとへとの咽《むせ》び泣きみたいな音と共にエンジンが切れた。燃料切れ。橇はしばらくの間砂の上をずるずると滑り、次第に勢いをなくし、そして永遠に停止した。立ち往生。さて、どうする？　できるだけ遠くまで逃げた。何にせよ、あの恐怖を先延ばしにしたんだから、立派なもんよ……運転席から這い降りる。岩の間に避難しよう、少しは隠れられるだろう、ほんの少しでも長く。女たちはあたしを追ってる。裸足の下の砂は雪みたいに冷たいけど、岩の割れ目でも見つけて、しゃがんで隠れてれば、ほんの少しでも延ばすことができるだろう、あたしの人工的な処女性と、それと共に、観念的な非女性性を。それはまだあたしにとっては大事なものだった。

露頭を攀じ登っていくと、大きな黒い犬が跳びかかって来た、獰猛に吠えながら。あたしを地面に引きずり倒し、喉元に涎を垂らしている。犬、と言うより、たぶんケルベロス〔ギリシア神話に登場する、頭が三つで尾が蛇の犬。地獄の門を守る〕。あたしを地下世界に連れ戻しに来たんだ。神様、これ、死ぬわ。今すぐ！

鋭くかん高い喚き声。あっという間に捕らえられ縛られる。細くて鋭い女の声があたしの上で訳の解らないことを耳障りに喋ってる――〈ウィミン〉？ まあいずれにせよ女だ、あたしに解る言葉は喋ってないけど。連中の手首だの指とかに噛みついてやったけど、顔を叩かれて沈黙。それから連中は尖った岩の上を通って、近くの雨裂に駐めてあったヘリコプターまであたしを連行した。揺れる信号灯で良く見える――ヘリコプターのドアが開いている。中に投げ込まれた、刺激臭のするクッションと動物の毛皮の山の上に。そして女たちがあたしの後から我先にと乗りこんで来た。犬はと見れば、フロントシートのパイロットの隣りに飛び乗って座り、喘ぎながらふんぞり返っている。

ヘリコプターは雨裂から垂直上昇して、中に詰め込まれた女たちはほーほーだのぐるるるだのにゃーにゃーだのきーきーだのこっこっだの大騒ぎで、まるで空飛ぶ動物園状態。でもその勝利の合唱には、人間の言葉や声は一つもない。一体何なの？ 哀れなイヴは誰に捕まったの？ 怪我して慄えながらあたしは女たちの間で揺られてる。ちょっとでも身動きすると、即座に蹴りが入る。

こうしてあたしは詩人ゼロに捕まり、ゴーストタウンのランチハウス〔牧場主の家〕に連れて行かれ、奴隷にされた。

詩人ゼロは人を憎み、砂漠を崇拝してた。眼は一つで、貪欲なブルー。空の方の眼窩には黒いアイパッチ。片眼に合わせて脚も片脚、そして気が向けばその人工の器官を女たちに突き立てる。でも彼女たちは彼を愛していて、彼が一人で豪華な食事を取るテーブルから落ちたパンの欠片《かけら》すら勿体ないと考えている。時には、妻たちに強要している卑下の印として、自分や犬の排泄物を妻たちの乳房に擦り付ける。岩の上に立ち、砂漠に向かって詩を唸る。その昔はそれを書き記してたけど、もうずいぶん前に言葉だとか根強い人間的な内容がほとほと嫌になって、今じゃその詩は全部唸り声か踊りになった。罵倒詞と活人画という形でのみ、存在を維持しようとした。コミュニケーションの手段としての言葉はほぼ廃棄して、絶対必要な状況でしか日常の人語は使わない。ほとんどの場合はぶうぶうとかぎゃあぎゃあとかの獣語を好んでた。人間嫌いと同じ程度銃を愛し、毎日午後は何時間も、ランチハウスのパティオの地面に突き刺した杖に寄っかかって、ビールの空き缶を撃ってた。

詩人ゼロはあたしが女になってから初めて出会った男。

あたしをヘリコプターから引き摺り下ろすと、ランチハウスの前の砂の中で遠慮会釈なく強姦した。七人の妻たちは突っ立ったままその周りを取り囲んで、くすくす笑いながら拍手喝采。こんなに痛いの、心の準備なんて全然してないし。彼の体は名もない拷問具、あたしのは自分用の拷問台。鼻孔は彼の汗と精液のムカつく悪臭でいっぱいになった。でもそれよりもっと酷いのは、豚の糞の甘ったるい、仰天する臭い。それはこの牧場全体、その周辺全体に饐《す》えた瘴気となって沁みついてる。ゼロはあたしとコトを終えると、足下で跳ねてる犬を連れて家に入り、ドアをばたんと閉めた。女達はあたしを助け起こして埃を払い、彼女らが寝食している部屋に連れて行った。インドの柄布が木の壁のあちこちに掛けてある女子寮で、家具は蜜柑箱、照明はちらちらする石油ランプ、というのも発電機が壊れてて、ゼロにはそれを修理する忍耐力がなかったから。糞塗れの背中の窪んだ雌豚が、あたしらが部屋に入ると、マットレスからぶーぶー起き上がって若い娘たちの裸足を踏みつけ、よたよたとドアから出て行った。豚ですら、勿体なくってあたしらなんざと一緒には居られないってさ。

ゼロは、隣りの部屋の書斎に籠もってる。音楽、ワグナーをトランジスタのカセット・レコーダで大音量でかけてて、あたしらの部屋にも鳴り響いてる。

女たちはあたしが破瓜《はか》で血を流してるのを見た、作り物なのに凄くリアルだったからさ、一人が冷たい水の鉢と布切れを持って来て、それで身体を拭いてる間、みんなしてあたしを取り囲んで、何で今まで男とやったことないの、と音楽に紛れて低い声で訊ねた。安心したわ、英語喋れるじゃん、その気になれば。ヘリじゃずっと訳の解らない獣語だったからさ。でも普通の話し声で答え始めたら、凄い身振り手振りで、あたしらみたいに静かに話せと合図した。目線は神経質そうにドアに向いてる。ゼロがあたしらの声を聞いて怒鳴り込んでくるんじゃないかって。言葉で話すのを許してなかったからね。それをみんなはいつも囁き声じゃないといけないと解釈してた。ゼロに聞こえてなきゃ話してないのと同じって訳。ただ、そうは言ってももう好奇心で一杯で、あたしのことを何でも聞きたがったんだけど。それでみんなを喜ばすために自伝をでっち上げた。あたしを石炭小屋に閉じ込めた酷い母親。好色な継父。細部はフォークナーから借りてきて、あたしのアクセントについて疑わしげに訊ねられると、というのもみんなにとっては妙ちきりんだったからなんだけど、このでっち上げの体験の場所をカナダってことにした。発音の辻褄を合わせるためにね。みんなは全部信じた。何でも信じる人たちなのよ。それに、変な話ほど信じちゃうのさ。

みんなは言った、あたしは凄く美人だし、酷い目には遭ったけどゼロはきっとあたしを守ってくれるって。みんな盲目的にゼロを愛してるのよね。お腹は空かないと訊かれたけど、最後に食べたのは夜の帳《とばり》が落ちた頃の合成ウェハースっていう軽い食事だったから、玄米と人参のピューレっていうお皿をありがたく頂戴したのは良いけど、手づかみなのよね。ナイフもフォークもスプーンもないのよ。囁き声で教えられたのは、女は男とは違う魂の材料でできてる、ってゼロが信じてるってこと。もっと原始的で動物的なもの。だからフォークやスプーンとか肉とか石鹸とか靴みたいな文明社会の道具は要らないんだって。でももちろん、彼はそれ全部要るんだけどさ。けど、みんな彼には感謝してるみたい。寛大にも、カップと皿っていう文明の利器は使わせてくれたからね。けどまあ、どこにでもあるつまんない皿で、割れて欠けてんだけど。この七人の女は尼僧みたいに世慣れない、盲目的な顔つきで、ゼロ教会の聖職志願者ってとこ。

みんな美人で、一番年上のマラジェインでもたぶん二〇歳そこそこ、一番若いベティ・ルーエラなんてほんの子供で、たぶん一二歳か、それより下。皆まじめな雰囲気で本当の姉妹みたいで、着るものもおんなじようで、色の褪せた青いダンガリー。そのダンガリーの下はいつも裸。喉とか首とかの露わな肌には全員、烈しい愛咬の跡がある。けど、自前の前歯のある子は一人もいない。ベティ・ルーエラが昔、彼の聖なる箇所にフェラチオしてて達しちゃって、包皮喰い千切りそうになったことがあって、ゼロは全員を歯医者送りにしたってわけ。髪はベリーショートで、前髪は額に真っ直ぐ垂らしている。全員、幅の広い金の結婚指輪を左手の薬指に嵌めてる。もしあたしがいい子にしてて、ゼロを怒らせるようなことをしなければ、彼はあたしと結婚して、あたしら八人になるんだって。

だけどベティ・ルーエラは眉を顰めて言った、それって無理だわ、だってゼロの夫婦生活の輪番制は凄く厳密で、みんなの生活を規則正しく統制してるから。実際、それはみんなの存在そのものだって信じてるらしい。彼との性交がみんなの健康と体力を保証してくれるって信じることにしたから。七人の妻それぞれが、一週間の内の一夜をゼロと過ごす。このシステムは不動で、変更不可。つまり妻の長であるマラジェインが日曜日に彼と寝て、サディは月曜日、っていう感じで、ベティ・ルーエラ自身は土曜日って決まってる。だから新しい妻用の曜日はないのよって。サディはベティ・ルーエラに、馬鹿なこと言ってないでゼロを信じなさいよと言った。ゼロは日曜の午後を八番目の妻に当ててるんでしょうよ。日曜日は娘たちの安息日だから、あたしは昼食の後で奉仕すれば良いって。

そしたらマラジェインが叫んだ、そんなの不公平よ、だってゼロは食後の激しい活動で消耗して、夜になった後のあたしとのお務めが存分にできないでしょ、そしたらあたしはどうなるの？　衰えて死ぬじゃない――水も日光も貰えない花みたいにね。そこでエメリンは訊ねた、マラジェインはゼロの体力を疑ってるの？　マラジェインは答えた、違う、ゼロの体力を疑うなんて。じゃなくて――ここでマラジェインはあたしを眼の端で見た――あたしがあまりにも美しくて、新人だから、ゼロみたいに厳格で正義の人でもあたしに性エネルギーを費やしすぎて、みんなに対するいつもの供給ができなくなるんじゃないかって……でもサディはうんざりしたみたいなふくれっ面で、こんな奴、言うほどキレイでもないわよと言った。それから、チビだからタイニーって言われてる子が、遠くから見たらまあまあだけど、近くで見たら全然だわよねと言った。

それでみんなはてんでに意見を言い始めて、収拾がつかなくなった。

その口論の間、あたしは彫刻みたいに静かに、石みたいに黙ってた。わけが解らなくて気が立ってたの。しばらくすると、マラジェインは、ずっとあたしの方を見ていらいらしてたんだけど、イキナリ言った、「こいつも全然キレイじゃないわよ、こうしてやればね」――そしてあたしが食べ終わったばかりの皿をひったくるや、それをまっ二つに割り、睨み付けながらあたしに近づいて来た。二つの鋭い切片で武装して。他の娘たちは一斉に金切り声を上げ、座ってたマットレスから跳び上がり、歯と爪を備えた波みたいにあたしに押し寄せた。そのまま組み伏せられる。

吠え、唸り、喚いている。たぶん、命懸けで戦ってるんだ。みんな、我がちにあたしの無防備な顔に傷を付けたがってるみたいだったけど、凄い大騒ぎになったから、ハリウッドのプロデューサーの砂漠の隠れ家から略奪してきた革張りの机に向かってたご主人様を怒らせちゃったのね。彼は自分の部屋とみんなの部屋の間のドアをばーんと開けて、狼みたいに怒鳴り込んできて、辺り一面を大きな牛追い鞭でしばきまくった。

女たちはたじろいでしんとした。あたしはこいつらに連れてかれた隅っこに蹲って泣いていた。何十も傷がついてる。ベティ・ルーエラはあの割れた皿であたしの頰を切った。皮膚が剝けて血が出てる。マラジェインには髪を一束丸ごと抜かれた。脇腹は唾でてらてらしてる。さんざん吐き掛けてくれたから。

ゼロの単眼は怒りに燃え上がっている。あらん限りの大声を張り上げ、怒りに任せて粗野な言葉が流れ出す。あたしの手を摑み、引っ張り起こした。水曜日だったに違いない、彼があたしを捕まえると、エメリンが突進して来て、その夜は自分の番よと抗議し始めた。だけど彼は彼女を鞭の柄で殴りつけて唇を切った。彼女は跪いて呻いた。みんなむっつりして不満そうに、お菓子をあげないって言われた子供みたいに胸の張り裂けそうな眼でこっちを睨んでるが、それを尻目にあたしたちは部屋を出た。

今やゼロと二人っきりになった。

彼は壁の剝き出しの板の釘に鞭を掛けた。その壁には銃が綺麗に並んでいる。それから黒いイタリアン・レザーの回転椅子にどしんと座った――盗めるものならどんな贅沢品も揃えてた――そしてあたしに床にあぐらをかいて座るように、ぶっきらぼうに動作で示した。床には厚さ一インチの、上等の深紅の絨毯が敷いてあるんだけど、物凄く汚くて犬の糞塗れ。あたしは言われるままに注意深く座り、このたっぷりある髪で身体を隠そうとした。彼はその晩、すでにあたしを一度強姦してたし、あの独特の目線で鞭打たれるのも嫌だったし。彼の犬は、密猟犬《ラーチャー》で、主人と同様眼は一つしか無いんだけど、金玉はグレープフルーツくらいある。それが今まで寝てた、机の下の豪華な籠から起き上がって、身体を伸ばして、あたしに試練を与えるために近づいて来た、つまり、臭いを嗅ぎに。その冷たくてぴくぴくする鼻があたしの臍とか、脇の下とかに侵入してきて、思わず身震いしたけど、逃げようとするとゼロの奴が、机に立てかけてあったライフルを取り、安全装置をかちっと外し、あたしに向けた。だからそれからはあたしはできる限りじっとして、犬が好きなように鼻をすりつけてくるに任せた。彼はこの密猟犬をカインと呼んでる。ゼロのお気に入りの一つ、砂漠の不毛以外のもので。

机の上にはニーチェの石膏の胸像と、汚いグラスの横に半分空のバーボンのボトル。部屋の唯一の装飾は彼の頭の後ろの壁に留めてある、とても大きなトリステッサのポスター。マデリン・アッシャーの血塗れの夜着を着てる。こんな所にいたんだ、いつもと何ら変わらずに、こんな薄汚い所に――その大きな眼は、あの静寂を宿命づけられた、狂乱の憶測で満ちている。ここでは彼女はあたしの庇護者、守護天使だ。あたしは彼女がここにいることを知ってたのかもしれない、あたしを苦痛へと導き入れるために。

　だけどゼロはトリステッサを穢していた。このポスターの上には真っ赤な絵具で「人民の敵ナンバーワン」というスローガンが書き殴ってあり、彼女の哀愁を帯びた身体はナイフ投げの的にされていた。彼女の後ろの木の壁に突き刺さったナイフの柄と刃が、身体中にゆらゆらしてる。世界中の女の中から、ゼロはトリステッサを選んだの、女に対する憎しみの一番の焦点として。あんたが彼に魔法をかけたんだって、トリステッサ。確かにそう。そう思ってる。

　ゼロはあたしの胸を指差し、不審げに唸った。

「イヴ」、あたしは震え声で言った。彼は大声で笑った。

「お前はイヴか」と彼は言った。「俺はアダム」。だけど、彼は明らかに冗談を楽しんでたくせに、そのせいで言葉を話してしまったのに憤慨して、唇が捲れた。これでもかと武器がぶら下がってるベルトからナイフを抜いて、振り向いてトリステッサに向けてさっと投げた。それは彼女の額に刺さった。

「これが世界で一番卑しい女だ。聞いてるか?」と彼は告げた。「こいつは魂を喰らう。魔術を使って俺の精液から真髄を抜き取った。この邪悪なビッチが! 俺がダッチボーイ〔たくさんのレズ友達のいる男〕みたいに、このレズの中のレズに情け容赦なく指を突っ込んでやるまで俺の真髄は戻って来んのだ。こいつはレズで、糞の役にも立たん。お前もレズか?」と脅すように言った、ナイフを弄りながら。

喋る自信がなかったから、首を振った。彼はあたしを信じたみたいに頷いて、こびり付いた犬の糞なんて歯牙にも掛けず、床に寝るように命じて、チャックを外し、武器を取り出した。今見ると凄い大きさね。そして獣みたいな雄叫びを上げてあたしにのしかかった。ローマを襲撃する蛮族みたいにあたしの中に入って来た。あたしはこの不名誉から、一種のありがたい精神的解離をした。二時間の内に二度目の強姦をされたという、痛恨の事実だけを精神に記録した。「可哀そうなイヴ！　またやられちゃって！」初めて彼があたしを襲った時、あたしはそのあまりの恐ろしさに圧倒されてて、性交の時に彼が木の義足をどうやってるのかも気づいてなかった。彼はそれを単に横に置いてただけ、余ってる動かない器官みたいに、ただ変態行為をする時だけ使うんだわ。でも彼はそれを恥じてて、その人工の脚を身体に装着するストラップを女たちには見せないようにしてた。だから彼は全裸状態で性交することはなくて、いつもズボンを履いたままだった、バイロン卿みたいに。

コトが終わると彼は立ち上がり、革のチャックを閉めて言った、「おめでとう。たった今、お前は詩人ゼロの八番目の妻になった。お前はあいつらの誰よりも美しい。だから日曜の夜は俺を独占できる。俺の器官から流れ落ちる聖なる液体、ギレアデの香油、唯一の真なる強壮剤を想え。俺の純潔な金玉から分泌される不老不死の霊薬をただでお前にやろう。ああ！　あの魔女、あのビッチ、あのレズ阿魔が死ぬまで、新たなゼロが復元されることはない！　だけどその日は遠くない、今やもう、ベイビー、遠くはない」。

こうしてあたしは知った、にわかには信じがたい事だが、この男はあの映画女優に、精神的な精管切除を施されたと信じてるんだ。彼が一番長くしゃべったのはこの時だったと思う。それからトリステッサのポスターの方を向いて、悪意を込めて歯を剝くと、しばらくの間、机の引き出しを浚《さら》って、ハーレムの娼婦たちが付けてるのと同じような結婚指輪を出した。その指輪をあたしに投げた。あたしはクリケット選手みたいに受けた。あたしの身体は一瞬だけ、あたしを裏切った。プレパラトリー・スクール〔進学準備校。八～一三歳の児童のための、主として寄宿制の私立初等学校〕の記憶が甦ったの。新鮮な汗の臭い、フランネル、少年たちの体、刈りたての芝生……でもそれはほんとの記憶じゃない。昔見た映画を思い出してるみたいで、その男の演技はあたしと何の関係もない。あたしの記憶ですら、もうあたしには合わなくなってるんだ。死んだ誰かの古着みたいに。

ゼロは苛々して指輪をつけろと怒鳴った。そうした。それであたしはゼロ夫人になった。

彼はドアを開いてマラジェインを呼んだ。彼女は申し訳なさそうに、蟹みたいに這入って来た。何か罪でも犯して罰して欲しいみたいにうなだれている。ゼロはぶっきらぼうに、彼女はこれまでの〈上級妻〉から〈半人前〉へ降格させられたと告げた。以後、彼女は〈半人前の妻〉で、ベティ・ルーエラと同じ身分だ。二人で一人前。つまりゼロの相手も二人でやるということ。だからゼロの関心は二人で分けあう。一方あたしは〈ナンバー・ワン〉になった。一番年上だし、一番の新人だし。これを聞いてマラジェインは烈しく泣き叫んで頭を壁に打ち付けた。だけどゼロは彼女を身体ごと摑んで寝室へ持っていき、床に降ろして放りだした。それから彼は儀式を再開した。その夜の妻であるエメリンの髪を摑んで引き寄せた。今さっき結婚したばかりなのに、それでもいつもの順番を狂わせるつもりは全然ないみたいだから、あたしは直ぐさま書斎を抜け出した。エメリンがダンガリーを脱いでいる。翌日、一種の満足した羨望の儀式で、みんなはあたしの長く黄色い髪を切り、窯で燃やした。あたしは今やみんなと同じ小ざっぱりしたオランダ人形みたいな頭になって、同じようなダンガリーを貰った。

こうしてあたしはハーレムに入った。翌日、あたしはこの新しい環境を調べた。

アメリカの歴史は旧世界の哀調的な基準よりも速く進み、雑なリズムで踊ってる。この炭鉱の街の廃墟もそう、あたしの曽祖母の時代より新しいのに、砂漠の解析的な光の中で、それが建てられている岩よりも遥かに古く見える。その乾燥した建材とぐちゃぐちゃの鉄の屋根、もっと古い廃墟よりも遥かに強烈。なぜなら後者の残骸は、共通の人間性を保っているから。ゆきあたりばったりにこの街を作った連中は、歳月を超えて残るものにしようなんて何も考えてなかったからね、ヨーロッパの街とは違ってさ。彼らはこの街を時間という情け容赦のないものに完全に委ねた。ここは今も小さな乞食の思い出の品で一杯。魚《うお》の目の薬だの毛生え薬だののブリキの看板が、古い雑貨屋の羽目板の壁に釘一本で打ち付けられてる。アメリカ雑貨のガラクタが、ランチハウスの寄宿舎を飾ってる——鳴かないカッコウ時計、額縁に入ったゴールドラッシュの主脈の写真。台所には木を焼《く》べる式の達磨ストーヴ。ベランダにはゼロがいつもリラックスして煙草を燻らすロッキングチェア。彼自身も時代遅れの遺物みたいね。

長いカウンターのある酒場の廃墟もある。その上でゼロは自作の詩を吠え、踊る。革命のプロパガンダの剽窃で、それを叫んだり、時には女たちも踊らせる。カウンターの背後には割れた鏡があり、砂のこびり付いた金メッキのフレームで、そのガラスはびっしり何かで覆われてるので、その中の新しきイヴの鏡像を見分けられない。この鏡だと、彼女はまるでアンティークの花嫁のヴェールを被ってるみたいなの。天井は半分なくなってて、静かに囁く砂が、割れた床板の至るところに入ってくる。古い礼拝堂の廃墟の中、弛《ゆる》んだ波形の鉄の屋根の下に、ゼロは豚を飼ってる。

ゼロにとって豚は聖獣。豚小屋の汚い藁の上に閉じ込められたりしていない。ゼロは豚を好きなようにどこでも走り回れるようにしてた。だからしょっちゅう、バカでかい雌豚が鼻で台所の半ドアを押し開け、ぞっとする甲高い声で鳴きながらのしのしと歩いて来て、ストーヴの上で沸いてる鍋に突進し、器用な偶蹄の一撃でそれを床にぶちまけ、肉汁に浸って湯気の出てる中味を貪り食う。どこへ行っても足下にまとわりついて転ばそうとする豚や仔豚の群れを追い払うなんてとんでもない、ゼロに殴られるだけ。豚を食べるのも駄目。タダ飯喰らいの二〇頭の邪悪な獣が共同体の生活を支配してる、だから基本、雰囲気は豚的な荒々しさなの。

雌豚が仔を産んだらね、とマラジェインは言った、娘たちはその仔を母豚の乳房から奪い取って、産着を着せるのよ（女子寮には産着で一杯のトランクがあって、予測はできないけど昔から望まれてる事態、つまり女たちが新しいアメリカ人を産む時に備えている)。それを膝であやして、子守歌を聞かせ、温めた山羊乳を哺乳瓶で飲ませるの。こうして女たちは母になる練習をするの。

豚を清潔にするのも駄目。デカいからいいの。自分の汚物に塗れた豚どもは、どいつもこいつも糞壺みたいに臭くて、万物の霊長みたいにその辺をうろついてる、小さな眼に悪意を煌めかせて。ゼロは妻たちには拒んでる自由を豚には許してて、豚はそれを存分に活用してる。あたしらを無慈悲に苛めるの。飼い葉桶にバケツから餌を注ぐ時なんかしょっちゅうぶつかって来るもんだから、その湯気を立てて泡立ってるぐちゃぐちゃの中に頭から突っ込んじゃって、目に掛かった野菜汁を拭いながら、びしょ濡れで出て来ることになる。物干しから綺麗な洗濯物を取り込んでる時に足下に纏わり付くのも好き。洗濯物もろともぶっ倒されて、ばしゃん! 湯気を立ててる豚の糞溜まりへ。ポンプの冷たい水で全身を洗って、また初めからやり直しよ。ベティ・ルーエラはある時、女子寮の中で仔を産んでる雌豚を見たんだって。それも彼女のマットレスの上で。するとゼロは、その豚が人間の母親だったみたいに、彼女に産婆をやらせた。だから土曜の夜だというのに、お湯だの世話だので終わり。ベティ・ルーエラは週に一度のゼロの道具の挿入を奪われた。お産の世話でね。

でも、豚には好き勝手にさせながら、女たちには完全な屈従を要求した。いいえ、「屈従」じゃないわね、喜んでやってたんだから。自分は邪悪だから、このくらいの痛みは当然、みたいに。

朝、割れた窓の不揃いなカーテンから最初の曙光が差し込むと、ベティ・ルーエラか、もしその日が彼女がゼロのベッドに行く日なら次に若い者が、みんなが雑魚寝してるマットレスから転がり出て、ゼロのコーヒーの為にポンプに水を汲みに行き、夜の間に台所に入り込んでた豚を陰険に追い出す——大声じゃできないけど、ゼロに聞かれたら殴られるから。古いポンプの軋《きし》む音でみんな目を覚まし、跳び起きて薪を割り、ストーヴに点火し、煩い鶏の所へ卵を取りに行く。夜の間に鶏が産んだ殻つきの果実に手を伸ばす時、かじかんだ手を温かい羽毛で温める。それから何人かの子は台所にある、中身の溢れてる頭陀袋からオートミールを掬《すく》い出して、パンケーキを焼く。それ以外の子は聖獣に腹一杯喰わせる。

あたしらはゼロの為にトレイに山盛りの朝食を作る。カッコウ時計が八時を告げるとすぐに部屋のドアが開いて、前夜の伽の相手が出て来てそのトレイと、密猟犬用に切り刻んだビフテキの鉢を持っていく。女がベッドを出るとカインはそこに跳び乗り、そこで主人と一緒に一日の最初の食事を取る。だけど妻の方は、朝と共に降格されて他のみんなと共に台所で朝食を摂る。ゼロがトレイを下げさせるためにハンドベルを鳴らすと、食事は終わり。

彼はあたしらに消化もできないくらい慌てて朝食を摂らせるのが好きで、いつだってあたしらが座った直後にベルを鳴らすから、ビスケット一枚飲み込んでる時間もない。でもその時に食べておかないと、昼食までずっと空腹のまま。ゼロは食間のスナックを禁じてて、見つかると鞭打ちの刑。

今やベティ・ルーエラとマラジェインは二人で〈七番目の妻〉だから、ゼロの朝のベッドの上での沐浴という羨ましい仕事は二人の担当で、二人は湯気の沸いてるお湯の盥を慌てて運びこむ。けど彼は絶対に二人の前じゃズボンを脱がない。二人は彼の背中と胸と脇の下を石鹼で洗い、それからいつも後ろの壁の方を向いて、トリステッサの肖像を凝視する。その間、彼は革ズボンを下ろして、自分で素速く秘所をフランネルで拭く。彼が隠したかったのはちんぽじゃなくて脚の切り株の方。洗い終わって櫛も入れて、靴以外の服を全部着ると、あたしらは列を成して、書斎の回転椅子に鎮座する彼の所へ入って行って、その裸足の足にキスする。彼はあたしらにわんわんとか、ぶーぶーとか、ちゅーちゅーとか、にゃーにゃーとか言う。よっぽどの例外的な緊急事態の時以外、妻には獣語しか使わないから、あたしらもおんなじように応える。その返事が気に入らないと、容赦無く牛追い鞭で打つ。つまりあたしらの朝イチの言葉は、自分でも解んない言語なんだけど、彼には解るんだって。てかそう言ってる。まあ、彼がこの家の支配者で、彼の言葉が法律なんだから、同じことだけど。つまり彼は、彼に対するあたしらの理解と、彼との関係におけるあたしらの自己認識を規制してる。

彼のたった一本しかない足にキスしたら、仕事開始。

野菜畑に水を遣る。ランチハウスはすきっ歯の柵で円く囲われていて、この柵の中にあたしら女たちが毎日水をやる区画がある。ポンプから水の洩るバケツを運んで来てさ。水を遣ってる地面は肥沃で、その周囲の乾燥を嘲笑うかのように果実や麻や野菜を豊かに実らせている。覆いもない太陽の下ですぐに熟すから。あと家畜の番。鶏はT型フォードの廃車に住んでる。あたしらが生まれるずっと前に故障して、砂の中に放置されてた奴。あと山羊。悪魔みたいな目付きの品種で、黒いシルクみたいな体毛に、目の上で曲がってる角。山羊が庭に入るのは禁止。もし誰かの不注意で入り込んで、豆やキャベツを貪り喰ったりしたら、その子は殴られて山羊自身はゼロの投げナイフで処刑される。するとあたしらは数日間、珍しい山羊のシチューにありつけるんだけど、女たちは前歯がないから、肉はどろどろになるまで煮込まないと食べられない。山羊の毛皮を処理すると、寝る時の新しい毛布が手に入る。処理中の毛皮は、洗濯物干し場に並べて天日干し。豚の糞の饐えた臭いに、さらに悪臭が加わる。山羊はミルクを出すから、時たまそれでチーズを作ろうとするんだけど、うまくいったためしはなくて蛆だらけになっちゃう。

ランチハウスの裏の家に彼が所有してる盗難車の手入れもある、荷車を引く動物の群れみたい。服を洗って、食事の準備。週に一度、水曜日に、二人の女がクルマを出して、三〇マイル程がたがた道を走ったところにある街のスーパーマーケットまでゴミ漁りに行く。あたしらの野菜、穀物、卵、山羊乳の質素な食事やたまに食べるくたくたに煮た鶏や山羊に、生ゴミ用のゴミ箱の中身とか、裏口のコンクリートの荷台で見つけた廃棄予定の残飯とかを足すわけ。青いバナナとか、筋のある獣脂の塊とか、溶けかけのアイスクリームとか、鼠に囓られたセロハン包装の楔型《くさびがた》の輪入チーズとか、滅多に無いけどゴルゴンゾーラ、ブリー、グリュイエール、ほんのちょっとしか臭わないバターの包みなんかがある——大きなプラスティックのゴミ箱は腐ったもので溢れ返った豊饒の角、それをあたしらは御馳走にする。生ごみ容器のものを全部掻っ攫った後は、肉屋のカウンターでゼロと犬の肉を買う。あたしらは豚の餌だけど、ご主人さまと密猟犬のカインは一日に三回、上等の赤身肉を召し上がる。女の子たちがロサンジェルスでケツの穴を売って稼いだ真っ当なカネでね。その夏は七人全員で三カ月、その街でそうやって過ごしたんだって、冬中、ゼロとその仲良しを鱈腹食わせるのに十分なカネを稼ぐためにね。

それで、冬が終わるころまでには全部の街が腫れ物がそうなるみたいに破裂してるんだって。それでみんな要塞化した牧場に籠もって、暴動が終わるまで自分たちで作ったものだけで生きていく。この内戦の間に、ゼロは遂にトリステッサの隠れ家と略奪品を見つけ出して、殺して、彼の生殖力が回復する。それを聞いて一瞬心臓が止まった、怒りの遠吠えがトリステッサに向けられてるのはよく解ってたけど。妄想の焦点はこんな影だったのね。彼が乱心の絶頂で出すあの歯擦音は、ほとんどトリステッサという陰険な名前になる間際までいく、その実りのないオーガズムの時に彼女に唾を吐いてるみたいに。

この実り豊かな人殺しの後、ゼロはヘリコプターでロサンジェルスに降り立つ。一ダイム支払うこともなしに冷凍食品の棚からまさに好きなものを何でも取って、見捨てられた街のペントハウスに住んで、日がな一日カラーテレビを見て、この突然の不毛の大陸で人口を増やし始める、今やゼロの一族以外、誰もいないところで。

みんなこうなると信じてる、ゼロがそうなると言ったから。彼はこの彼流の『神々の黄昏』を、古い酒場のカウンターの上で彼女らのためにしばしば歌って踊ったから、みんな本当に違いないと信じてた。どの妻も――マラジェイン、サディ、アップル・パイ、タイニー、ベティ・ブープ、ベティ・ルーエラ、エメリン――この話をあたしに繰り返した。いつも同じ陽気な確信を持って、そしていつも最後には、みんなの信じてることをあたしも信じるよう強制される、まるで啓示された経典みたいに。あたしは憐れみに圧倒された。この可哀相な女たちは文字通り自分自身を、身体も心も魂も、ゼロの教会に捧げてる。

エメリンと皿を洗っている時、ベティ・ルーエラと蕪を掘ってる時、本当の世界の状況を説明しようとしたけど、ゼロに聞かれないように、とても小さい声でしか話せなかった。でないと誰かが身振りで彼に告げ口する――彼女らの間には仲間意識なんてほとんどなくて、いつも互いに裏切って鞭打ちされてる。でも誰に何を言っても、その子はすぐに馬鹿な子供を相手にする時みたいな寛容で上から目線の微笑で、ゼロの時代が来ることを解りなさいと言う、それに、どっちにせよあなたは喋るべきじゃないわ、ゼロの法律に触れるから、と。

片目片足の偏執狂に対する彼女らの共通の情熱は、つまり彼の神話を信じてるってこと、そして信仰は愛の証明だから、みんなこの信仰の強さで他の娘たちに勝とうと争ってる。いつだって彼の関心をちょっとでも多く得ようとしていらいらしながら競争してる。けど、彼の神話は彼女らの信仰に依拠してる。どんなに卑劣だって神は神なんだから、その威信を保つには信者が必要。みんなの服従が彼を支配してる。娘たちはみんな、同じような侘しい生い立ちだった。欠損家庭、感化院、保護観察司、母性喪失、父的存在の不在、ドラッグ、ポン引き、悪い噂。女というより生きた病歴ね。みんなゼロの威厳ある雰囲気のせいで彼を愛してるけど、それを生み出してるのはみんなの服従でしょ。あいつ一人じゃ何もできない。みんなに対する憎しみだけが、みんなを惹き付けてる。そして彼のために、週に一度の種なしだけど神聖な液体の注入によって全ての肉の病いを免れ、それなしには生きてられなかった、と信じてる振りをしてる。

あたしらはモルモン教の女みたいに生きてた。永遠の束縛、ランチハウスの生活、その周囲の荒廃した街、まさに開拓者のパロディ。そしてほとんどの時間、あたしらは草《マリファナ》の煙に酔ってラリって癒されてる。他にどうしろと？　退屈、豚、労役、残飯、蚤、堅いベッド、絶え間ない殴打、言葉の剥奪……でもマリファナとゼロのレトリックがこの世界を変えた。ランチハウスはソロモン神殿。ゴーストタウンは新たなるエルサレム。ヘリコプターは炎の戦車。彼のちんぽは燃える黄金の弓。エトセトラエトセトラエトセトラ。

街に出かけると、古い新聞を探し回ってこっそり見た。もしあたしが外の世界の情報を探してるって知ったら、ゼロは生きたままあたしの生皮を剥いでたわよ。ゴミの中に突っ込んであった、濡れて染みのついた紙から、〈ハーレム包囲〉が続いてることを知った。けど西部の新聞はその記事を中のページの下の方に格下げにして、太平洋岸の都市の暴動鎮圧における州兵の手柄を大々的に報じてる。カリフォルニア州は連邦からの離脱を画策中。内戦でも始まろうとしてるの？　大統領は乱心して、中国との関係について矛盾する声明を出した。けどスーパーマーケットはまだやってる、行く度にゴミは貧相になって行ってるけど。

死と虚無というゼロの支配の外で、こうして束の間でも外の世界と接触しながらあたしはなんとか耐えてた。女たちに混じって家にいる時は出来るだけ沈黙を保ち、みんなの動きや話し方を真似ようとした。というのも、ベウラでソフィアの訓練を受けたというのに、あたしはしばしば両手でイヴらしくないジェスチャーをしたり、微妙に男っぽい抑揚で叫んだりして、みんなを驚かせてたから。女の振る舞いの徹底的な学習、家のための毎日の仕事で、あたしは慢性的に疲労していた。緊張し、頭が一杯だった。あたしは女だけど、今じゃ女と見做されてるけど、でも、それじゃ、多くの生まれながらの女たちはみんなこんな模倣の中でずっと生きてきたってことね。だけど、女として修業した結果、当然、あたしの所作はわざとらしいほど女っぽくなった。あまりにも女っぽく振る舞うもんだから、ゼロは疑いを抱いて、あたしがレズじゃないのかって警戒して見るようになった。もしも彼があたしのことをちょっとでも調べたり、娘たちの誰かに指一本でも触れている現場を押さえられたりしてたら、あたしは撃ち殺されてたわ。女の同性愛に対する彼の憎しみは確固たるものだった。まさに妄念。そしてあの哀れな、美しい、実体なきトリステッサ、あいつはレズの女王じゃないのか、砂漠を干上がらせて、何もかも砂にしちまったんじゃないのか、と彼はある晩、酔って言った。たぶんゼロはベウラについての歪んだ噂を聞いたのね。彼が耳にして、あれこれ考えるような砂漠の女の共同体が他にないとしたら。彼はその妄想に噂という餌をやり、頭の中がいろんな変な考えで一杯になって、それが互いに餌をやって、独創的な情報を創り出す。新しい、嘘の、自己矛盾する、だけど熱烈に信じられてる大量の情報を。彼にはもはや世界のニュースなんて不要。だって自分で自分の思い通りに創っちゃってるんだから。

だけどそうした疑いにもかかわらず、っていうかむしろそれゆえに、あたしは彼のために女になりすぎたんだろう。彼はあたしをいたく気に入り、だからあたしたちの夫婦のアレは物凄く強烈で、もう恐くてしようがなかった。接触は激しい度合いで行われ、あたしは恐怖でいっぱいになっていた。やる度に新しく処女を奪われる。まるで彼の暴力がその度にあたしの処女性を更新するみたいに。そして身体以上に、あたしの存在の同じくらい本質的な部分が彼に略奪されてる。彼が自動小銃の銃口みたいに燃える片眼で、半分しか脱いでない小さな身体であたしにのっかる時、あたしは自分が自分じゃなくて彼みたいな気がするから。この決定的な自己の欠落の体験は、いつも内省の衝撃と共にやって来て、あたしが暴行されている瞬間に、以前のあたしが暴行者だったってことを思い知らせる。彼があたしに入る時、その行為はセップクのようだ。つまり自分で自分のはらわたを出す儀式。ただあたしは彼を見てるだけ、そして彼のあたしの苦痛に対する喜び、あたしの苦悩に対する快楽の中に、自分の苦痛と不愉快を感じてるだけなんだけど。

そんなこんなで、あたしはランチハウスの寄宿舎に住み、豚の番をし、ゴミ漁りに行き、日曜の夜には強姦された。ゼロの妻としてのあたしの生活！　退屈、苦痛、人質状態。

「俺はゼロ」と彼は珍しく言葉を爆発させた時に言った、ある夜、何時間もニーチェの胸像を見詰めた後で。「それは最低限度点。消失点。無。俺は摂氏の氷点、俺の妻たちは俺の冷え凍った炎を受難として体験する」。

けど、どっちかって言うと彼は雨がちの国の王様、強力だけど無能、だってその力は女たちに依存してるから。それに種なしなのは確かね、マラジェインはニューハンプシャーの施設に子供が一人いたけど、ゼロの子はできない。丸二年も一緒にいるのに。サディは四回も中絶してるけど、ゼロと結婚してからは一回もなし。ランチハウスは周囲の砂漠と同じくらい不毛の王国。ここじゃ、仔を産むのは豚だけ。何て辛辣なの、ゼロは妻達に命じて、仔豚に白いレースのボンネットを被せて、膝の上であやさせてるのに！ でもあたしにとっては凄く安心、こんな酷いところで妊娠させられることがないっていうのはね。

ゼロの日課は決まり切ってたけど、絶対変わらないってわけじゃない。例えば、彼はいつも日がな一日トリステッサの痕跡を求めて砂漠を探し回ってたんだけど、止めちゃった。黒服の砂漠の住人、たぶんライヴァルの共同体から来た奴が、ある朝、あの回転する鳥を撃ったから。今じゃ夜まで大人しくしてる。うまく誤魔化しているけど、生まれつき臆病なのよ。この事件の話を聞いて、ソフィアがヘリコプターに発砲したことを思い出した。それと、あの神秘的な大きな鳥を撃ったのはゼロに違いないって。あまりにも美しかったから、純然たる嫉妬でね。

朝にあたしらが彼の足にキスした後、夜に夕食を運んで行くまでの間、ゼロはヴェランダのロッキングチェアに座ってマリファナやって、蒼ざめた空気の上に、分離した音の叙事詩のあらましを書きつけてる。午後はずっと拳銃を抜く練習。けど、五時近くなって、缶を撃つのに飽きてくると――というのも、絶対に外さないから、その練習にサプライズ要素は何もないわけ――女たちが何しててもそれを止めさせ、小屋に行って、あたしらのために保管してるコスチュームのトランクを引っかき回して来いという。詩のリサイタルの時間。

トランクの中身は、五インチか六インチの尖ったヒールの靴、股まで締め上げるブーツ、薄いシルクや粗いメッシュのストッキング、金ぴかのありとあらゆる前貼り、裸の乳首に着けるタッセル。プリンの容器みたいな髪形を隠すためのウィッグもある。このコレクションの中から気に入った衣装を選んでいいの。それくらいの自由は許されてる。それからみんなで酒場に雪崩《なだ》れ込んで服を着る、彼を喜ばす機会に昂奮してね。こうして服を着たんだか脱いだんだか判らないような過激なポルノみたいなスタイルで、あたしらは酒場に並び、彼のトランジスタ・カセットの音楽に合わせて踊らされる。

彼が持ってるのはワグナーの音楽テープだけだったから、あたしらはジークフリートのラインの旅やトリスタンの愛の二重唱やワルキューレの騎行に無理やり合わせてハイキック。音楽は大音量、光沢仕上げの空の覆いが共鳴して見えるくらいに、パッド入りの棒でゴング叩いてるみたいに。まあ想像つくでしょうけど、あたしは世界一ダンスが下手で、こういうのは嫌だったのよねえ、鏡で自分を見てたレイラを思い出すわ、今じゃあたしもあの自己陶酔的な自己喪失に浸りたい誘惑に駆られるから、顔が鏡の中に吸い込まれていくのよね、水が砂に沁み込むみたいに。

それからゼロはステージの真ん中に陣取って、あたしらはその動きを真似る。トリステッサを犯して殺す踊りをして、それからゼロの神化。これが彼のドラマの独自の部分ね。今じゃ豚だけが、渇いた坑夫の亡霊みたいに出入りしてる酒場の汚いカウンターの上で、ダルウィーシュ〔イスラム教の托鉢修道僧〕かベドラムのトム〔一七世紀の作者不明の複数の詩に登場するベツレヘム精神病院を退院した放浪の乞食〕みたいに、飛び跳ね、踊り、遠吠えする。この詩の披露のクライマックスで、ついに失神。あまりにも莫大なエネルギーをそれに費やしたからね。何ちゅうパフォーマンス！　吠えて喚いて暴れ回って汗掻いて悲鳴を上げ、女どもは大ウケ。それから、突如として倒木みたいに倒れ、あたしらは彼をベッドまで運んで、バーボンを浸した布の乳首を口に押し当てて飲ませる。休んで回復したら夕食の時間。彼は自分の部屋で食べて、その後、吊りオイルランプの優しく甘い明かりの下で、膝に犬の頭を載せ、机にちびちび飲むバーボンの瓶を用意し、オニキスの灰皿にマリファナを燻らせつつ、砂漠の地図を吟味し、いつまでも凝視してる、レズどもの巣がどこにあるのか見つけて、羽根のある怒りの戦車で降下して奴らを壊滅させ、地上からかの悪名高きトリステッサを、あの魔女でビッチで不妊を媒介する〈チフスのメアリー〉〔腸チフスの保菌者だった米国人の料理人メアリー・マローン（一八七〇？—一九三八）は、仕事を転々としながら多数の人間に腸チフスを感染させた〕を地上から消し去る。

彼女は彼の子胤を消し去った、彼が男らしさの化身だったからですって。いろんなカバラの秘法を駆使して、トリステッサは彼の生殖力を魔術的に奪い去った、映画のスクリーンを媒介にして。夜寝る時、マットレスの上で、密かに娘たちはあたしに囁いた、バークリーのアートシアターで彼は『ボヴァリー夫人』のリヴァイヴァルを見たのよと。するとトリステッサの眼が、内臓を抜かれる直前の牡鹿の眼が、直接彼の眼に固定された。彼はメスカリン〔メキシコ産サボテンの一種からとれる幻覚薬〕をやってた、彼女はどんどん大きくなった、その眼はぞっとするような顕現で彼を嗒然とさせた。突然、彼は鋭い、灼け付くような痛みを金玉に感じた。幻視者の確信で、彼はそれこそが彼の種なしの原因だと知った。彼は影のない男みたいになった、トリステッサが彼の影を吸い込んでしまったからね。ワーオ、とマラジェインは言った、信じられる？……でも彼女は信じた。と言うか、そう言った。

ゼロが片眼を失う前――牢獄にいた時に看守と喧嘩して箒の柄で抉り取られたんだけど――ファン雑誌をよく読んでた。トリステッサのことを徹底的に調べた。書斎の乱雑な棚に、黄色くなった雑誌の山また山。砂漠の空気がその頁をぱりぱりに脆くした、ポテトチップスの山みたいに。全部この雑誌はあたしら全員が生まれる前のもので、西海岸中のパンフレット屋から掻き集めた。全部にトリステッサの写真が載ってる。彼女の好きな食べ物はブラック・ラズベリーのアイスクリーム。飲みものはロシアン・ティー。好きな色、好きな作曲家はベージュとチャイコフスキー。休暇で一番行きたいのは砂漠。アリゾナに人目につかない別荘があって、噂じゃ聾唖の執事がいる。この隠れ家の場所はハリウッドの、一つを除いて最高の秘密。その一つと言うのは、これよりもっと厳重だったけど、最初の秘密を解いた後にあたしらが自力で解くことになる。

けど、これらのスクラップや断片は全部憶測か、口の上手い広報係のでっち上げだった。だって彼女はインタヴューなんて受けたこともないんだし、それで悪名高かったんだし。その沈黙で有名だったのよ。五〇年代のいつかに印刷された、下卑たペーパーバックの、ゴーストライターが書いた自叙伝が、彼女は同性愛者だったって下品に仄めかしたんだけど、それは当然ながら彼女が引退してからずっと後に出版された。たぶんこの嘘の実話がゼロの途轍もない妄想の種を蒔いたのね。けど彼女とその思い出について重ねられた何百万という言葉のどれ一つとして、彼女が男と寝たことはないってことをちらりとでも仄めかしてるのはないっていうのは事実。抽象的な社交辞令は除いてね。

それに誰一人彼女の居場所を知らなかったのよねえ。誰一人。本や雑誌もその点では一致。まだ生きてるし元気ではあるんだけど、完璧に姿を消した。彼女は四〇歳でハリウッドを捨てて修道女みたいに引退したから、世界中のどんなブン屋にも洗い出すことはできなかった。彼女が明らかにしたのは、砂漠に住んでて、ガラスの彫刻を始めて、ただ一人の話し相手は聾唖者だけだってこと。

月光の夜、あたしらはトリステッサを探しに出た。どんなに月明かりの弱い夜にもゼロは探索に出た。あたしらは全員でヘリコプターに乗り、偵察行に飛んだ。たまたまあたしを見つけたのもそんな偵察の時。そして月面着陸の後は、当然ながらその夜の妻がゼロの魔法の液体で電池を充電して貰う。これもまた変わらないこと。あたしと妻仲間たちの囁き声の会話は全部、ゼロの性交の音が薄い壁を通して聞こえてくる時に暗い寮のマットレスの上で行われた。突いたり唸ったり喘いだりする音は全部丸聞こえで、それに昂奮した哀れな娘たちはそのエロティックな羨望で手を為す術もなく自分のスリットに這わせる。時には互いに。びっくりしたわよ、だってもしゼロに気づかれたら、彼は酒場の壁の前に彼女らを並ばせて射殺するでしょうよ。けどいずれにせよ、みんなは月夜の晩には彼のレズ狩りに同行していた、何事もなかったかのように。ほんとはあったのに。こういうことはハーレム生活には付き物で、妻たちは太陽が昇るとまた元通りになって、何事もなかったかのような振りをすることで自分に対する言い訳にしていた。

ゼロのあたしに対する情熱は変わっていった、弱まったんじゃなくて、面食らうようなものになった。あたしの中の何かが嘘っぽい、と先祖返り的な直観でそれを悟った。ある日曜日の夜、ぶっきらぼうに服を脱げと言った後、突然宝石屋みたいな眼であたしを調べようと思い立った。傷があるかもしれないダイヤモンドを調べるみたいに。あたしを机の上に立たせて、ライフルの銃身を肋《あばら》に突き立て、何度も回らせた。それから彼のベッドに寝かせて、一つ一つ調べていった。乳房、腹、股の関節、膝、足、足の指の間、全部。膝と肘をついてしゃがませ、尻の穴を覗き込む。その辺の毛が多すぎると言って、また尻にも文句を言った、その幅はあたしのせいじゃなくて、〈マザー〉が骨移植で骨盤を拡げたのよ、新たなメシアが出るのを容易にするために。

娘たちが木の壁を越えて代理の欲望を掻き立ててるのを、想像上の耳で聞いた。あたしは彼があたしの偽装に欠陥を見つけるんじゃないかとひやひやした。〈マザー〉があたしの新しい身体に、あたしの知らない手掛かりを刻印してんじゃないか、あたしは新調された、ほんの数ヵ月前にはゼロと同じ男だったってバレるんじゃないか。むしろ実際にはもっと男だったのよ、あたしの男の生殖力が、レイラをハイチの堕胎医のところに送り込んだんじゃなくて？　でも、彼があたしをまた起き上がらせた時、あたしは見た、少し嘲笑しながらも、彼の眼の中にはほとんど純粋な羨望があった。〈マザー〉があたしを不自然なものにした、その点においてのみあたしは完璧だから。外科手術から生まれたヴィーナス。

ゼロを困惑させたのは、というか恐れさせたのはこの肉体美の完璧さだった。だから今、その恐怖を克服するために、彼はあたしを襲った。もう死ぬかと思うくらいに。その行為があまりに激烈なので、彼のベッドの外の地獄の娘たちは、大声で歎いた。もう絶対聞こえてるわ、これ。だからあたしは泣き始めた、みんなの声を掻き消して、彼女らが殴られないようにするためにね。なーんて嘘。泣いたのは彼にやられた痛みのせい。あたしの新しい眼は水でできてるみたいね、いつも水を出すんだから。

ひとつの山脈が、その冬の探索を切り上げさせた。変わりやすい砂漠から突出するその山脈は、寒い間の数ヵ月は雪を冠し、霧に覆われ、危険で、通れなかった。けど、気候が暖かくなると、ゼロは拳を握り締めて決意した。雪が解け次第、山脈を飛び越えると。これまで砂漠をくまなく探したけど全く成果はなかったので、きっとトリステッサはこの凍った山の頂の向こうに住んでいるに違いないって。

あたしはゼロの妻として三ヵ月過ごした。あたしのために工夫された、これ以上もないほど苛酷な、女の修業。もしも〈マザー〉が、どんな気まぐれにせよ、あたしのセックスそれ自体を通じて第二の性と向き合って第一の性の罪を償うためにあたしを選んだのだとしたら、純潔で錯乱した春が乾いた場所を好むあらゆる種類の植物を砂から覚醒させ、夜を少し暖め始める頃までには、あたしはまさにそうなっていたと言えるんでしょうね。ゼロの介在で、あたしは女になった。もっと。彼の有無を言わせぬちんぽがあたしを野蛮な女にした。

彼があたしをベッドに押し倒す時、あたしが暴れるもんだから、彼があたしの手首を縛るようになって、そうでなかったら、奴の眼を抉り出してたわ。彼の妻たちは古代の子供みたいな顔付きで、人間以下であることを無邪気に受け入れてて、あたしは怒りと憐みで満たされた。みんなの肌が彼に殴られてよく青染《あおじ》んでるのを見ると、あたしは激怒した。この子たちは彼を愛するあまり何も感じてない。怒りがあたしを生かしてた。

スーパーマーケットで漁ってきた濡れた新聞のニュースは、冬が終わりになるにつれて、どんどん酷くなっていった。結局、〈ハーレム包囲〉を破るのに空爆が行われ、黒人は一連の政治家暗殺で報復した。カリフォルニア州は分離独立の決定を履行している。ゴミ箱の残飯はどんどん減って行った。化膿したカマンベールなんてもうないわ。ゼロのガソリンもなくなりかけてたけど、譫妄状態で心配どころじゃない。まあ、時間が押してるとは感じてるらしくて、いつもの習慣は辞めて、唯一の仲間である犬だけを連れて一日中、山の中やその向こうを探し回って飛んでる、しばしば妻たちを置きざりにして。今じゃ孤独な斥候。

毎日、老朽化したヘリを軋ませて山を越え、ちょっとずつ遠くへ行く。彼女は向こう側にいる、よな？　彼の聖杯、彼の探求、彼女が創り出した砂漠へ、岩の鉱脈を越えて。時には朝出て行ったまま、翌朝まで帰らない時もある。その狩りに熱中してあたしらは完全に忘れられてた！　女たちは、ゼロの聖なる探索は自分らの欲求より優先されることを認めてた。時間ができたらサーヴィスしてくれるわ……けど、彼は熱中しててそういうのはどんどん稀になっていった。牧場の日課は中断した。差し迫った終末は、みんなを苛立たせた。あたしらは固唾を飲んで彼の帰りを待った。帰ってくると、服は埃だらけ、眼には野蛮な憶測、話を聞こうとして囲むあたしらを牛追い鞭で追い払い、書斎のマットレスに倒れこみ、疲れ果てて夢も見ずに眠る。生命の霊薬は一滴たりとも、誰も貰えない。けどあたしらは励まし合った、もうすぐ、もうすぐ！　あれはほんとに生命の霊薬なのかもね。

ある日、アップル・パイとタイニーがゴミ漁りに行ったけど、プラスティックの容器には何も入ってなかった。店は閉まってて、不満げな店員が苛々して通りに突っ立ってる。どうも、街はその在庫を食い尽くして食べ物は残っていないみたい。女たちは不穏な群衆や裏通りの低い銃声を怖がっていた。真っ直ぐ帰ってきて、台所で自分たちの冒険の話をした。あたしらは畑や山羊や穀物の袋を祝った。するとヘリコプターのパタパタいう音がゼロの帰還を告げた。彼は真っ直ぐに台所に入ってきた。勝利に熱狂するあまり、平易な英語で言うことを許可した。

「きらきら光っていた」と彼は言った。「この目で見た。魔女の塒《ねぐら》だ」。

彼はホルスターから拳銃を抜いて全弾天井に撃った。みんな埃と破片を浴びて、驚いた豚は畜殺場でみたいに鳴き喚き、夕方前の太陽が降り注いであたしらは瞬きした。

第九章

孤独の冷たい風が彼女の家の周りに吹く。孤独と憂鬱、とトリステッサは言った、それが女の人生。あたしはあんたの方に向かって行った、磁気ミラーの中の自分自身の顔に向かうみたいに。だけど、物理学の法則に従ってあんたがあたしに向かって来る時には、あたしには帰郷の感覚はなくて、ただ侘しい喪失感があるだけ。

あんたに会った時、あらゆるパニック障害の症状が出た——蒼白、浅い呼吸、ちくちくする冷や汗。まるで奈落の縁にいたみたい。でも、あたしを捉え、揺り動かし、そして今後もあたしを捕まえて放さないだろう眩暈は、その時のあたしにはね、理解できない原因から生じていたんだよ——あんたが直面してる深淵は、あたし自身のものだったのさ、トリステッサ。

あんたは虚空の幻影。プラトニックな影の演物《だしもの》全体の生きたイメージ、あたし自身の空虚を素晴らしい想像で満たすことのできる幻影、それも映画が続く限り、続いてる間だけ、それが終われば全ては消える。この世界はあんたにとって十分じゃなかった。肉の境界を超越することがあんたの仕事で、だからあんたは無に、生霊になった、絶え間なく消えていくあんたを捕まえようと虚しく足搔く手に、ただ銀の粉の痕跡だけを残す。

　ヘリコプターはパタパタ言いながら鷲が営巣する絶壁の上に滞空している。あたしらの眼下に、沈みかけている月の蒼白の指が、彼女の家の重なり合ったガラスの輪っかを磨き、まるでその家がそれ自体、冷たい光を発してるみたいに光り輝かせてる。海の底に潜み、互いに深海の燐光の言語で語り合う魚の放つ輝きみたいに。それがとても神秘的なのは、それが完璧に透明だから。彼女が自分自身を取り囲んでいる高い壁の内側に着陸するために急降下して見えてきた景色を見て、ハーレムの連中は金切り声を上げ、猿みたいに喚いた。小さな湖みたいに長くて広い、暗くて分厚く澱んだ水泳プールの隣りには、樹々の生い茂る庭。どこか地下の水源から水を汲んでるに違いない、なぜならその水は想像もできないほど深い地の底のような陰鬱な見かけをしてたから。その遥か上に、飛び込み台の張り詰めた支柱が揺れてる。

　かくしてヘリコプターは壊れた高台に着陸した。雑草がコンクリートの裂け目から伸びている。けどこの高台は荒涼としてはいたが、人が住んでないわけじゃなかった。壮麗な透明なものが置いてある――固体ガラスの膨れ上がった涙滴型の物体で、凹みや窪みがあり、側面には貫通していない陥没があって、意味ありげな表面加工が途中で放置されている。中にはあたしの背丈くらいの物もあり、草だの蔓だのがそれらを地面に繋ぎとめている。あるいは横倒しになり、コンクリートに当たって砕けたものもある。だけど、大きさは区々《まちまち》で形も少しずつ違うけれど、どれも涙滴型で、これでもかというほど撒き散らされている。砂漠に閉ざされた深く黒い水辺に、悲しみに任せるかのように。

乗物から転がり出るや否や、ゼロはこれら沈黙するものの一つに石を投げつけた。またたく間にその物体は破裂し、粉々に飛び散った。するとハーレムの連中は、せっせと他のものも全部壊し始めた。

奇妙なテクノロジーの証拠がプールサイドに集められている。移動式の竈《かまど》があるが、夜なので火は消してある。バケツと容器がきちんと積み重ねられ、砂漠から持って来たばかりの砂でいっぱいの巨大な手押し車もある。飛び込み台からガラスの氷柱《つらら》が垂れ、固いガラスの結霜がそこに登る梯子の段にこびり付いている。何もかもきちんと、全てが片付いている。手押し車の横に箒が立て掛けてあり、一日の仕事が終わる前にコンクリートは綺麗に掃き清められている。だが全ては、また翌日の仕事を始めるために完璧に整えられる。そしてまたその翌日、さらにその翌日。糸に繋がれたガラスのビーズのように続く日々。彼女の仕事に終わりはない。彼女は桶や釜や熱で萎びた砂、溶けて液体ガラスとなった砂のバケツを運び、ガラス化した梯子を登り、そこでバケツをぶちまけ、液状ガラスを水泳プールに注ぐ。そこで水に触れたそれは彼女の巨大な固体の涙滴になる。

だが今や彼女が創った眼のないガラスの立石は全て破壊された。荒々しい若い娘たちはどんなに満足したことか！　月影に照らされた彼女の家の亡霊が水の中で慄え、丸い先細りのガラスと鋼鉄の層のそのまた上の層が上空に向かってますます細くなり、ついに見えなくなる。彼女は自分自身のウェディング・ケーキの中に、その内部の奥深くに隠れ住んでいる。

彼女は自分自身の霊廟に住んでいる。

彼女の霊廟の鏡像は、月が崖の背後に落ちると同時に消えた。全ては今や完全な暗闇、ゼロは懐中電灯を照らしてあたしら墓泥棒をヴェランダまで引率したが、散乱したデッキチェアに躓いた。あたしらがみんな赤ん坊だった頃のプールサイドの夜会以来、ずっと放置されていたに違いない。カフェ・パラソルの錆びた骨組みから剝がれた帆布が地面の上で裏になったり表になったりしている。あたしの足が転がっていた瓶に当たった。何もかも、もう何年も前に、パーティーの真っ最中にホストが急に虚栄にうんざりして、神殿の掃除をする為に客を全員追い出したみたいに、放置されている。

今やここにはガラス製の、触れることはできても見ることのできない巨大なものが幾つか、石化した果物みたいに置いてあるだけ、そしてゼロと娘たちは生真面目にそれを全て破壊した。

家はあたしらを圧するように聳え立ってる、上に向かって環状に伸びてく、巨大で、共鳴してる――壁に暗黒を吸引して。目の前にあるのは湾曲したスライド式のドア、広間に直接通じてて、ゼロはそれを叩いてあたしらの到来を告げた。彼が強化ガラスに触れたとたんに、盗難予防の自動警報機が不躾に鳴り響き、ガラスの柱廊を塒にしていた鳥たちの群れが、怒ってガーガー鳴きながら一斉に飛び立った。しばらくすると家の中で蠟燭の炎の控えめな光が、ドアから少し離れたところで静止して揺れているのが見えた。ぶーん、かちっ、ぱちぱち。電子音の声が頭ごなしに告げる、「立入禁止デス。所用ノアル方モ」。

ゼロはくるりとショットガンを向けて、分厚いガラスのパネルに発砲し、粉々に砕いた。遠くの蠟燭の火が揺れて消えた。湿っぽくて冷たい香水が、ゼロが開けたギザギザの穴から噴き出した。ゼロはさらに何発か撃った。こうして突然できた入口を通って娘たちはゆっくり建物の中に入り、あたしらは全員、小さな懐中電灯を出して、ガラスの入口ホールに光条を回した。

断続的な光があちこちで反射する。ここに置いてあるカウチやロー・テーブルなんかは全部がガラスとクロム鍍金《めっき》だから。枯れた牡丹の脆い頭花の間に、蜘蛛がぼやけた空中鞦韆を編んでいる。牡丹の植わっている巨大なガラスの花瓶には水垢の跡。水自体は随分前に蒸発してる。床に放り出された北極熊の黄変した毛皮から、柔らかな埃の雲が立つ。そのミイラ化した頭は中断した怒りであたしらに黙って吠えてる。この長く、低く、くねくねした部屋壁はガラスのタイルだから、上の階の家具の下面や、あちこちの敷物の裏面が見える——全部がぼやけてて、ちょっと歪んでる。けど、荒れ果てた時の臭いと古い香水に満ちたこの暗い空間は、長い間見捨てられた大聖堂の雰囲気がする。だってそんな感じに冷たいし、静かだし、家具そのものだって、その構造の張力の影響で、時々微かに心地よくぴいんと鳴るから。亡霊の爪に触られたみたいに。

この家自体が奏でる微かな音楽を聞いた時、あたしはすでにトリステッサの存在を感じていた、彼女自身がこの敏感すぎる亡霊たちの一人であるみたいに。この亡霊たちと来たら、音や匂いや、空気の中に残した印象だけで存在を示すんだ――はっきりとした理由なんて何も無く、純粋な苦悶であたしらを貫通する感覚、感情。まるで、彼らに残された唯一の手段で、つまりあたしらの感覚への直接的な干渉という手段で、どんなに生きたいか、そしてそれが彼らにとってどんなに不可能なことかを訴えてるみたいに。

変わりやすいガラスのパースペクティヴを通して、微かな光条の中で踊る反射の間に螺旋階段が見えた。植物の中心茎みたいに空に向かって伸びるこの家の中核。

何年も、何十年も、誰一人この部屋に入った人はいない。マラジェインが雑誌に触れると、夢見るみたいに埃が立ち上る――ファン雑誌だの映画雑誌だの、穏やかな卵形の顔と釣り上がった眉の女たちの写真が載っている。ゼロの懐中電灯の揺れ動く弧が起こすのは、この静まりかえった場所の沈黙の反響だけ、あたしらの到着に応えて揺れ動いてた蠟燭の源は何も解らない。

最初、ゼロと娘たちはみんな黙りこくってた、この静まり返った、見棄てられた魅惑に圧倒され、むしろ畏れたみたいに。けど、すぐにもっと陽気に振る舞い始めた。マラジェインはダンガリーを降ろして蹲ると、ガラスのタイルの床に尿の水溜まりを拡げた。それをきっかけにみんなすっかり寛いだけど、あたしは寒さが骨身に染みて、歯ががたがた鳴るほどで、みんなの浮かれ騒ぎには加われなかった。みんなはてんでに鬼ごっこをしたり、生け花の乾いた花を投げ散らかしたりしていたけれど。

その時、突然の振動であたしらは床にぶっ倒れた。家全体が振動し、軋んでいる。そして軋みながら、回転し始めた――そう、回転！――足下の地面の奥深くにある謎の回転軸を中心に、ゆっくりと。娘たちはこの奇蹟に、あるいは地滑りにぎゃーぎゃー鳴き喚き、熊皮の敷物の下に頭を突っ込んだ。冷静さと落ち着きを最初に取り戻したのはゼロ。よろめきながらも直立し、何であれ目に見えない機構に向けて銃を誇示した。それは今やますます勢いを増し、メリーゴーラウンドに乗ってるみたいにみんなを振り回した。彼と犬は怒り狂って一階を探し始め、あたし一人がその後を追った。彼がこの家の女主人を見つけた時、守ってあげたいっていう気持ちがあったから。

ゼロは金属製のドアが開いてばたばたしてるのを見つけた。金属製の階段が下へ続いている。船の機関室に通じているのかも。あたしら三人は飛び込んだ。先頭は吠える犬。階段も家と一緒に回ってるけど、そこから飛び降りると固い地面だった。ここは地下、動かない、家の土台。

よく見ると、凄く広い地下室。喚きながら洗濯部屋を抜ける。汚いリンネルが弱々しく山になってずるずる滑ってる。肋木《ろくぼく》と跳馬のある狭い室内ジムを抜ける。化け物みたいなゴミ処理装置。黒い壁の映写室に、椅子が散らばり、床は空き瓶にグラス、注射器で溢れ返ってる。

それから、内側から施錠されたドアに辿り着いた。ゼロが錠を打ち抜くと、小さく萎びた東洋人が制御盤の前の回転椅子で、クルマのハンドルみたいな輪に向かって身を屈めてる。フランネルのパジャマに黒いシルクのキモノを羽織ってる。口を開けて何か叫ぼうとしたものの声は出ず、椅子に座ったまま回転して、銃把に真珠をあしらった優美なリヴォルヴァーで身を守ろうとしたけど、発射する前にゼロはそいつを運転席の向こう側まで吹っ飛ばし、自分で操縦桿を握った。けどどんなにきつく回しても、止まりもしないし家の回転が速くなることもない。たぶんあの東洋人は死ぬ前にどうにかして輪をロックしたんだ。もう目が回っちゃってるし、嫌な軋み音がする。つまりこの機械はもう何年も使われてなくて、これ以上、中で騒いでたらこのガラスの家は粉々になっちゃうかもってこと。

ゼロはボタンを全部押して、制御盤のスイッチを全部入れたけど、家の回転は全く変わらなくて、灯りも点かない――全く何も起こらない。ただ、鉤爪みたいな形のボタンを押すと、煩い音楽が家中に鳴り響いた。

『風と共に去りぬ』の、タラのテーマね……すぐ解ったけど、この精巧な装置はLPレコードとかテープレコーダーができるよりずっと前に設置されたものだから、音楽は一度に三分半しか続かなくて、崇高な弦の各フレーズの間に耳障りな雑音が入る。ゼロは音楽のヴォリュームを最大に上げ、それからまた階段を這い上がった。

ゼロは娘たちに散開してトリステッサを探せと言った。この回転する透明な迷宮のどこかに潜んでいるはずの。迷宮は今や安っぽい音楽の延々と続くしゃっくりに満ち満ちてる――三分ごとにいきなりのしかかって来る沈黙、この家の内部のどこかでベークライト盤が、音楽の砂時計みたいに、どんどん滑り落ち、その下で重なる山へ更にまた落ちるその度ごとに。『ナスターシャ・フィリポヴナ』〔ドストエフスキー『白痴』のヒロイン〕のトリステッサのテーマをあたしはずっと憶えてるだろう、悲愴交響曲の緩徐楽章、やるせない不能の手で、弦がこの家を愛撫した様子を――そしてその仕組みが動かなくなっていく様子を。夜の間、針は一枚の円盤の上を回り続ける、ぐるぐる、ぐるぐる、鋼鉄の歯が最後まで削り、ベークライト盤に深い溝が刻まれ、レコードには無意味な雑音がどんどん増え、そして最終的に、彼らがトリステッサを磔刑に処す頃には、音楽は弱まって喘息の喘ぎとなるのだ。

けど、彼女はどこ――どこに隠れてるの？　何もかも丸見えなのに、どうやって隠れられるの？

あたしはゼロについて行った。ガラスの螺旋階段を暗闇に向かって駆け上がる。妙な場所に出た。家を構成してる循環式の回廊の始まりの部分。夜が不可視の壁を覆ってる。星が燃え、地平線が旋回してる。弦が隠れたスピーカーを通じて慄えてる。空気は濃厚な香辛料と香料の匂い。ゼロの懐中電灯の光条が暗闇を彷徨《さまよ》い、それから、ガラスの柩台、ガラスの柩、その中の、屍体に固定された。

「くうっそー！」、驚いたゼロは叫んだ。

柩の中にいたのは若い少年。黒い革ジャケット、顎までジッパーを上げている。青いジーンズ。足にはスニーカー。鼻梁に黒いサングラス。胸の白薔薇のブーケの上で両手を組んで。周囲のガラスの蠟燭立てに四本の火の着いてない白い蠟燭。ゼロはズボンのポケットを探ってマッチ箱を出し、あたしに投げて寄越した。一本ずつ火を着ける。大きな影を投げる緑っぽい神秘的な光が部屋を満たす。ゼロはそんな静かで香りのよい死の存在に面白いほど混乱してた。予想外の注意深さで、むしろ優しく、蝶番《ちょうつがい》のあるガラスの箱の蓋を持ち上げた。ゆっくりと、入念に手を伸ばし、蒼ざめた額に触れる。手が慄えてる。

彼は驚いて後ずさり絶叫した。

その死体は死体じゃなかった。巧みに創られた蠟人形だったの。

見回すと、そこはまさしく蠟人形の間。すべて柩に納められ、頭と足の所に蠟燭。細部まで本物そっくり。半透明の爪まで細心の精度で差し込まれてる。髪も一本一本植毛。鼻孔の曲線は花弁みたいに愛らしくて完璧。ゼロの無言の命令通り、あたしは棺の周りの全部の蠟燭に火をつけて回った。

ジーン・ハーロウは白いサテンのぴったりしたガウンでジェームズ・ディーンの傍らに横たわっている。名声の絶頂で死んだ二人。マリリン・モンローもいる。素っ裸、まさに死の床で発見された時のまま。豊かな金髪のシャロン・テート、可哀そうに、狂人共に刺し殺された。ラモン・ノヴァロは自宅で侵入者によって撲殺。ルーペ・ヴェレスは自裁。ヴァレンティーノは衰弱で孤独死。マリア・モンテスは虚栄心の為に自宅の風呂で茹で死んだ。ハリウッドで不運な死を迎えた者全員が、頭と足に蠟燭を、動かない胸に花を載せてここに横たわっている。花もまた蠟。

今や部屋は蠟燭の火に輝き、人形は生きてるみたいに見える。まるで、この伝説上の名士たちが銀幕での時を終え、最後の審判に備えて眠りに就いた洞窟に迷い込んだみたい。まさにエフェソスの七眠者〔ローマ皇帝デキウス（在位二四九—二五一）の時、キリスト教信仰のゆえに迫害され、ある岩穴に閉じこめられて約二〇〇年の間眠ったのち、目覚めた時にはローマがキリスト教化されていたと伝えられるエフェソスの七人の若者〕の岩穴ね。七人以上いるけど。あたしは、そしてゼロですら、一種の神聖冒瀆みたいな畏れに打たれた、その沈黙に、香りに、魔法みたいな光に、凄く高価なケーキみたいにガラスの中に詰められた偽の死体に。

それからあたしは他のよりちょっと高いところにある柩台の前に来た。ガラスの演壇の上に載ってる。

この柩は、流れている途中で凍てついた鋳造ガラスの大きな塊。その中に数え切れないほどの透明なスペクトルの色彩。ベッドの頭に腫れた手みたいな形の枝つき燭台。その指先の細い蠟燭をマッチで灯すと、五つの火の舌が横たわる女を照らした。この女は何の覆いも無しに柩台に横たわってる。彼女は——もう解っちゃったけど！——この家の女主人だ。

最初、それは彼女の屍体に違いないと思った。偶像たちに囲まれたただ一つの屍体、遺体修復師の最高傑作——ほら！　額の繊細なありのままの皺、胸の上で白いサテン装幀の聖書を握る手の人差し指の小さな疣《いぼ》。そして彼女は死に際して、古代エジプトの王みたいに、偶像に囲まれて横たわることを選んだ。その顔はあたしの記憶と何も変わらない。魔法みたいな卵形、剃った眉、唇の上にキューピッドの弓のように引かれた口紅、長い髪が乱れてる、ベッドに寝かされたのではなくて、自分で横たわってそこで死んだみたいに、シフォンのネグリジェを着て、聖書を摑んで。けど髪は白くなってる、リップ・ヴァン・ウィンクル〔一九世紀アメリカの小説家ワシントン・アーヴィングによる短篇小説で、『スケッチ・ブック』（一八二〇年発表）の中の一話。アメリカ版「浦島太郎」のような話〕みたいに。横たわった身体はあたしの記憶よりちょっと長いけど、それ以外は銀幕上の写像そのままで、あたしは息を呑んだ。あの見事な幻影はみんなの想像の産物に過ぎなかったのかも知れないけど、いつだって彼女は現実だったんだ。

柩台の上に横たわる彼女を見た時、変な感情の遁走《フーガ》を感じた。溺れてる時の人間みたいに、一瞬の内にそれまでの人生の全てを追体験したの。だからあたしはもう一度子供になった、彼女がその子供の夢の中に侵入してきた、それから若い男になった、彼女がそのノスタルジアの精髄となった。それでもあたしは今のあたし、若い女、新しきイヴのままで、砂漠での不眠の夜の変容の間にトリステッサの感性が植えつけられてしまったんだ。新しきイヴは後悔のために恍惚として肉化した愛の象徴を見下ろしている。たとえ死がトリステッサを最初に捉えなかったとしても、自分のものにはできなかった。でも今、こうして所有している。

それだけじゃない。まるでトリステッサの映画全部が、同時にその蒼ざめ横たわる人体の上に投影されたみたいに、彼女が歩き、話し、死んでいくのが見えた、何度も何度も、この世に残されたあらゆる姿で、テクノロジーの永遠、霊の永遠の復活の中で彼女の存在を抽出し、永遠にリサイクルすることのできる、夥しいセルロイドの琥珀色の巻の中に凍てついて。

後から聞いたんだけど、彼女はその蠟人形のコレクションを**名声不朽の殿堂**と呼んでた。そして彼女自身はヴィジョンの永続性と共に生き続けるだろう、生きていなくとも。彼女はこの純潔の城、氷の宮殿、ガラスの霊廟の時計を欺いていた。彼女は眠りの森の美女、決して死ぬことはない、生きていたことが無いんだから。

死んでなお彼女は謎で、精巧な模造屍体の間に自らの死体を横たえてる。トリステッサの死を見るのはとても悲しかった、予想通り。そして身を乗り出した、墓荒らしの戦慄で、その険しい額に懸かった雪みたいな白髪の後れ毛の束を押し込んだ。瞼はぴくりともせず、潤ってる。彼女の肌から暖かみが差すのを感じた。鼻孔の中の繊毛がこの上なく繊細な呼吸で揺れるのが見えた。凄くびっくりして思わず息を吐いた。今彼女は、自暴自棄になって、大いなる挑戦を続けてる。今、死を装うことで死を騙してるんだ。どうしたら良い？　どうすれば彼女を助けられる？

ところがゼロの犬がのそのそとギャラリーを通ってきて、前脚を彼女のベッドに乗せ、詮索するかのようにネグリジェの襞を嗅いだかと思うと、頭を逸らせて吠えた。ゼロは、その辺の柩の蓋を開けては蠟人形を床に叩きつけ、それを踏みにじるのに夢中になってたけど、振り向いた。トリステッサの瞼がぴくりとした。犬は彼女のローブに嚙みついて引っ張った。ゼロが軽機関銃の銃口を上げると同時に、トリステッサは異常な機敏さでベッドから飛び跳ね、火のついた燭台を掴み、聖書を投げつけた。顔面にもろに喰らった彼はよろめいた。ふらつきながら後ずさり、弾丸のスタッカートを轟かせて、天井を如雨露のノズルみたいに穴だらけにした。彼がよそ見をしてる間に彼女は部屋からすっ飛んだ。

犬は唸り声を上げてすぐさま追う。銃声を聞きつけたハーレムの連中がギャラリーに転がり込んで来た時には、ゼロはすでに猛り狂って獲物を追いかけ、あたしもそれについて、螺旋階段を駆け上がってた、あの五つの瞬く光点を追って、ぐるぐる、ぐるぐる、ぐるぐると。家は相変わらず、終わりなく回り続けてる、それ自身、もの悲しげな唸り声を立てながら、そして反復される弦が、たくさんの隠れたスピーカーから大音量でその悲しみを歎いてる。あたしらの懐中電灯に束の間照らされる終わりのない回廊の中を、螺旋階段はぐるぐると上がってく。ぐるぐる、ぐるぐると、突っ走ってる内に、何だか眩暈がしてきた。ガラスの階段がゼロのブーツの踵の下で鳴り、周りのあらゆるものが動いてる。重力に逆らって世界の頂上に駆け上がってくみたい。

階段は家から飛び出して、先端は丸い鴉の巣みたいになってる。冷たい新鮮な空気が波みたいに押し寄せる。

彼女は金属の欄干の向こうに燭台を投げた。蠟燭の炎はさっと消えて、遥か下のガラスにガラスが当たって割れる音。彼女のレースの翼が回転する塔の周囲に渦巻く風に棚引く。欄干の上で平衡を保つ彼女をゼロの懐中電灯の光条が捉えた。

まるで光に耐えられないみたいに、あまりに長い間、光に当たってなかったから、照らされただけで崩壊するみたいに、古代エジプト人のミイラ化した体が、空気に触れて塵に還るみたいに。彼女はガラス製の鴉の巣の床に蹲り、欄干に寄りかかって怯えきって泣いている。光を避けるために、余りにも白すぎる、慄え過ぎの両腕で目を覆っている。ローブのシフォンが床に流れ、彼女よりも遅く動いてる。それはしばらくの間、後ろの空中に身投げするみたいに垂れ下がり、それから、雪みたいにふんわりと彼女の上に懸かった。それで彼女の姿は風に揺れる錆びかけた白髪の塊以外はすっかり隠れてしまった。

ゼロはその光景の痛ましさに何の注意も払わず、彼女の傍らまで迫った。ここは大気の慄える遥か高空、家は凄まじく鳴動し、猛烈な風が吹き上げてくる。彼女の肩を摑み、その身を隠している乱れた羽衣から引きずり出す。彼女は呻いて、宝石を嵌めた指で顔を隠そうとした。缶詰のアスパラガスみたいに長く薄く蒼白い指で。けどゼロはその手を引き剝がし、彼女の大きな、放心した、空虚な、そして全て真っ黒な、計りがたいほど深い瞳孔のように見える両眼に懐中電灯の光をもろに浴びせかけた。その大きな目は深い眼窩の中で不規則に動いた。盲人の目の動きみたいに、視覚じゃなくて思考の衝動で動いてる。どんな風に世界を見てるんだろう。見てるものと見えてるものの間にどんな繫がりがあるんだろう。どんなに想像しても解らない。

悲鳴。その歪んだ顔は恐怖で素晴らしく美しい。訳の解らないことを呟き、夥しい涙が色の無い頰を流れる。泣いている彼女を見て、ゼロは嘲笑し始めた。こいつを殺せてたら。こいつはあまりにも無神経にトリステッサを襲った。あの魔法の悲しみの壺を、そしてその悲痛の荷をこぼしたんだ。

長身蒼白の稀薄な謎、あなたの顔は屍姦への招待、墓石の上の天使の顔、あたしに永遠に取り憑いた顔、腫れぼったい眼に支配された顔、その眼の涙は世界中の悲しみの蒸留、その眼はあたしを悦ばせぞっとさせた、その輝きと困惑するような深遠の中に、あたしはアメリカの荒廃を見たから。あるいはそれ以上の――すべての疎外、われわれの孤独、われわれの遺棄の荒廃を。われらの悲しみの聖母、その屍衣より白い顔は、無慈悲な捕獲者にあらゆる涙の凝縮という貢ぎ物を献げた。それは五つの大陸の赤いフラシ天の薄汚い映画館で、彼女が演じた苦難に対して注がれたもの。その演技の説得力は、彼女が実際に体験したものよりも遥かに完璧な真実性に到達してた、何故なら世界の半分がその苦難を見て、その非道さは泣くに価すると判断したんだから。彼女は自分でも何も知らぬうちに、観客自身の苦痛の焦点、彼らが自らの心から彼女のイメージに投影した全ての苦痛の受容器となってたんだから。だから彼らは自分のために泣いてたの、トリステッサのために泣いてると想像しながら。そうしながら、彼らは共謀して自分の心の重荷の全てを、悲劇の女王の華奢な両肩に担わせたの。

彼女の名前自体が言い表せぬ悲しみの囁き。死に行く若い娘の、命数尽きたペティコートみたいな、歯擦音の残響。

今目の前の彼女は、つましく窶《やつ》れてる。昔よりもずっとずっと幽霊みたい。子供の時、手の中でチョコアイスを溶かしながら、濡れたマッキントッシュのコートやら、ジェイズフルイド殺菌剤やら、饐えた尿なんかの臭いのする映画館で、彼女を見た――例えば――ハンセン病患者を看護していて、自分自身がその恐ろしい病気に罹り、愛した宣教師（娼婦だった彼女を一旦は拒絶した）が、手遅れになる前に彼女と結婚する。式では病変を隠すために分厚いヴェールを被るけど、当然一指も触れない。彼女は死に、彼は悲しみ、あたしも悲しんだ。銀紙の溶けたチョコを舐めて、少しの慰めを得た。だからあたし自身の涙の一部も、トリステッサの眼の中で輝いてたに違いない、あんなに滂沱の涙を彼女に献げたんだから、ずっと昔、遥か遠く、虹の彼方で、子供の頃に。

子供の頃、彼女は無意味にあたしの心を掻き乱したわけじゃなかったんだ、だって今、利子を付けてあの時の涙を返してくれたんだから。

けどゼロは涙に心動かされることはなく、ただ怒り狂った酷い呪詛を投げつけるだけだった、自分自身の影みたいな、この朦朧とした女に。擦り切れて、触知しうる空虚とも言うべき今の状態に至った女に。彼女はたぶん、カメラによって外貌の多くの層を剝ぎ取られて――カメラが魂じゃなくて彼女の肉体を盗み、後に残ったのは今や、静かな、亡霊みたいな、超高感度の世界に住む非在みたいな存在だけ。その恐怖すら、奇妙なほど様式化されている。それを絶対の確信を以て演じてるけど、彼女がそれを体験してるのかどうか、あたしには解らない。

彼女の顔と、一般的な人間らしさの概念の間には何の繫がりも無い。けど美の老骨は藁紙よりも薄い皮膚を通して衝撃を湛えている。死骸みたいな墓石みたいなトリステッサ、その唇は何て薄いの、でも何て綺麗な曲線を描いてるの！　あなたが動く時、背後の空気に何て巨大な白髪の蜘蛛の巣が広がるの！　思い出すわ、あなたの眼は、荒涼たる共鳴という表情を湛え、その回りはシークインで飾りつけられてる。あなたの口は「ローズ・サーンドル」の口紅で彩られ、香水はゲランの「ルール・ブルー」を纏ってる。あなたは悲しみの記憶、あたしは見た瞬間に恋に落ちた、あたしは女であなたも女、しかも控えめに見てもあたしの母親くらいの歳なのに。

ハーレムの連中全員がすでに鴉の巣に登ってきたけど、全員は入れなかったから、入口のところに固まって、くすくす笑い、あちこち照らしたりするもんだから、眼病みたいに光が明滅する。ゼロは乱暴に彼女を跪かせた。もしも突然、何百万もの観衆にふさわしい驚きの威厳を手に入れて、離しなさいと命じていなければ、その場でネグリジェを剝いて娘たちに彼女の裸を見せてたろう。けどその威厳にゼロは後ずさった、皮肉な嗤いを浮かべてはいたけど。

こうして彼女は自分の両足で立ち上がった、何か誇らしげに周りを舞うシフォンを引き寄せながら。あたしが夢にも思ってなかったほどの長身――六フィート以上ね。共演者たちよりも頭抜けないように、彼らは蜜柑箱に立たなきゃならなかったんだわ。強風が髪を捕らえ、驚く程長い毛先まで拡げた。身長くらいあって、骨みたいに白い。ひとたび直立すると、風に支えられてるみたい。自然が共謀して、彼女に抵抗させてる。けど娘たちはみんなで嗤い、ゼロは放置してる。彼女が夢から覚めて、ガラスの崖に身を投げ、彼の手を逃れないように、慎重に間合いを保ちながら。

いじらしいことに、今や彼女はしゃんとしようとしてた。客が来たと判断したんだ――それ以外に何があるって？　それか、あたしらが配役担当部門の人間で、まだ見ぬ監督に最高のプロフィールを送らなきゃって思ったのかも。濡れた瞼にネグリジェの縁を押し当て、髪を乱す風に対抗して両手を上げ、それから美しい屍体の顔を訪問者に向け、それから、穏やかな盲目の瞬間の後に、優美な微笑みを口の端に浮かべた。そして喋った。

「ようこそ」と彼女は言う、「ジュリエットの墓へ。皆さん何て素敵なんでしょう、こんな暗い夜においで頂いて！　もうパーティーなんてないと思っておりましたのに！　最初は無愛想でごめんなさいね。この隠居で……可笑しな話ですけど、知らない方にお会いするのが気が進まなくて……」

その声は柔らかく、少し褪せてる、ここ何年もの間、喉の奥の香水袋に封印されてたみたいに。ハーレムの連中のクスクス嗤いは疎らになり、散発的になり、乾いたものになった、そう、恐怖で。

それから、彼女は入口の娘たちの塊に向かって進み、一人ずつ、王族みたいな不自然なまでの押しつけがましさで握手し始めた。殉教の女王みたいに誇り高く、空中高く揺れる家の先端の狭い張り出し舞台で。この威厳の雰囲気はあまりにも印象的で、権威の自信は説得力に満ち満ちてたもんだから、エメリンは下手糞なお辞儀の真似事で身を屈めようとしたけど、単に階段の上で痙攣してるようにしか見えない。タイニーは何かぶつぶつ言ってる、てゆうかどこで覚えたのか知らないけど、「マダム……」だって。アップル・パイはすっかり怖じ気づいて、ただ頭をひょいと下げて真っ赤になっちゃってるの。あたしは欄干のところでゼロの隣りにいて、この茶番劇を見てるゼロの冷笑的な含み笑いを聞いてた。彼女はおずおずと差し出された全ての手と握手して、あたしたちの方を向いた。彼女の冷たい白い手が、冷血動物の歯の生えた口みたいにあたしの手に絡みつくと、あたしは崇拝の気持ちをほんの少しだけ、何とかつっかえながら吐き出した。

「ずっとファンでした、子供の頃から。トリステッサ。あなたの『嵐が丘』、胸が張り裂けそうでした……トリステッサ、トリステッサ」。

「素敵な子ね」と彼女は答えた。その眼が一瞬晴れ、その黒い瞳があたしの瞳を覗き込んだ。蒼白、浅い呼吸、冷や汗——もう倒れてしまいたい。彼女の眼の深淵に落ちちゃ駄目、二つの眼に二人のあたしが映ってる、金髪が風に吹かれ、無垢な顔の柔らかな、傷つきやすい肌が略奪者への誘惑に直面している。熟した実が歯を招くみたいに。ほんの一瞬、この亡霊みたいな蠱惑の女はこの上なくあからさまにあたしを煽った。彼女の眼に開いた深淵、ああ！ それはあたし自身の、空虚の、内なる虚空の深淵。あたしは、彼女は、あたしたちは歴史の外にいる。あたしたちは歴史無き存在、あたしたちはこの作り物の人生によって、神秘的な双子になったの。

黒い光線みたいな一瞥で、彼女は彼女とともにあたし自身を無にするように命じた。想像できる限り、最も尊大な屈服の要求。あたしの中に、新品の子宮頸部が動いたみたいな感じがした。ガラスの欄干にしがみつく。落ちそうだったから。

ゼロは激昂して彼女の顔に唾棄した。

「レズ売女！」

トリステッサはすぐに視線を落とし、身震いした。風がシフォンの襞を吹き上げて彼女の顔を隠す。だがゼロは彼女の背中に銃口を突き付け、螺旋階段を下りろと命じた。妻の一座が後に続く。あたしは躊躇した。しばらくの間、素速く過ぎ去る暗い夜の中で一人佇む。眼下では、静水の中で上昇する魚が作るような広がる同心円状に、階段の下層が回転してる。頭上には星々のガス噴射に射貫かれた黒い穹窿。何だか胸騒ぎのような、心が浮き立つような。この家はガラスの戦艦、あたしらみんなが乗り込んで、絶望的な遠征に出たんだ。目的地は名前の無い地帯の暗黒の中心、そこで想像を絶する秘密の鍵を見つけ出すんだ。

連中は不妊を広めた罪でトリステッサを裁判にかけることに決め、彼女が彫像を置いてたギャラリーで即席の法廷を作った。鴉の巣の下の階のまたその下の階のまたその下の階で、名声不朽の殿堂の一つ上の階。彼女が液体ガラスから作った全ての黙示録的な、ほとんど獣みたいなものが絨毯の無い床に乱雑に置いてある。ここには彼女が自分の水泳プールに流して作った果物みたいな形のものの中でも一番大きくて豪奢なものがある。それに囲まれて羊飼いみたいに突っ立ってる彼女は、客に対する恐れは微塵も見せない。全く。懸念の欠片《かけら》も。

娘たちは地下室に蠟燭の備蓄を見つけて、それをガラスの動物園の表面に、溶けた蠟でくっつけたので、小さな炎は何度も何度も何度も、部屋の中の数え切れない反射面に反射して、建物の周囲を圧している夜を背景とする感動的な輝きのショーとなった。部屋の中は甘くて卑猥な匂い、たくさんの蠟燭の熱で発散し始めた不潔な雌の群れの鼻を突くような悪臭、溶けた蠟の匂い、それとトリステッサの肌の特別の香水である悲嘆の香り。

照明が整うと、ゼロの妻たちはガラスの獣に乗ったり床にしゃがんだりして期待を押し殺してる。あたしはできるだけ今夜のヒロインの近くに蹲った。彼女は自分のシルクのスカーフで後ろ手に縛られて床に横たわってる。顔は全くの無感情。けど時々、束の間感情を取り戻すみたいに、苦痛への挨拶や招待を洩らす。彼女への愛と憐憫で息が詰まった。

ゼロが彼女の上で鞭を鳴らす。当たらなかったけど、彼女の身体は大きく身悶えして痙攣した。すぐにじゃないけど。鞭の音を聞いた後でゆっくりとゼロとその道具の方を向いて、それから、思いっきりわざとらしく痙攣して見せたの。もうゼロは鞭を巻いちゃってるのに。それくらい、この出来事を支配してたの。マイペースで反応してる、しかも名人芸で――でも娘たちは姦《かしま》しく大爆笑、ゼロはいい加減にしとかないとお前らにお見舞いするぞと鞭を誇示して黙らせた。その片目は今や強烈な喜悦の痴呆状態でぎらぎら光ってる。ゼロは瀬戸物屋の猛牛で、手当たり次第に壊しに来た。ブーツを履いたままの足をトリステッサの首に乗せて嗤い、手許で鞭を鳴らす。陽気な豚マニアの面目躍如ね。一方彼女は悲劇的なまでに静謐、さすが大女優。

「俺は復讐の男根の炎」と彼は告げた。「お前の不妊を孕ませるために来た、このレズの中のレズ、不毛のジャム壺めが」。

そう言いながら彼女のシフォンのネグリジェを剝ぎ、水みたいに蒼ざめた胴体を、穴みたいに虚ろな乳房を、算盤みたいな肋骨を露出させた。娘たちは拍手喝采しトリステッサは身を捩って呻く。ローブの下は真っ裸で、ただ眼の色に合わせたスパンコールのついたバタフライ一丁。そこでゼロは鞭の柄で少し殴った。彼女は避けようとして転がったけど、忽ち両腕と脇腹に残酷な赤いレースの網目模様ができた。彼女がまた涙を出すまで殴ると、彼はブーツからナイフを出し、彼女の腹を踏みつけ、一撃でバタフライを切り裂いた。

それから彼は、驚愕して、よたよたと大きなガラスに寄りかかった。それはクロム鍍金の台座から外れて落ちて床で砕けた。娘たちは一斉に大きく喘いで、蠟燭の炎が揺れた。みんな、よく見ようと台の上に乗ってる。あたしは無意識の内に駆け寄ったけど、それから後ずさった。眼を覆って。だって信じられないの、銀の紐が切れて、露わになったものが。

〈マザー〉なら大爆笑してたわ！

衣装の切れ端から飛び出してるのは、下品な赤紫の男の印、トリステッサの悲しみの秘密の核心、彼女の神秘、羞恥心の源泉。

彼の悲嘆がガラスのギャラリーに谺《こだま》し、身体が弓なりになる。彼自身の中に彼女自身を隠そうとするみたいに、彼のコックを彼女の太腿の間に仕舞い込もうとするみたいに。そして彼の男性の王笏がどれほど彼を脅かしてるかを見て、あたしは思った、〈マザー〉なら言うわ、こいつは自分の中の最も女性的〔原文は「女性的」であるが男性器を指しているので「男性的」の誤りか、あるいはカーターのアイロニーか〕な部分——つまり、彼自身と他者との間の調停をする道具——を忌み嫌ったからこそ、女になったのさ。

ゼロは膝立ちし、唖然としてその光景を見た。

「くうっそー！」と彼はまた叫んで、それから笑い始めた。それが合図みたいに娘たちも爆笑し、彫刻から滑り降りて、この哀れな、縛られた、おんな男を取り囲んだ。エメリンは手を伸ばし、世界で一番の厳重な秘密だった器官に触れようとした。タイニーは嘲笑するように唇をトリステッサの開いた傷、つまり口に当てた。また、一番のお気に入りの冒瀆手段を選んだのもいる。ダンガリーを下ろして、床に思いっきり放尿したわけ。服を全部脱いで彼の前で猥褻な裸踊りをしてるのもいる。踊りながら、侮蔑するみたいに、びらびらのついた穴を彼に見せびらかしたり、尻を振ったりしてる。騒ぎっぷりと言いやってることと言い淫売屋そのもの。

けどこの騒ぎの中、あたしはこっそり彼の所に這ってって、彼女の痛ましい裸足にキスした。綺麗な踝《くるぶし》、バレリーナみたいに高い土踏まず。彼が男だなんて。完璧な、誇り高い孤独なヒロインのお手本みたいな混乱と同じくらい完璧な混乱。彼女は今、想像もできない試練を受けてる。あれほど堂々と抛棄した自らの存在の本質的側面、決して同化できなかった内在的な男性性と対峙するという試練を。

いい、それこそ、まさに彼が、男から見た完璧な女だった理由ね！　彼は自分を、自分自身の欲望の聖堂に仕立てた。自分自身を、自分が愛せる唯一の女性にしたってわけ！　もしも女の本当の美しさが男の秘密の熱望を最も完璧に具現化することにあるなら、トリステッサが世界で最も美しい女、人間離れした永遠の女になることができたとしても何の不思議もない。

トリステッサ、薄汚い映画館の神話の、感性に訴える偽造物。現実の女がどうやってあんたほどの女になれる？

トリステッサが男と解って、あたしは奇蹟を感じた。まるで啓示みたいに、この人の中に大いなる欲望の抽象概念を目撃したんだから。この人は、愛と夢のあらゆるイメージの洗練された本質を象徴してる。

ゼロがあなたのガラスのギャラリーであなたを絶妙に苦しめてた時、あなたは彼と完全な共犯関係にあったわね。ゼロを、銃とナイフと鞭と追従する奴隷もひっくるめて、あなたの象徴的な自伝である女の外貌という皮肉な贈物にふさわしい男だと考えたわね。一目で解ったわよ。あなたは自分を、ガラスで作ったオブジェみたいに透明なオブジェに変えた。そしてこのオブジェ、それ自体が観念。あなたは自分自身の肖像、悲劇的で、自己矛盾した。トリステッサはこの世に何の機能も無い、彼自身の観念として以外は。存在論的な意味はない。ただ図像学的な意味しか。

トリステッサ、愛しい人、あたしの身体という命題があなたを強制的に三段論法の第一名辞にする前は、知覚しうる現実という媒体の中にあなたは全く存在していなかった。けど、自らを「トリステッサ」と呼ぶように選ばれたもの、膨大な意志の努力と巨大な事実の抑制によってのみ存在する反存在は今やゼロの怒りによって涙と血を流し、中間的な均衡状態の非生命から引き離された。

連中は彼自身のネグリジェを捻ってロープを作り、彼の手首を鋼鉄の梁《はり》に結び付けた。彼はぶら下がってる、裸で、剝き出しで。それから奴らは家中を荒らし回り、窓を割り、家具を砕き、小さな映写室の壁に糞を擦り付け、休憩室の開いた金庫の中にあった缶の中のフィルムで焚き火をした。焚き火は風防ランプみたいに家の中を照らした。

でもあたしはあなたの傍にいた、逃げないように見張ってる体で——ばればれだろうけど。あなたの傍に蹲り、強張った筋肉が痛みで震えるのを見た。縛り方があんまり酷いのを見て、手を伸ばしてあなたの手に触れた。あなたはあたしの方に顔を向けて、あたしの心痛を見てとった。それからあなたは微笑んだけど、何も言わなかった。血が口の縁にこびりついてる。

トリステッサは何を食べてたの？　ヨットの調理室くらいの地下の台所で連中が見つけたのは粉の入ったたくさんの錫缶《スズ》。水を入れれば流動食にはなるけど。それとヴィタミン剤のガラス容器の山。睡眠薬、覚醒剤、幻覚剤の小瓶の山。食器棚にはたくさんの麵の包みと、もやしを育ててるプラスティックのバケツ。けどこれは聾啞者の、もう死んじゃった東洋人が食べてたやつね。娘らは自分の口に合う物がなかったので、缶の中身をシンクに流し、ヴィタミン剤や鎮痛剤を次から次へと投げつけ、そうかと思うと別の薬を貪り食ったり、臭いを嗅いだり、シンクの下の段ボール箱にあったプラスティックの注射器で打ったりしてる。それから瀬戸物を全部叩き割り、全部の蛇口を開け、やりたい放題やって台所を出た。けどそれから地下のもう一つの穴倉に入って、かなりの蓄えのあるワインセラーを見つけた。コルク抜きを探してるほど悠長じゃなかったから瓶の首を割って、すぐにバッカス祭の乱痴気騒ぎに突入。

それから、鏡のある衣装部屋――ガラスの壁の裏が銀張りで、部屋全体が完全な鏡――にずらりとラックが並び、四〇年に及ぶ女装の遺物が掛かってる。役作りのガウン、毛皮、クリノリン、アカデミー賞受賞時のドレス、エトセトラエトセトラエトセトラ、それにテニスとゴルフの服もある（可哀そうなトリステッサ！――だけどこれはほとんど着てないわね）、乗馬用、ナイトクラブ用、スターの撮影のあらゆる職業用の服。ラメ、レース、サテン、シルク――変装用の部屋、ゼロが許可すると（さっきはしてなかったけど）まだ裸になってなかった娘はダンガリーを毟《むし》り取って、子供みたいにドレスアップに熱中し始めた。

エメリンはスクエア・ネックの黒いヴェルヴェットのドレスを見つけた。スコットランド女王メアリ役のトリステッサが首を刎ねられた時のやつ。でも長過ぎだったから、動きやすいようにスカートを二フィートほどぶった切った。ベティ・ルーエラは椿姫の藤色のフラウンスを着て、それに合う花の付いた帽子を見つけ、タイニーは、カルメンの緋色のフープ・スカートを漁って、黒いマンティーラを頭にひたすらぐるぐる巻きつけた。サディとエメリンは、トリステッサをミュージカルに出演させようという訳の解らない馬鹿丸出しの試みに端を発する、金の網と星屑の衣装を纏い幻想に浸ってる。着飾ってる時は、自分で考え出した仕事に夢中になって、とても静かで大人しかった――良い子、良い子。でもすぐにまたバッカス的狂気に囚われた。

それから連中はケダモノ丸出しで衣装のラックを襲撃した。ハンガーから無頓着に剝ぎ取ったガウンから花やリボンやレースの飾り結びを引きちぎり、自分の衣装に出鱈目に、滑稽にピン留めし、自分を綺麗に飾った。それから鏡台を略奪した。化粧品の蓋は全部開けてぶちまけ、周囲にパウダーの分厚い雲を造り、ドアや鏡の壁一面に口紅の手型や指紋を付けた。マラジェインは口紅でトリステッサの下手くそな絵を描いた。毛も、プリアプス〔ギリシア神話において男根で表される豊穣の神〕みたいな勃起も。これに挑発されて、みんな口紅を引っ摑んで、ガラスの面という面に猥褻な落書きをした。互いを香水でずぶ濡れにし、空の瓶を壁に叩きつけたので、風がごうごうと入り込んだ。眼の周囲にマスカラの大きな丸を描いて、今や襤褸切れの山となりはてたワードローブの上に黒い染みを滴らせた。

連中が精一杯ゴージャスになる頃には、トリステッサが彼自身に纏わせていた女性性の従物の全ては破壊され、連中はぞろぞろと化粧室を後にした。鸚鵡みたいに派手に、女郎屋みたいな臭いをさせて、声を限りにかーかーきーきー、成し遂げた偉業を誇りながら。

あたしは蠟燭の灯の下にいたけど、ゼロに口笛で呼ばれて、飛んで行った。彼はクローゼットの中をねちっこくほじくり返して、上品な黒のイヴニングスーツ、燕尾服、白タイの一揃い、それにシルクハットまで見つけ出してた。もちろん——ショパン！　その映画の中では哀れなトリステッサは全く似合ってないジョルジュ・サンド、不味そうに葉巻を噛みながら所在なげにうろつき、なにやら呻いている。タイロン・パワーが彼のハンカチに咳き込み始め、それによって彼女の御箱の苦悩を横取りし、より強烈に表現してしまうと、妬みを隠せもせずに彼を睨んでいた。ゼロはスーツをほれほれと見せびらかし、満足して声を上げてる。あたしは言われるままに服を脱ぎ、急いでそれに着替えた。

ズボンは言うまでもなく、あまりにも長すぎ。ナイフで六インチほど切る。それから彼はあたしの蝶ネクタイを結び、あたしの金髪の頭にシルクハットを粋な角度に載せた。それから少し離れてあたしを見た。彼が後ずさる、鏡の中の彼の鏡像が後ずさる、別の鏡の中のその鏡像の鏡像が後ずさる。永遠に続く鏡像から成る沢山のゼロという観衆は、あたしの変容を賞賛したが、あたしにとっては二重にうんざり。この若い雄鹿、ボードレール的な伊達男は、この夜会服を着てあまりにも優美で引き締まってる――一見、鏡の中の反転世界で昔の自分に戻ったみたい。けどこの仮面舞踏会は上っ面だけのものじゃない。この男性性の仮面の下にあたしは女性性というもう一つの仮面を被ってる。けどそれはもう二度と脱ぐことのできない仮面、どんなに頑張っても、あたしは女を装う男で、今はまた男を装ってるんだけども、エリザベス朝のアーデンの森のロザリンドみたいにさ〔シェイクスピアの喜劇『お気に召すまま』。イギリス中部のアーデンの森でのロザリンドとオーランドの恋に性別の逆転が絡む〕。砂漠の中で、あたしらは不毛な牧歌劇を演じてる。

あたしは昔の自分を真似ただけ。昔の自分になったんじゃない。けどゼロがこのパフォーマンスの締めくくりに結婚式をしようとしてるのはすぐに解った。牧歌劇のおきまりの結末ね。

ゼロは象牙の柄がついたパウダー・パフを摑み、あたしの顔に白粉《おしろい》を叩いたもんだから、あたしはくしゃみして、肩にも雲脂《ふけ》みたいに積もった。それから彼は彼女がお守りとして持っていたに違いない兎の足を手に取り、あたしの頬に紅を塗りつけたので、あたしの顔はピエロみたいに誰だか解らない二色になった。娘たちは自分の遊びを止めてこちらへ来ると、ゼロを囲んで蹲り、あたしにやったことを誉め称えた。

ベティ・ブープもまた服を掘り返し、小粒真珠のついた白いサテンを何ヤードも背中に引きずってラックの奥底から現れた。ベティ・ルーエラは棚から箱を引きずり落とし、六フィートもの泡のようなチュールのヴェールをぶちまけた。そしてタイニーはくすくす笑いながら、ガラス屋根の下に真珠の冠とオレンジの花を見つけた。

そして連中は結婚式の準備を始めた。

トリステッサの腕を背中で縛り、髪を摑んで引きずり、ぐるぐるぐるぐる螺旋階段を跳ねて、彼自身の化粧室まで連れて行った。そこであたしみたいな紅白メイクをして、その無力な手足を白いサテンの花嫁衣装に通した。彼が最後にそれを着たのは三〇年前、情けないことに、これからあの、『嵐が丘』の酷い結婚式のシーンをやろうっての。ベティ・ブープはカンザスシティで別の人生を送ってた時に美容師の見習いをしてて、ブラシと櫛と鼈甲のピンの箱を見つけた。彼女はトリステッサの乱れ髪に精力的に襲いかかり、嗤いながら縺《もつ》れた毛を力一杯引っ張ったので、トリステッサは悲鳴を上げた。彼に対する何の配慮もない。娘らは思い思いに部屋の中に座り、侮辱や猥褻な言葉を投げつけながら、花嫁の着付けを見てる。

でもだんだん、その儀式は全員を魅了し始めた。トリステッサに美が復活し、ベティ・ブープの指も気づかぬほど微かに優しくなって行った。鏡の中でトリステッサは、彼を苦しめる者の不承不承の指が、彼の美の見事な虚構を再び創り上げるのを見た。奇蹟みたいに徐々に、彼は自らの鏡像へと帰還して行った。彼は目下の現実の自分自身の記念品。存在しないから哀れじゃないなんてことは全然ない。着付けが終わって、ゼロが企んでる屈辱への準備も万端、白髪を頭で巻いて、顔の骨の指示《ガイド》に従って施していくと大まかな化粧ができあがった。化粧は骨を覆い、フォーマルな顔を創り出した。それはあたしには、非現実ゆえに、自然を拡張したものに見えた。彼は身を乗り出して鏡の中のロマンティックな幻影を覗き込んだ、眼には曖昧な苦悩と輝く自尊心を湛えてる。

「白い衣装で結婚するのはすべての女の子の夢じゃなくて?」、処女の花嫁は高尚な皮肉で、おおげさに一座に詰問した。けどゼロはせせら笑い、鞭の柄でぴしっと彼の肩を殴ったので、魔法は切れた。

ハーレムの連中が彼に口紅や頬紅壺やアイシャドーなんかを投げつけ、サテンのスカートは汚れて縞模様になった。それからゼロは嘲りながら、万力みたいな力で彼の腕を摑み、半ば先導、半ば引きずって階段を降り、名声不朽の殿堂へ向かった。そこであたしたちは結婚する、あたしは自分のシルクハットを持ってついてった。

トリステッサのガラスのベッドがあたしたちの祭壇になる。ベティ・ブープは二本の蠟燭に火を着け、両端に備え付けた。建物の遠心分離機が、床の上で手足をもがれた蠟人形を回転させる。けど娘たちは急いでその手足を集めて、即席の祭壇に向かって列になるように出鱈目にもたせかかけてく。これが立会人と会衆。けど連中、ほんと出鱈目に人形を置くもんだから、ラモン・ノヴァロの頭がジーン・ハーロウの胴体に乗せてあり、片腕はジョン・バリモア・ジュニアの、もう一本の腕はマリリン・モンローの、両脚はまた別の――大急ぎで組み立てられて、さながらジグソー・パズル。

トリステッサは時折り身震いする、悪夢に捉えられてるみたいに、隅っこでヴェールを被り、あたしはこの茶番に完全に屈服して、意識のないまままだ待ってた、蠟人形みたいに生命をなくして、この譫妄の次の発芽を。家はその回転で振動してる、世界のように謎に満ちて。チャイコフスキーの弦はもうすでにレコードの表面をほぼ削り終え、リズミカルにシューッと音を立てて、建物の中で囁いてる。ハーレムの連中は全員花嫁の付き添い娘となって、ゼロ本人もあたしら全員と結婚する。彼はホールから持って来た熊の毛皮を着て、唸りながら頭にその面を被った。

会衆着席、娘たちが色とりどりの襤褸切れを纏ってトリステッサの後ろでくすくす笑う魔女団となると、ゼロは祭壇の前に陣取り、あたしを傍に呼んだ。密猟犬のカインが付添人としてあたしの横をうろちょろするけど、トリステッサは石みたいに突っ立ってる。全く動こうとしないので、娘たちが力一杯押すと、回転する部屋の中でよろめき、チュールの泡を着たままゼロの前に跪いた。あたしも茫然としたまま、彼の伝説上の、隠遁者の横顔の前に跪いた。ゼロがあたしたちの手を繫がせた。

毛皮を被ったゼロはガラスの船の船長。唸り、吠え、そして一通りの動物の鳴き声を全部披露した後、驚いたことに、話すことを許可した。この女を妻として娶るかと問うために、非言語の規則に例外を設けたの。喉がカラカラで声なんて出なくて、咳き込んで無理矢理頑張って、とうとうつっかえつっかえ言った、「はい」。けどトリステッサは、あたしを夫としますかと言われても上の空。彼は祭壇の前に沈黙の抜け殻だけ残して幽体離脱してて、しょうが無くゼロはその腹を蹴飛ばしてくぐもった返事を引っ張り出したけど、それは確約というより苦痛の咽び泣きだった。それから指輪の交換、あたしはゼロと結婚した時に貰った結婚指輪を外してそれを使った。他に無いし。

こうしてゼロはあたしたちを夫婦にしたんだけど、重婚よね——この結婚式、どっちも花嫁で花婿。

それからゼロの命令で、あたしは爪先立ちして彼の口にキス。彼は動きも話しもしない。死人にキスしてるみたい。ハーレムの連中は脚本をびりびりに引き裂いてあたしたちに投げつけた。けど彼の眼は濡れた石みたいにきらきらしてる、あたしの情熱には一種の恐怖がある、あなたは死に近し過ぎて不安だから。太古の恐怖があたしの心臓に押し寄せた、唇を重ねたその破滅の瞬間に。あたしは非実在の領域に入った、自分の結婚指輪であなたと結婚した時に。あなたとあたしは偽りの形に宿り、お互いに二重の仮面を被った究極の神秘化、自分自身さえ互いに知らない。状況があたしたち双方を生まれたままの自己から追い出して、今じゃどちらも人間じゃない——神話の偽りの普遍概念があたしたちを変容させ、今やあたしたちは人間よりも長い影を落とす、谺から成る存在。この谺は愛することを運命づける。あたしの花嫁はあたしの子供の父親になる。

（〈マザー〉は肥満した黒い脇腹が揺れるほど笑った）

ゼロは幸せな夫婦のキスに大爆笑して、木製義足で覚束ないバランスを崩し、仰向けにひっくり返って屁をこいた。カインは何だか良く解らないけど犬だからご機嫌で、その辺を飛び跳ねながら吠えてる。さて、そうこうする内にお床入りの時間、ハーレムの連中が集まって輪を作り、あたしたちの最後の尊厳の衣服の断片まで剝ぎ取った。ベティ・ブープとタイニーはあたしのシルクハットを奪って、蠟人形の列を走り回ってそれでサッカー。マラジェインはトリステッサの花輪を引き裂き、束髪をぐしゃぐしゃにした。ゼロ自身もナイフを取り出して花嫁のサテンの衣裳をずたずたにした。羽衣のヴェールが床の上を舞う。裸に剝かれたあたしの若さと美しさが回転する壁にぼんやり写ってる。その向こうに夜空がもう赤くなってきてる。あたしはどうしても勇気が出ずにドアの方に向かった。

けどゼロが邪魔した。鞭が鳴って踝に巻きつき、あたしは床に倒れた。あたしはベッドに引きずり戻された、抵抗したけど、マラジェインとサディはあたしを生贄にしようとしてる。二人はあたしの腕をがっしと摑み、ベティ・ブープとエメリンはあたしの踝を抱えて、脚を開くもんだから、入念に刻まれた、濡れた深紅のヴェルヴェットが食肉みたいにみんなに公開された。

みんながトリステッサに唸った、あたしに乗っかれって。

タイニーとアップル・パイは彼の腕を摑んでる、逃げる気配は全然無いけど、ぼーっとしてるから。ゼロはジェームズ・ディーンの柩の蓋の上で威張り腐って、熊皮をハイランダーの格子縞の肩掛けみたいに巻き付けてたんだけど、ベティ・ルーエラに合図すると彼女はトリステッサの前に跪き、その聡明な口をコックに当てた。とても大事な男の従属物だからね。その濡れた感触に、トリステッサはびっくりして悲鳴を上げた。

東の方に一分間に三度、空の輝きを見た。日の出の兆候。

トリステッサは驚愕して、ベティ・ルーエラが引き起こした勃起を見下ろした。けど完全に黙ったまま。連中が野次っても、何も言わない。そしてタイニーとアップル・パイは彼をあたしが寝てるベッドまで連れてきた。ゼロが彼の尻を思いっきり蹴飛ばすもんだから、彼はびっくりしてバランスを崩し、あたしの上に被さった。イキナリのことであたしは息を呑んだ。ガラスのベッドは冷たくて、固くて、丸見え。アブラハムがイサクにナイフを振りかざした山頂みたいに。今やトリステッサは、あたしの上に乗っかって、両腕で身を起こし、あたしの顔を見詰めてる。またあの眼の暗い光。そして言った、衣擦れみたいな囁き、枯葉みたいな声で。

「私は」と彼は言った、「レイプなんてするはずないと思っていた。自分は犯せないと思っていた、ガラスみたいに、ただ壊されるだけだって」。

彼のコックがあたしの太腿の上の方に当たってる。かなり硬い。

「受動」と彼は言った。「無為。時は私に作用しない、私は死なない。だから私は女の存在の概念、すなわち否定性に惹かれた。受動、存在の不在。全てにして無。日光の射す窓」。

この時、太陽が地平線から解き放たれて、輝きの光条で部屋を満たした。もう待つのはうんざり。両脚を彼に絡みつかせ、あたしの中に引き寄せた。彼はすぐに達した、下品な拍手喝采の中、そしてすぐに抜いた。床に転げ落ち、大声で泣いた、あたしは固いベッドの上で身悶えした、満たされぬ欲望に駆られて。

これにてあたしたちの結婚は完了。

これにてあたしは女になった。

連中はウェディング・ヴェールをトリステッサに投げつけてる。網に捕まえた蝶みたいに彼の痙攣を抑えてる。大きな網の束を作ってガラスの天井のフックから吊り下げた。刻一刻とギャラリーに光が満ちる。網に捉われたトリステッサは最初はもがいてたけど、ゼロが銃を向けると静かになった。それから女たちは、部屋中に蠟人形の頭や手足を投げ散らかした。会衆を追い払ったの。カインは興奮して飛び回っている。

あたしはベッドから降りて身体を隠す布を探した。突然恥ずかしくなったんだけど、何か見つける前にゼロがあたしを床に引き倒して、後ろから肛門に、もうこれ以上もないくらい乱暴にやってきた。あたしに対する軽蔑のほどを示すためにね。この豚マニアが。苦痛の最中に、トリステッサが彼に抗議するのが聞こえた。トリステッサ？　自分の耳が信じられない！　どうやってイキナリ正気に戻ったの？　けどその優しい嘆願を聞いたゼロは、未熟な穴にますます烈しく突っ込むだけ。ハーレムの連中全員が応援してる。

それから連中は、血を流して泣いてるあたしをほったらかしにして家を壊しに向かった。密猟犬だけが残って見張ってる。あたしは身を起こして床にあった白いサテンの切れ端で目を拭った。家中にガラスの割れる音が谺してる。頭の上で、チュールの繭《まゆ》の中のトリステッサが言った、とうとうお寝坊さんが起きたのね。

「出して」と彼は黄泉《よみ》の国から戻った人みたいな不慣れな男声で言った。「出してくれたら、一緒に逃げられる」。

他にするべきことある？

「犬を――」

だってその赤い眼があたしを睨んでる。ふと、割れ窓から落ちたぎざぎざのガラス片が眼に入った。心臓を刺すか、動脈でも切れそうに鋭く尖ってる。ゆっくり、ゆっくり、犬を驚かさないように、注意を惹いたり吠えさせたりしないように。この即席の武器に指を這わせる。いったん手に取れば、後は簡単。獣に口笛。のそのそ近づいて来るから、耳を掻いて注意を逸らし、鼻面にキスしながら、その喉にガラスの刃を差し込む。それはごぼごぼと窒息して、後ろ足で一度空中を蹴り、あたしの腕から床に落ちて死んだ。

あたしは棺を引っ張り、その上に載って、犬を刺した剣でトリステッサの網に穴をあけた。彼はあたしの傍らに降りた。場違いで、茫然として、驚嘆してる。あたしが手を差し出すと、彼はそれを取った。

「君の名は？」と彼は訊ねた。

「イヴよ」とあたしは言った。「エヴァ」。

「どこから来たの？」

「ベウラから。急いで！」

あたしたち螺旋階段を駆け下り、すぐにでも家から出ようとしたんだけど、彼はちょっと待てと合図した。まだちょっとやり残したことがあるって。邸宅の内臓の司令室で、床に転がる下男の死体を見て彼は泣いてたけど、すぐに操作盤に向かって、スイッチを選んだ。ラウンジに戻る頃には家は加速度を増してた。床の熊皮は巻き上がり、勢いよく回ってる。割れ窓は音を立てて崩壊。

あたしたちはヴェランダから飛び降り、伸び過ぎた芝生を真っ逆さまに転がった。気がつくと、トリステッサが割れたガラスで足を切ってる。ヘリコプターまで走る時、後ろに血痕が残った。空中に飛び交うガラスや家具の破片。家の回転はもはや速過ぎて、澱んだプールの水に映ってるのは不定形の煌めき。トリステッサは振り返って立ち止まった、脱魂したみたいに。動かない。どんなに手を引っ張っても。ロトの妻かっての〔旧約聖書。ロトはアブラハムの甥でソドムの滅亡から逃れたが、ロトの妻は後ろを振り返り塩の柱となった〕。

不協和音。奇妙な建物が崩壊する機械的な音の上に、ゼロとハーレムの連中の恐ろしい悲鳴が聞こえた。回転する家の中に、為す術もなく金属の骨組みにしがみつく彼らが見えた。人工の強風が服を剝ぎ取り、砂漠の風の上にふわりと投げた。見ていると、娘の一人——たぶんタイニー、小さいから——が大渦への抵抗を諦めて手を離し、風に剝ぎ取られた黒いヴェルヴェットのドレスの航跡を追って行った。黒いヴェルヴェットの翼は舞い上がり、自由と絶望の黒旗みたいに広がった。魂の勝利の黒旗……その破局の中で、トリステッサの城は冒瀆者たちに勝利した。上へ、遠くへ、黒旗は行く——そしてタイニーもまた、上へ、遠くへ放り出されてく。朝の空に絶望の軌道を描いて、どこか遠くへ消えてく、壁の彼方へ、自身の落下の勢いで砂の中深く突き刺さる。

今や一人また一人、可哀相な娘たちは力が尽きて、腕が弱って、そのまま飛んでく。その叫びはアーチの崩壊。家は彼女らをクレーピジョン〔クレー射撃の標的〕みたいに空中に放り出す。まずは攫《さら》われて、それから落下。あたしはトリステッサの腕を取ってひっぱった、飛んでくる瓦礫が凄く危ないから、けど彼は見入ってる、自分のイメージ通りに建てたガラスの塔の大いなる犠牲に立ち竦《すく》んでる。これまで迫り来る大変動にはとんと無関心だった、彼の美が彼を守ってくれるかのように。

ゼロはまだ鋼鉄の枠に縋りついてる、ガラスは全部無くなったけど。その腕は中央の柱、螺旋階段自体に両腕でしがみついてて、すでに全裸状態。木の義足を固定してる革ストラップのハーネスまで丸見え。顔は怒りに歪み、ぐるぐる、ぐるぐる、ぐるぐる回転する。そして家が倒壊し始めた。

金属の螺旋の核が張力と速度に負け、ピサの斜塔みたいに傾いた。凄まじい轟音、今や回転の速度は鈍り、先細りの螺旋はプールの方に曲がり始めた、喉が渇いて水が飲みたいみたいに。オブジェ、蠟の手足、椅子、ガラスの塊、鳥籠の中に残ってたものは全部ずるずる滑って水に落ち、その飛沫《しぶき》はあたしたちを濡らした。それから、凄まじい揺れと共に、家を動かしてた機構は死んだ。

恐ろしい衝撃と共にそれは停止した。地中深く打ち込まれてた金属製の基礎がラディッシュみたいに易々と地面から顔を出し、コンクリートの基盤自体が引き剝がされて横倒しになってる。ゼロは今や、両腕の力任せに階段の中央の柱をよじ登り始めた。たぶんそれが地面の近くまで曲がったら安全に飛び降りれると思ったんでしょ。けど、基礎がここまで傾いちゃうと、もう自重で倒れるしかない。大きな轟音、水飛沫、鋼鉄の剝き出しの骨組みがプールの水の中にダイレクトに突っ込んで、詩人ゼロはその奥深くへと吸い込まれてった。ぶるぶる震える波があたしたちの頭にかかり、顔を流れ、元に戻る時にあたしたちを連れて行こうとした。

それから、圧倒的な沈黙。

トリステッサは眼を拭うみたいに長い手で顔を撫で、無表情に自分の男性性を見下ろした、初めて見るみたいに。自分が男だと再発見して麻痺してるみたい。彼にとっては、訳の解らないことだから。

「最初は」と彼は言った、「性器を肛門に隠していた。スコッチテープで固定して。すると私の丘は若い娘みたいにすべすべになった。だけど長年の間に、この偽装が私の本質になった。もうこんな誤魔化しは無用になった。本質に到達すれば、見かけはどうにでもなる」。

朝日が彼の薄い、苦悩する影を、瓦礫の散らばる草茫々の庭に投じる。今では、彼が家を建てた、打ち捨てられた庭園が見えるようになった。しなやかで瑞々しい草木が繁茂してる、ハイビスカスの繁み、虹色の百合、枯れ落ちた緑の蘭、あの聾唖の東洋人が毎日、プールから給水しホースで水をやってたみたい。でもかなりの水を撒いていたんだわ。伸び放題の、乾いた草で息苦しいほど乱雑だから。だから美しい植生は苛烈で絶え間ない生存競争に曝されてたんだけど、でももう水をやる人もいなくなって、すぐに栄養不足で枯れて死ぬでしょう。この大陸の速歩は、螺旋階段のある浸水した家の残骸を犯し、あたしたちの子供があたしのお腹の中で活発に動く頃には、先史時代の遺跡みたいになってるでしょう。誰がここに住めた？　どんな巨人がこれを建てた？

トリステッサは夢想に耽り、溺死のプールを見てる。家にあった細かいものが、かつて静かだった水面に浮いて来てた――熊皮の敷物、コーヒー・テーブルのクロム鍍金の天板、凍てついた音楽を溜めたディスク、切断された不死者の手足が一、二本、永遠に誰のものでもない手足……誰かのものだった腕と脚。金の胴体がひょっこり現れて漂う。苺色の乳首を雄々しく空に向けて、彼女が誰だったか、もう誰にも判らない。ガラスの柩の蓋、たくさんの蠟の薔薇が入ってる。びしょ濡れの黄色い髪、ぞっとするような浮き滓《かす》や雑草がこびりついた頭部。鼻は欠け、碧い目の片方は眼窩から取れてるけど、顔には今も永遠の微笑。

それから、グロテスクな瓦礫の中でもとびきりの逸品が廃物を通って流れてきた。ゼロの木の義足。

トリステッサを威勢良く揺さぶる。狼憑きみたいな眼がこっちを見た。慄えた。

「もう忘れた、君の名も、どこから来たのかも」と彼は言った。

「イヴって呼ばれてる」とあたしは言った。「ベウラで生まれた」。

「娘を産んだのよ、昔」とトリステッサは、脱魂の幻覚の奥底から言った。「生きてたら、あなたぐらいの歳。けど鼠に食われた。解るでしょ、エヴァ、もし全てを忘れても、私には全てが解る。私は何でも知ってる、だってほら、涙を読めるもの。顔を流れる時、それは運命の縮図を描く。私は涙で占いをする。この方法で、悲しい時はガラスをランダムに流す。ガラスに私の涙の形を採らせる。それからそこに前兆を見て、記念碑を作る」。

解った、狂ってるんだ。

あたしは彼をヘリコプターまで連れて行き、後ろの毛皮に包まれたクッションに座らせた。機械は咳き込んでつやつやの空へ上昇、あたしの乗客は自分の家の廃墟を窓から見てる、見物人みたいに、証人みたいに穏やかに。それで彼というか彼女は劇場の仕掛けで吊られる時みたいに、自分で造った墓から引き上げられた。ラザロ〔新約聖書でイエスが死から蘇らせた男〕みたいに興味深げに自分を見てる。冬の砂漠の朝の空は粉を塗《まぶ》したみたいに白い。あたしたちの顔にはまだ分厚い頬紅に白粉。二人きり、もう結婚したんだ。

「子供の頃の話をして」と彼は言った、気持ちよさそうに。庭園は消失点に向かって縮小し、背後の岩の尾根までだんだん小さくなって、道無き砂を横切る黒い線になった。

あたしはがたがた言うヘリコプターを飛ばすことで手一杯。だって安定しないわ、パワーは上がらないわ、エンジンの反応だってイマイチ。じゃじゃ馬ね。それに、何て答えろと？　あたしは棄てられた肉から生まれました、巧みな皮下注射術で新しい命を得ました、この美しい顔だって、昔の太腿の内側の皮膚を苦心して繋ぎ合わせて造ったんですよ、とでも？　で、なんとなく曖昧な返事でお茶を濁すと、彼はすぐに自分の言ったことを忘れた。クッションの間で寛いで、満足げに黙って窓から外を眺めてる。

彼、彼女――どっちでもいいけど、トリステッサ、神話の獣、壮麗で汚れなき光の権化。変容の湖の傍のガラスの森に住む一角獣《ユニコーン》。コンピューターみたいに勤勉に、自分の象徴性を造った。自らを不毛な変容――この生き物の不合理な、馬鹿げた美に同化した砂漠、大陸の下に置いた。その生き物はガラスの館に封印されてた、中世の物語の純潔の隠喩みたいに。

「何時間も、何日も、何年も、彼女は自分の内側を果てしなく彷徨《さまよ》ったけど、誰にも会わなかった、誰一人」とトリステッサは言った。「彼女はそっくりそのまま世界に自分を献げ、そして何も残らなかった。破綻。彼女は私を棄てた。私は彼女の襤褸切れで、孤独という冷たい風から身を守った。こうして無限の時間を磨り減らした。美しかった彼女が私を食い尽くした。孤独と憂鬱、それが女の人生」。

ヘリコプターが突然二〇フィート落ちた。錘《おもり》みたいにがくんと落ちたけど、あたしが操縦桿を引くと、エンジンが唸った。機械は体勢を立て直した。

「あらゆる穴で淫乱なことをした——娼婦になりたくて、それも安っぽい奴。一番下劣な酒場で一回一〇セントで自分を売った、大鋸屑《おがくず》の中で痰が血と精液に混じってる。バーバリー海岸じゃ、ベッドに油布を敷いてた、男たちがブーツのヒールでシーツを破かないように。退廃は一番遠回しの、一番敏感な興奮剤。けど、全部想像の範囲内。鼠があたしの赤ちゃんを食った、骨さえ残さずに」。

彼は何を嘆いてるの——これらのことが起こらずに、ただ想像するしかなかったって？　だって彼の全ては世界最高の女形、その経験は偽り。

どれほど彼は女を愛し、憎んでたの、トリステッサをこれほど美しくして、そのために苦しめるなんて！

彼の本名は知らない、何故自分自身にこんな乱暴な稼業を課すことを選んだのかも。他に誰がこの大がかりな詐欺に加担してたの？　映画界の大御所、メイクアップ・アーティスト、演劇監督——世界で演じられるこの皮肉なジョークの秘密を守ってたのは誰？（トリステッサがロマン主義に乗っかってたなんて、それなんて諷刺！）

宣伝じゃ彼女はフランス系カナダ人の血統だって、だって名前がサンタンジュ。だからフランス語で話しかけてみたけど、ぼんやりしてる。髪は預言者みたいに漂ってる。キスは冷たくてぞっとした。これまでの知識は全て分解してしまう、あなたの抱擁の北極の中で——白い沈黙。あたしの女性器《カント》に優しくキスして言った、穏やかな、甘い驚きで。「こんな小さな穴が、こんな大きな喜びをもたらすなんて、誰が考えただろう！」エゼキエル〔旧約聖書に登場するユダヤ人の大預言者〕みたいに、長い白髪の狂老人。

さて、もう正午、太陽は真っ直ぐ上。ヘリコプターの動く影は益々速くなる。土地もますます未開に。背後には細かい砂の風紋が広がってる。前には岩の峡谷、人の気配も生物の姿もない。エンジンは不吉な嘔吐《えず》くみたいな音を出してる、たぶん燃料切れ。もはやこの逆転した海洋の無慈悲な胸に飛び込むしかない。ただ雲母の斑点だけが光る場所、そこですぐに一緒に死ぬ。

機械は柔らかい地面に衝突した。細かい白い砂が窓に舞い落ちる。そして動かなくなった。相棒は狂乱した叫び声をあげ飛び出した。足を埋める砂を少し走り、頭を投げ出して両手を天に上げる、創造主に嘆願する旧約聖書の預言者みたいに。太陽が髪の先でちりちり言ってて、半透明の肌に食い込む。彼は空に呼びかけて黙り込んだ、応えを確信するみたいに。

彼が待ってる間に、小さな日除けを作ることにした。ゼロのインド製の上掛けをヘリコプターの開いたドアに広げ、その下にクッションを積み上げると、青い影の一画ができた。唇はすでに渇いて皹《ひび》割れ、飲み物は何もない。朝までには死ぬんだと思うと、強烈に官能的な身震いがきた。トリステッサを呼んだけど、祈りに夢中で馬耳東風、あたしはクッションに横になって彼を待った。

乾いた熱風で喉や鼻孔が凄く痛い。息もほとんどできない。心臓が激しく鼓動し、倦怠感で死にそう。緩慢な手足を見下ろす。すでに細かい金粉みたいな砂に塗れてる。何ておいしそうなの！　まるでジンジャーブレッド・ウーマン。あたしを食べて。食べ尽くして。

ここは世界の始まり、それか終わり。そしてあたし、この贅沢な肉体は、それ自体が智慧の木の実。知識があたしを作った。あたしは骨と皮で造られた人工の傑作、テクノロジーのイヴその人。

自分を見る。嬉しい。手を伸ばして、自分の足に触れる、その優美さと小ささに、唐突にナルシズム的満足のエクスタシー。発見者である自分の手を這わせる、向こう臑と腿の引き締まったラインに。黄色い髪は官能的に乱れてクッションに広がる。あのクッションはまだ覚えてるわ。赤と黄色と青のインド綿で、小さな円い鏡が縫い付けてあって、鈴みたいに鳴りそう。あともう一つのクッションは、茶色と黒のペイズリー柄。もう一つはネイティヴ・アメリカンの手織りの抽象柄。四つめは大きなアメリカ国旗（星条旗よ永遠なれ）で作ったもの。どのクッションも、食べ物や飲み物や尿や愛液とかがこびり付いて、凄く汚くて、微かに古いお香やマリファナの黴《かび》臭い匂いがする。日光が綿布の天井の経糸と緯糸の隙間から射し込み、その網目状の影で花模様の部分が少し暗くなっている。

ぼんやりした煌めきで眼も変だけど、トリステッサを見ると、飽きるほど待った後に、天からの返事は来ないと渋々認めて、沈黙それ自体が答えだと黙諾するみたいにお辞儀した。

「影に入って」と嗄《しゃが》れ声で囁いた。

こっちに来た。あたしには解る。あたしたちはテイレシアス。今や自分自身がその主人だと解った男性器にちょっとびっくりして、ちょっと不安げに、彼は近づいて来た、警戒しながら、処女に近づくクリュニー美術館のタピスリの一角獣《ユニコーン》みたいに。太陽は子午線を通り過ぎて、今は彼を背後から照らしてる。一瞬、聖人から出る光の長円形に包まれて見えた——後光とか光輝と呼ばれる天界の光。「天より多くの星《スター》がいる」ってのは、MGMのモットーだけど。この変容の光は、彼の裸体を衣装みたいに覆ってる。いや、彼の身体そのものが光でできてるみたいなの。あまりにも非現実的な肉体で、ただ視覚の持続という現象だけが彼がここに存在する証明。視覚的欺瞞だった習慣が強すぎて自分では破れないの。外見だけが洗練されて彼の生命原理となった。彼は空気にちらちら光を投げかけてる。

それでも一角獣みたいに、聖なる無垢であたしの傍らに跪いて、幻覚を起こしてる頭をあたしの膝に乗せた、注意深く、まるで自分の頭じゃなくて、取り扱い注意の割れ物を借りて来たみたいに。肌に彼の頬、それと囁くみたいな細い髪の毛の塊が刈り取った鳥の羽根みたいにお腹の上にある。大きな、死んだ鳥の白い翼。海から遠く風に乗って内地深くまで飛んできた、正真正銘、ボードレールのアホウドリ。けど彼の白髪の中にはあらゆる色が含まれてる、月紫、オパール緑、薔薇色、そしてあたしは手を伸ばしてその羊毛に触れる、欲情してその髪を鷲摑みにし、彼の頭をあたしの胸に引き寄せる。よく解らないけど神経が収縮した。

彼はあたしの右の乳首を舐めた。塩を舐める一角獣。そしてもう片方の乳房を左手で覆った。あたしに塗された砂が彼の手の下で甘美に刺激する。もう欲情で気絶しそう、けどイキナリあからさまな動きをしちゃ駄目、脅かして、逃げていってしまうから、長い鶴みたいな脚で、不毛の地を一目散に。だからあたしは小さな溜息で悦びを表すだけにした。彼はあたしの右乳首を優しく嚙んで喉の奥で笑い始めた。彼の性力が高まってきている。彼のコックを腿に挟んで絞める、軽くね——そんなに早くいかせたくないから、時間が欲しいの、気絶しそうな、蕩《とろ》けるみたいな女の快感が欲しいの、今まで見たことはあるけど、体験したことはない。空いた手で彼は生《なま》の、申し分の無い菫色の牡蠣《かき》を弄ってる。〈ホーリー・マザー〉が小豆色の裂け目に設置した奴。ねばねばして、苛つくくらい制御不能。

彼とあたし、彼女と彼は、この砂漠でただ一つのオアシス。

肉体には魅了する機能がある。それは世界を消滅させる。

彼は言った、あたしのあれはチーズの匂い、いや——チーズはちょっと違うか……そして忘れていた隠喩の言葉の倉を掻き回したけど、結局は比喩的表現を諦めた、不十分だから。で言えたのは、甘い香りだけど、腐敗臭もして、ちょっとしょっぱい……原初の海の匂い、あたしたちみんなが身体の中に、太古の昔にあたしたちが生まれた海を持って来てるみたいに。この野蛮な、饐えた刺激臭が漂う。最初の海の匂い。全てを覆っていた、始まりの水。

意思疎通は言語を忌避する。この肉体による沈黙の意思疎通を表す言葉がある？　あたしたちは砂漠で、斑《まだら》の天蓋の下、汚いクッションのベッドの上で、一心同体になった。二人きり、本当に二人きり、不毛を表す巨大な隠喩の中心で、あたしたちの子供は受胎した、星を鏤《ちりば》めた旗の上で。けどあたしたちはこの遠い昔からの孤独に、過去のあたしたちの全て、あるいはそうかもしれないもの、あるいはそうだと夢見たもの、あるいはこれが自分だと考えてたものを住まわせる——お互いの肉体、自己の上に今投影してる自己のあらゆる変容を——存在、観念の諸側面を——抱擁の最中、まさにあたしたちの自己の精髄に思えたもの、存在の濃縮した精髄、まるでこれらの深遠玄妙なるキスと相互侵入、未分化の性から、あたしたちが二人して偉大なるプラトン的な両性具有者を生み出したみたいに。それは完全かつ完璧な存在、彼がかつて、馬鹿げてるけど感動的なヒロイズムで、彼自身の孤独な自己の中に創り出そうとしていたもの。あたしたちは、恋人たちが自ら創り出した永遠の中で時間を止める存在を生んだの。

エロティックな時計が、全ての時計を止める。

あたしを食べて。

全部食べて、残さず食べて。

男だった時、女の皮膚の内側にいるってどんな感じか、想像もできなかった。それは忠実に、即時的に、どんなに儚いものでもあらゆる感覚を記録する外皮。彼のキスはあたしの腕に沿って曳光弾みたいに爆発した。もうあたしの身体はない。もうそれは彼の身体によってのみ規定される。けど、それでもあたしは昔の映画の断片を見る、夏の稲妻みたいに、彼の顔の明るい表面に再生されてる、その下の骨に映った影絵芝居——あたしはゴルゴタのあなたの髑髏を知ってたよ、トリステッサ、百も顔があるみたいだけど、同じ数の人の気持ちが素速くその上に顕れる。

あたしたちはお互いの口という水筒を吸った、他に飲み物はなかったから。くるくる入れ替わる、今は従順、今は強健——あたしの下にいる時は、あなたの白髪は星条旗の上を右往左往、髪が頭を唐突に引っ張る、あっちへこっちへ。あたしは原始的な欲望を情け容赦なくあなたに打ちつける、けど下にいるガラスの女はあたしの情熱で砕け散り、飛び散った破片はもう一度集まって、あたしを圧倒する男になる。

オルガスムに達した瞬間、あたしは小さな、鏡張りの、互いに繋がった部屋の連続体の中を移動してる、全く現実と同じくらい鮮明なんだけど、それから肉体感覚のせいで非物質化する。その感覚を記すには、もう一つの言語が必要なの、言葉じゃなくて、言葉よりも遥かに曖昧な表記と言うか。この一揃いの部屋は一体どこからあたしの頭の中に入り込んできたの？　そこには鏡板と、火の着いた蠟燭と、そう、白い薔薇があるけど、礼拝堂じゃない。よく知ってる場所なんだけど、何なのか、どういう意味なのか解らない。あまりの悦びに泣きじゃくると、あなたの身体もまたぎゅっと締まった、よく解らないオルガスムと同等のもの、自己の溶解の中で。その後、あたしたちは太陽が汗を乾かすまでじっと横になってた。

男性性、女性性は、互いが携わる相互依存。それは確かだし——ある特質とその否定は、必然性の中に結びついてる。けど、男性性の本質、女性性の本質って何？　そこに男や女は含まれるの？　それはトリステッサの長い間無視されてきた器官や、あたしの出来立てほやほやの人工のワレメや飾りの乳房とかと関係あるの？　何も解らない。男と女の両方であるあたしにさえ、これらの問いの答えは解らない。途方に暮れるばかり。

まだ迷路の終わりまで来てないんだ。あたしは下へ降りる。下へ。まだ行かなきゃ。

沈む太陽が放つ真横からの光が金を溶かす。それは錬金術の黄金になった。二人の愛も、もうあたしたちを支えられない。あまりにも飢えて、渇いて、ひりひりして、痛くて、もう悦べないの。関係を断ったんじゃない――あたしは女で、だから飽くことを知らない、彼は女みたいに飽くことを知らない――けど、やり過ぎて疲労困憊。寒い夜が来て、あたしたちはヘリのキャビンに縮こまった、肌を合金するみたいに。

何てたくさんの星！　そして月影、山ほどの錬金術師に、坩堝の中身を溶解させる儀式をさせられるわ。チェコ人のバロスラフが言った、それは偏光させた光の中でしか取れないって。つまり鏡で反射させた光ね。さもなきゃ月光。こんなにまん丸で白い月は見たことない。月が空の暗さを全部漂白して、だから夜は昼の陰画みたい、それか色のない、涼しい昼それ自身。沈黙は絶対、砂漠は何の特徴もなくて、地形は微かに曲線的に見える。世界の円さがそのまま見える。地平線の隅々まで見える。手を伸ばせば触れそうなくらい近くに。トリステッサの肩に毛皮を引き寄せると、自分にも掛かった、密着してたし。男としてか女としてかは解らない、この独自の肉体の恋人の前で。

「たぶん」と彼は言った、「夜が明ける頃には露が降りる。それを舐めれば気分が良くなる」。

彼の声は乾いた喉の中でほとんど消えた。あたしはふらふらしてた、渇きと、終わらない午後一杯あたしを揺らした馴れない嵐のせいで。キャビンの窓から見ると、真珠の乳房に打ち上げられたみたいに、砂はあまりに白くて膨れてて、たぶんあたしは自分の乳房の片方、左のやつに上陸したんだと思った……それから手術とその執刀医のことを思い出して笑おうとした、だってあたしは〈マザー〉に一杯食わせて、恋に落ちたんだ。けど砂が喉に詰まって、笑おうとすると鑢《やすり》をかけられたみたいに痛いから、その夢から別の夢へ引きずり込まれた、毛皮と月光と、美しき恍惚の人の腕の夢。あたしもまた月の具現化みたいに、大切に抱いてくれる。

そして何より美しいのは、あたしたちもゆっくりと死につつあること。砂漠はあたしたちを干上がらせる。砂漠はあたしたちをミイラにする、二人の抱擁の聖像みたいな破壊的な美を、あたしは彼の骨に巻きついた輝く髪のブレスレット。

トリステッサが語る、砂漠の緩慢な死はすでにその声に作用してる。

「私が破れたカーテンの後ろに姿を現すと、肥満体の黒人の梅毒持ちのピアニストがこの上なく悲痛なブルースを奏でる。私は赤い手袋、赤い仮面、黒いストッキング。まず、あたしの脚がカーテンの下に見える。連中は拳やグラスをテーブルに叩きつけ、バンシー〔アイルランドやスコットランドの伝承に登場する女の妖精。死を予告して泣くと言われている〕みたいに叫ぶ、もっと、ってね。するとカーテンが上がる、ゆっくり、少しずつ少しずつ、少しずつ少しずつ、私を見せていく。すると連中の眼は矢のように踊ってるあたしを貫く。連中は地獄の亡者みたいに唸る。私は地獄に堕ちた魂。トリステッサは私の中に宿る、地獄に堕ちた魂。あまりにも長いこと私の中にいるから、彼女がいない時のことは思い出せない。ある日、鏡を見てた時、彼女がやって来てその鏡に取り憑いた。旗を持った軍隊みたいにその鏡を侵略した。私の眼から私に入った。

私を見る時は眼を閉じてね、エヴァ」。

彼はトリステッサの指輪を嵌めたままの指であたしの顔を、とても、とても優しく撫でた。あたしは眼を閉じなかった、彼の顔にあたしの美しさを見たから。

「彼女はとても小さくて、おさげ髪だった、憶えてる、小さなギンガムのエプロン、ポケットにはひとかけらのジンジャーブレッド。このかけらを齧ると、ぎざぎざの歯形が残った。鼠に喰われて、可哀想なおちびちゃん。古い家で！　大きな部屋で、とても寒くて暗かった。その母親も死んだ。ウェディングドレスを着せて、白い薔薇で入棺した――彼女のベッドは白薔薇で覆われた。椿じゃなくて。それは後から届いた。だから彼女は果たせなかった夢の大通りを彷徨《さまよ》った、自分自身が夢になるまで」。

これがつまり、彼がトリステッサのラベルを貼り付けた象徴的な図式。今や彼は彼女をこの人工的な記憶の廊下に追い詰めた、彼の獲物はその猟師だったんだけど。彼は彼女だったんだから。彼女は女じゃなく、彼のでっち上げだったけど。

「私はテントの中でアクロバティックなダンスを踊った。手製の吊り紐を両端に向けて延ばし、私自身もピンと張ったロープと一体になり、その上で足の指一本で平衡を保ちながら、腕から下がっている巨大な漆黒の袖を上げては、ストンと落とす。私の演物に続いては泥塗れの小人プロレス、それから調教された馬が特製のピアノを右の蹄で弾く。クロンダイク川じゃ、鉱夫たちが私に金塊を投げた、私は思った。『女って素敵』。

彼は記憶に酷く苦しめられてるけど、自分を苦しめるためにそれを捏造しただけ。そしてこの架空の自伝には何かの事実の痕跡があるのかもしれないけど、あたしが知る限り、大昔の、取り壊された映画館で見たトリステッサと一致するのはなかった。月が沈んで星が出た。目の前に湖の蜃気楼が広がる。あたしたちの小舟はこの不毛の海を征く、どんどん近づいてく、永遠の無へと。またもや彼の指が、あたしの乳房と腹の継ぎ目のない肌を解かし、あたしはまたしても自分の中の海への水門を開いた。

「でも私は、ああ、こんな割れ目を開いたことはなかった、どんなに美しく踊ろうとも、空中鞦韆の上で、どんなに命知らずの跳躍をしようとも。こんな洞窟に泊まったことなんてない、こんな小さな口があんな大声で歌うなんて考えたこともない……」

毛皮は落ち、あたしたちは熱と欲望の果ての雪原で抱き合った、途方に暮れた頭の上で、星々が輝き、公転している。顔に水飛沫がかかっても、目覚めることはなかった。まだ夢を見てるんだって思ったし。ありがたいくらいの爽快な水流。二度、三度と水が掛けられ、あたしはからからの舌でトリステッサの肌から水を舐めた。プリズムみたいな雨滴が彼の眉丘で合流し、頬を滴り落ちた。ああ、あたしたちは水になるのね、そしたら好きなだけ飲める。

黒い革籠手の両手がトリステッサの両肩をつかんだ。瓶のコルクみたいに彼はあたしからもぎ取られた。

あたしは絶望と怒りで絶叫した。

もう一杯のバケツの水がぶっ掛けられてあたしは仰向けにすっ転んだ。それから毛布を掛けられ、あたしの叫び声は殺された。しばらくしてあたしは正気に戻った。横になったままじっとしてるけど、驚きで茫然としてる。毛布という薄皮一枚の安全圏の外は、鋭い踵が砂をザクザク踏む音、吠えるみたいな命令の声がする。

この声は子音が端折られ、時々キーという音で中断する。つまりマスクの声。その命令は、発令者の声を変えてる。トリステッサの幽霊みたいな非難が聞こえたけど、何を言ってるか解らない。毛布の隅っこを持ち上げて覗くと、すかさず籠手の手に手首を摑まれ、手錠を掛けられた。毛布を取る前に、たまたまジープにあった予備の機械工のオーバーオールをあたしに着せた。あたしの裸を見ちゃだめだって。

捕まっちゃった。

トリステッサとあたしは、厳重に手錠を掛けられ、周囲に円状に並んだ一五台のジープのヘッドライトの交点に立った。それぞれに下士官が付いてる。くすんだ緑の綾織りのズボンに、それに合った頑丈な綿の半袖開襟シャツ、頭には庇帽、これは略帽の歩兵と区別を付けるためね。全員、磨き上げた茶色の革のブーツに、銃と弾薬帯。直立不動で髪はブロース、古風な農家の台所の磨きのかかった松材のテーブルみたいに清潔。

この几帳面な民兵には、たぶん七〇人くらいの兵士がいた。訓練の行き届いた休めの体勢で立ってて、純粋な、子供みたいな驚きと——そう——嫌悪の眼でこっちを見てる。全員、鉄の十字架を鉄の鎖で首に巻いてる。一三歳より上は一人もいない。

二人とも縛られてるのに、兵士の若い強い腕は強く摑んだままで、どんな動きも見逃されない。トリステッサとあたしは互いが気になって仕方が無かった。彼らは士官の厚手のコートをトリステッサに掛けてたんだけど、それで彼はトロイア陥落後のカッサンドラみたいだった。災いが乱れ髪から靡いてる。

連隊長がジープから降りてきた。ここから見えないジープで全部見てたんだ。一斉にブーツが鳴って、全員が直ちに気をつけした。真夜中なのに、連隊長はサングラス姿。服装は士官たちと全く同じだけど、シャツは別。だって腰から上は素っ裸で、凄いタトゥーを入れてるの。ど派手な色彩で、胸全体に。レオナルド・ダ・ヴィンチの『最後の晩餐』。呼吸と歩行に伴う皮膚の揺れで、キリストとその弟子たちの顔は今にも動きそうな不気味さ。しかも靴には金の型押し。

彼はきびきびと近づいて来た。士官に蹴りを入れられて砂に倒れたあたしは、気がつくとお辞儀みたいになってたけど、トリステッサは酷く殴られながらも、威厳への衝動に従って立ち続けてる、倒れそうな美しい彫像みたいに危なっかしくかしいでるけど。

「我はキリストが笞《むち》」と連隊長は宣言した。部隊は一斉に叫んだ、「ハレルヤ!」、かん高くて愛らしい声で。住む者のいない沈黙の中で勇ましい声。

「淫乱め!」と連隊長は言った。その声は激怒で一オクターヴ上がり、長く朗々と響いた。連隊長は年長者、てゆうか一四歳。サングラスを通してあたしを睨め回し、キリストは姦通の女を許されたと説教した。あたしの士官に合図して鍵を受け取り、手錠を外し、大袈裟な身振りでそれを放り投げると、行きなさい、もう罪を犯さないように、と言った。

けどトリステッサに対しては、聖書にはそういう場合の男の処遇について何も書いてないと言った。それから、彼みたいな老人は髪長くしちゃいけないんだって。連隊長はバリカンを持って来させた。リヴォルヴァーの台尻で殴られて跪いたトリステッサは呻き始めた。あたしは何もできずに彼の苦痛を見てるしかない、二人の兵士に摑まれて動けないの。連隊長は腕を組んで後ずさり、連隊の理髪師がトリステッサの白い髪を全部刈り、それから水とブラシと石鹸を持って来て、頭を泡立てて、すっかり剃ってしまった。夜風がその柔らかく弱々しい長い髪を砂の上に吹き散らした。大きな山ができた。雪みたいに白い——根元だけは褪せたみたいな黄色。トリステッサは、跪いたまま、さざめく髪を見てる、微かに驚いて。

「私はサムソン〔旧約聖書に登場する古代ヘブライの怪力の持ち主。愛人デリラに欺かれ奇跡的怪力の源であった髪を切られて囚われの身となった〕ではない」と彼は妙に穏やかな声で言った。「力を失ったりしない」。

長い片手を伸ばしてコートの襟を引っ張り、連中の視線を遮った。指輪が光る。けど連隊長は彼の両手を摑み、宝石を全部剝ぎ取ってブーツで踏みつけた。砂が少し舞い上がる。おませなサヴォナローラ〔一五世紀のドミニコ会修道士。ルネサンス全盛期のフィレンツェで神権政治を行った、特異な宗教改革者〕だわ。トリステッサは素になった指を見詰め、それから連隊長の怒りを見た。唐突に、完璧に純粋で澄んだ笑い声を上げた。あたしの目の前で、すでに彼は頭を剃られて白粉も落とされてたのに、髑髏みたいにきれいさっぱりとした無欠さで、自分の女の面に切り替わった。自分の女性性の観念という入り組んだ原理に完全に立ち返ってる。するっとした挙動で立ち上がり、唇を連隊長の唇に押しつけた。

そのキスは長くは続かなかった。連隊長は鋭い叫び声を上げて後ずさりした。顔が歪んでる。身を捩ると、砂の上に大量に吐いた。

一人の士官が直ちにリヴォルヴァーでトリステッサを撃った。圧倒的な悲しみが押し寄せた。それから奴らは砂に穴を掘り、彼の遺体を投げ込んだ、この浅い墓、偽女神の目的地に。そして穴を埋め、あたしに銃を突きつけて連隊長のジープに乗せると、全隊は砂漠を走り去る、後には墓標みたいに棄てられたヘリコプター。蝶番からドアがだらりと垂れさがり、あたしが即席に作った天蓋が、霞んでく月影の下で侘しくぱたついてる。

第一〇章

こいつらはあたしに対してはできうる限り親切だった、あたしが虐待されてたと思ったから、魔法瓶のコーヒーをくれたけど、飲まずに吐き出して、一言も口を利かなかった。ジープの端に蹲る。歯ががちがち鳴る。時々呻き声を出す。連隊長は運転手の隣りで、ずっと腕を組んでる。夜が明けると進軍は止まり、兵はクルマを降りて、全員タオルを取って、慎ましやかに秘所を隠しながら半ズボンに着替えて、厳しい柔軟体操をして汗をだらだら流した。

見ると、全員乳首にピアスしてる。乳首から下がってるのは小さな丸い金のメダル、日光に煌めいてる。左の乳首のメダルにはGOD、右にはAMERICAの文字。

きびきびとタオルで汗を拭うと、連隊長は半時間ほどの祈禱の指揮を執った。その言葉は、自分の惨めさをジープに隠してるあたしにもはっきり聞こえた。神無きカリフォルニア州に法と秩序を再建する力と勇気を与え給え。彼は〈戦神〉に呼びかけた、ジープから見ると、連隊長は祈禱の際に筋肉を収縮させるもんだから、胸の聖人たちがそれに応えて頷いてるみたい。厳格で高潔そうだけど、早朝の陽射しがその凄く白い肌を直撃して、部下たちに説教してる僅か三〇分の間にヒリつくピンクになってる。髪は綺麗なブロンドで凄く短く刈りこんであって、地肌が透けて見える。祈禱が終わると、兵士たちは石油コンロと鍋をジープから出して朝食を作り始めた。ベーコンを焼く美味しそうな匂いに日常を思い出す。食べ物をよそったブリキ板をくれたから、何とかちょっと食べた。パンの塊で豆のソースを拭う。見たとこ食糧は潤沢ね。大量の缶詰があるみたい。

　連隊長は部下たちから離れて、従卒がジープの後ろから取り出して設営した折り畳みの帆布の椅子に座った。前には小さくてすっきりしたトランプ台。けど食べてるのは兵士たちと同じもので、平等主義が良く出てるわ。食事を終えると、みんなで喜ばしい食後の祈禱。こりゃ魂の兵士だわね〔原文は They were not soldiers but souldiers. soldiers じゃなくて souldiers だわね。後者は前者の古い綴りで、ここでは soul（霊）に掛けている〕。皿を洗うために野営用湯沸器でお湯を沸かしている間に、士官があたしを連隊長の前へ引っ立てた。

　頑張って気を付けの姿勢。恐いし。彼の顎は凄く子供らしくて弱そうで、口は未発達で繊細。もう怖がるのは止め、自分の中に彼への憐れみと懸念を感じたから——あらまあ！　お母さんみたい。たぶん彼は、ほんとは連隊の中で最年少で、舐められないように年を偽って、いつもサングラスなんか掛けちゃって、大人ぶってるんだ。けど何にせよ、こいつら人殺しのクソガキどもで、神様ごっこに熱中してるんだけど。

まだちゃんと理解できてない、トリステッサが死んだこと。

いつもいつも緑の服の少年たちはその大きな曇りのない眼に忠誠心を湛えて連隊長を見つめてた。誰もが彼に首ったけ、たとえ地獄も何のその、どんな試練もお手の物、勝ち目なんて無くたって虎みたいに戦っちゃう、彼の薄い唇から一言の承認の言葉を賜り、戦の少年神に肩を叩いて貰うためとあらばね。みんな彼だけのためにブーツを磨く。身体を気に入って貰うために冷水摩擦。孤独な夜番や寝袋にぬくぬく包まれて人目のない時、上の空で手が未熟な幼いコックへと彷徨《さまよ》ったりもするけれど、小さなブロンドの鷲である連隊長のことやその驚く程の禁欲主義のことを思うだけで、自瀆を控えることができるの。彼に対するこの愛こそがみんなを友愛で結びつけ、だからみんな親戚みたいに見える。同じ気持ちが自ずと表情に出るから、みんな同じ無言の崇敬の顔つき、だからみんな同じに見える。彼はこの英雄崇拝を強く吹き込んでたから、もはや彼の実際の行動が尊敬に値するか否かは何の関係もない。キスの一つで吐いてたからって、誰も臆病者だなんて思わない。むしろ純粋さの証。彼の顔にはたくさんの産毛があって、だからその肌は素晴らしく柔らかくて繊細で、写真に撮ったら綺麗だったろうな。

彼はフロリダの億万長者の息子。父親はヴェトナムで、たぶん何かのソフトドリンクの特許で財を成した人物。母親は彼の五番目の妻で、元々はアル中専門の私立の療養所で彼の世話をしてた看護婦。自分がイエス・キリストだっていう確信を植えつけたのは、何よりもその富。それから、両親が酔っ払い運転の事故で死んだ後、子供時代のただ一人の話し相手だった頭のおかしい

女中が熱狂的にそう信じ込んでたんで、さらに増幅された。それから、クリスマス生まれってい
う厳然たる事実。彼とその軍は復活祭の日曜日にエヴァーグレイズで鬨《とき》の声を上げた――そして
遂にあたしは世界の動きのニュースを聞いた――ミサイルやロケットで武装した黒人の臨時政府
が権力を奪取し、カリフォルニアが勝手に連邦を離脱した時にね。その夜、TVのニュースを見
た後で発作的に寝台に身を投げた瞬間、連隊長はヴィジョンを見た。それは〈人の子〉で、驚き
もしなかったけど、彼自身にそっくりで、グリーン・ベレーの制服を着て、西を指したんだって。
「私が来たのは」と連隊長は言った、「平和をもたらすためではなく、剣をもたらすためである」。
彼はほとんど声変わりもしてない。まさに子供十字軍。
彼らはあたしが何者で、士官に射殺された変態とはどうやって知り合ったのかと訊ねた。あた
しは言った、名前はイヴ、彼らが見境無く始末した男はあたしの夫だったのよと。口に出すと、
もうこの上もなく陰鬱な悲しみに襲われて、泣いちゃった。そしたら連隊長ったら凄くまごつい
て、従卒にティッシュの箱を取りに行かせて、泣いてはならない、泣くべきではないって言うわ
けなんだけどさ、なぜ泣いちゃいけないのかは言えなかった。
幼い少年たちは泣いてる女を見て最初はどぎまぎして、慰めるためにチョコレート・バーをく
れたんだけど、泣き止みそうにないのを見て、当惑を誤魔化すためにあたしに石を投げつけ、遂
にはまたジープに押し込めて見えないようにして、クルマを発進させた。西へ、砂の上に真っ直
ぐの轍を残して。走ってる間、みんなとても可愛らしい三重唱で讃美歌を歌ってる。涙が枯れ果

てると、耐えがたい夢から少し覚めた。唖然とする恍惚の意識の中断、浮世の実態の幕間、愛の忘我。

あたしは鈍った眼で子供たちを見た。彼らがあたしを脅かすことはなかった。

連隊長はミッキーマウスの腕時計をしてて、一日三回、食後に歯を磨く。コーヒーや紅茶は飲まずにコカコーラだけ。熱心な福音主義者の女中が、彼にタトゥーという消せない傷を付けた張本人――手を引いてタトゥー屋に連れてって、針がちくちくしてる間、キャンディを舐めさせてた。まだ成長期なのにやられたもんだから、年月が経つ内に弟子たちの顔はちょっと歪んで、エル・グレコみたいに伸びた。つまり彼の肌はすぐに、そこに描かれた絵を笑い物にしちゃったんだけど、彼は気づいてなくて、でもまあ完全に台無しになる前には死ぬでしょ。その小さな縦隊で内戦のど真ん中を目指してるんだから。

連隊長はキャビンにラジオを持ってて、ニュース放送を聞く。一日二四時間ぶっ続けで新約聖書やってるソルトレイクシティの宗教局に合わせてある。『黙示録』の終わりまで来たら、また最初の『マタイ』から。特に有名な箇所、例えば山上の垂訓とかに来たら、七五人の小さな兵士たちが一斉に唱和する。可愛らしい声がジープの轟音を掻き消す。孤児の孤独な顔だけど、目は希望に輝いてる。

半装軌車の蜘蛛の巣みたいな車輪が突き進むと、クルマの下の蒼白く乾いた土地がどんどん遠のいて、岩が厳《いか》つい歯を見せ始めた。植物――サボテンのトゲトゲの胴体と薄い皮の指――を見る限り、もうそろそろ何もない空虚な土地も終わりね。その不毛な土地の中心には、トリステッサ・ド・サンタンジュの不滅の聖遺物が眠ってる。

地平線上の山々が円くあたしらを取り囲んでる。あの尾根の向こうに、と連隊長は言った、カリフォルニアがある、これは聖戦なのだ、敵は黒人、メキシコ人、赤軍、レズ軍、はびこるゲイども、エトセトラエトセトラエトセトラ。彼は哀れな母無し子で、女の乳を吸ったことがないんだ。まあ可哀相っちゃあ可哀相だけど、その計画はどうでもいいわ。だってトリステッサは死んだんじゃないの？　死んで、腐ってく、屍肉を食う太陽の下で。

山の麓で野営。南カリフォルニアに降りていく前に、一晩ぐっすり眠らなきゃ。ピューマ避《よ》けに焚き火をして、その周囲にボーイスカウトみたいに勤勉に、熱心に軍用予備テントを張ってビヴァーク。連隊長は独り寝。あたしはジープの後ろに寝袋。他に場所もないし。火の番をする見張りが一人。

ふわふわの寝袋の中から満月を見る。転がってる岩を冷淡に照らしてる。記憶を思い起こすと、悲しみで眠れない。見たこともないような酷薄な月、どんなナイフもこんなに痛かったことはない。見張りの子が持ち場で舟漕いでる。そしたらすぐ横でがさがさと足音。すわピューマ、と思って――ルソーのジプシー女〔一九～二〇世紀のフランスの画家アンリ・ルソーの作品「眠るジプシー女」（一八九七年）〕みたいにじっとしてたら、ピューマじゃなくて連隊長じゃん。可哀相な子、小さなテントの暗闇が怖くて、安心するためにあたしの所に来て、寝袋に潜り込んで、今はあたしの胸に頭を埋めて、恐い恐いって泣きじゃくってる、一四歳よりもっと遥かに幼くて、あたしが本当のお母さんみたいに。その逆立った角刈りの頭を撫でて思いつく限りの慰めの言葉を囁いたけど、その恐怖はあまりに大きくて言葉で何とかなるもんじゃなくて、そのまま泣き寝入りした。

見張りは地面に大の字に寝ちゃってて火は消えかけ、月も落ちてだいぶ経った。完全な、何も見えない暗闇が野営地を囲んでる。黒いサンドペーパーみたいな闇。逃げられる。砂の墓に戻れる。あの上に寝て、悲しみのあまり衰弱しよう。この考えの象徴的な美しさにいたく感動。愛に死す！　それくらいあたしは、トリステッサの死の、死を志向する側面になってた。

その想いで寝袋から這い出し、連隊長を起こさないように、彼のテントから軽機関銃、物資補給係将校の半装軌車の備蓄の中から道中の缶詰を失敬して帆布袋に詰めた。コンビーフの缶詰を摑んだちょうどその時、頭上で大きな爆発。

夜空が真っ二つになって大量の炎が降り注ぐ。俯せに倒れた。幼い兵士全員が目を覚まして喚いてる。連隊長が泣き叫んでる、「エヴァ！　エヴァ！」みんな寝袋から這い出して武器を手にしたはいいけど、撃つ相手がいない。空の裂け目はもう閉じて、全てが元通り。可哀相な子供たちは暗闇の中で為す術も無く右往左往、互いに躓いて泣いてる。銃が暴発。バン。みんなはまた喚いて、もぐもぐ祈り始めた。あたしはジープの下まで這ってってって、眩んだ目が慣れて何となくみんなの形が解るようになるまでじっとしてた。それから混乱の中を、荷物を背負って駆け出した。

「天国からの火だ！」と連隊長が叫んだ。そしてまた、「エヴァ！　どこだ！　エヴァ！」あたしはジープによじ登り、エンジンをかけて走り去った。イヴはまたもや逃走中。

第一一章

イヴはまたもや逃走中、空は人工の火で真っ二つ、遠くでは爆撃音——ワイルドな夜。けどあたしは、ただ一つの家、恋人の墓へと向かうだけ。頭上の戦争の痕跡なんて、あたしにとってはトリステッサのキスの記憶一回分ほどの意味も無い。あのね、土の上の彼の足跡ほどの価値もないの。アクセルを思いっきり踏みこむ。砂塵が舞う。踏む、さらに踏む！　そしたら、何か近づいて来る、小さな光の星座、V字型の編隊が砂漠の彼方を移動してる。てゆうか凄いスピードで真っ直ぐこっちに向かってる。ロケットの赤い輝きが、合成の稲妻でテクノロジーの騎兵隊を照らす。一瞬、キュベレの女神官団がぞっとするような白に染まる。鳥の群れみたいに静かに、それが何百羽も、家母長制のヴァルキューレ〔北欧神話に登場する半神。主神オーディンの命を受けて天馬に乗って戦場を駆け、戦死した勇士を選びとって天上の宮殿ヴァルハラへと迎え入れる役割を担った〕が、新改造で馬力を上げた砂橇を駆り、愛しい人へ通ずる全ての道を妨害してる。このまま行くと、真っ直ぐ〈マザー〉の腕の中だわ。

あの爆発に釣られて出て来たに違いない。彼女らもまた、銃や手榴弾やミサイルを携えて、カリフォルニアの内戦に参戦しに来たんだ。十字砲火のど真ん中に紛れ込んじゃった。トリステッサのところで死ぬことに焦がれるより、〈マザー〉への恐怖の方が遥かに強いってことが解った。不愉快な金切り音を立ててUターン、砂を巻き上げ、今まで来た道を全速力で突っ走る――今や、さっきの花火大会のど真ん中を目指してる。女たちの分遣隊に追っかけられて、猛スピードで。連中はもうすぐ後ろまで来てるみたい。たぶん連中は途中で子供十字軍と銃撃戦やったんだろう。けど何にせよ、砂漠を出る頃には、連中を巻いていた。砂漠、太陽の領域、形而上学の競技場、あたしがあたしになった場所。

夜明けが迫る。てんやわんやの逃亡の果てに、気がつくと痘痕《あばた》だのクレーターのある、けどまだ通れそうな小さな公道を走ってた。乾き切った不毛の魅惑にさよなら！　明るくなって来た、穏やかな春の日の始まり、穏やかな起伏の緑の田舎で、シトラスの木立ちが良い香りの花を咲かせつつある。レモンの木が育つ美しい土地ね。低い丘に目立たない漆喰の邸宅。その周囲には感じのいい庭、青緑色《ターコイズ》に輝く水泳プール、優美な杉の感嘆符。この辺で空襲をもろに受けたのは道路自体ね。電柱や電線は全滅、けどそれ以外は全然普通。まあ人っ子一人いないけど。あたしは世界でただ一人生き残った人間なのかも。アダムにしてイヴ。その使命は、この荒廃した大陸全体にもう一度人間を住まわせること。

燃料計はゼロ。荒れ果てたセルフの店でガソリンでも入れましょう。荒れ果てすぎ、蟬の声すらしない、だからエンジンを切ると、完全な沈黙がガラスの鈴みたいに周囲に降りてきて、あたしを閉じ込めた。そろそろとジープのドアを開けると、案の定、散弾がフロントガラスを突き破る。あと数インチであたしに命中。生きてる人間がいたってわけ。クルマの後ろに倒れてじっとする。ピンクの厚紙と合板でできた建物の二階の開き窓がばたんと開く。建物の正面の格子にピンクの薔薇が這い登ってたわね、それと子供の自転車が白い塀に立てかけてあったわ。開いた窓に男の姿。広い、赤い、虚ろな顔、ショットガン。あたしがじっとしてるもんだから、殺しちゃったと思ったのね。そしたら、びっくりしたけど、イキナリ泣き出して、ショットガンの銃身を口に突っ込んで引き金を引いた。頭のない胴体がぐらりとして、あたしの前の給油場に前のめりに落ちた。それだけ。またしても沈黙。

そいつが窓のところでうろうろしてた上階の居間に、死んだ子供が二人、点いてないTVの前で、乱れたソファベッドに乗ってるっていうか落ちてるっていうか、身を投げ出してる。一一歳くらいの男の子と、女の子は、そう、一三歳くらいかな、どっちもパジャマ着たまま、背中から撃たれてる。壁際に熱帯魚のでかい水槽、けど綺麗な薔薇色と金色の鯉は腹を上にして浮かんでて、水は濁って澱《よど》んでる。この部屋で生きてるのは蠅だけね。一階の作業場には作業中のクルマの部品がほったらかしで、その裏の台所に女の死体、死後硬直の具合いとか、こびり付いてる蠅の厚みから見るに、たぶん昨日あたりに腹を撃たれたのね。髪にはまだローラーが付いてて、紗のスカーフ、撃たれた時は片手に口紅、片手に鏡。ねばねばする水滴が嫌な臭いのする冷蔵庫から滴ってる。まあ電気も来てないし。貧弱な朝食が食堂に用意してある、コーンフレークの袋と粉ミルクの缶だけど、食べる時間はなかったのね。この悲しい遺品の中に新聞——一枚きりの、酷い印刷の、染みのついた紙、新聞っつーよりむしろ公報みたいのがあった。何何、自由と民主主義が勝利するだろう、カリフォルニア自由州はロサンジェルスを掌握した、幾つかの孤立したレジスタンスも鎮圧しつつあるだって。ミサイルはサンフランシスコとベイエリアを狙ってる。そこは裏切り者の独立カリフォルニア共和国の首都なんだって。内乱の、さらに内部の内乱ね。だから家屋所有者は、資産をバリケードで囲み、二四時間体勢の武装警備員を雇い、食糧と燃料を備蓄し、裏庭や近くの空き地の芝生を十字架の形に焼いて、自由州の空中パトロール隊に合図しろだって。嫌な感じ！　歴史にようこそ、お帰りなさい！　この修羅場で元気なのは蝿だけ。混沌再来せり。誰がどうしてわざわざ混沌を歓迎などしよう——そんな奴はニューヨークの昔の隣人であるチェコ人の錬金術師ぐらいだ。彼のことを考えたのはいつ以来？　前に戻ったんだ、イヴ。今あたしらは始まりの始まりにいる。

外のスタンドにはまだガソリンがあったから、満タンにして運転を続けた。けど今はトリステッサより考えることがある。あたしがあたしって言ってるこの非連続の連続体は、七カ月前にマンハッタンを出て、あれ、八カ月前だっけ？——それ以来、自己を永続させようとする本質に従って生きてきた。一連の巨大な唯我論、自由企業の国の実存的な自由に対する讃辞。けど今、あたしは現実のシステムの縁にいる。そのシステムを演じてるのは、完全にそれ自体の外にある要素。そして正直者の南部の家父長に家族全員を虐殺させてペットを飢えたまま放置させるような要素でもある。ニュースやってないかなと思ってジープのラジオのスイッチを入れる、どんなニュースでもいい。けど、ダイヤルをどっちに回しても、時々電波がぱちぱち流れるだけ。その沈黙はどんなニュースより、むしろ殊勲の裏でずっと流れてる軍楽より不吉だわ。ソルトレイクシティのゴスペル局も電波から消えた。依然として道路には誰もいないし。次に通り過ぎた給油所はまるで戦場。建物は略奪され、砲撃されたみたいに真っ黒。灼けたステーション・ワゴンがスタンドの前で死んだゴキブリみたいに裏返ってる。一度だけ飛行機が、小さなセスナ機だけど、地平線の端に一瞬現れた。それ以外はずっと花の咲いたシトラスの間で一人きり、たぶん何となくロサンジェルスの方に向かってた。確かなことは解らない。カリフォルニアの地理は何も知らないし、ジープに地図もないし。

けど進み続けた、世界の終わりを見るんだっていう好奇心でうずうずしてたから。レモン、オレンジ、ユーカリのつやつやした葉が朝日に煌めく、打ち伸ばした錫でできてるみたいに、そして椰子もある、硬い幹に強張って軋む頭飾り、不気味なほど交通のない道に椰子の列、けど、周りを熱帯の植物に取り囲まれても、豊かな自然って感じはしない。椰子の生硬で原始的な形の下の石だらけの土は蛇の繁殖に適してそうで、ほんとに乾いてて石だらけだから、刺々しくて生気の無い緑しか育ってない。今突然、出し抜けに左側に山脈が出てきた。残酷な、紫の輪郭の。周囲のものは何もかもトロンプ・ルイユ〔実物と見間違うほど精細に描写する絵画〕、劇場、ぞっとするような破局のための舞台装置みたいな感じで、今の所、役者はあたしだけ。そして何も動かない、あの重い、静かな、ガラスから彫られたきらきらの葉も、永久花みたいにつやつやの花も。時々バンガローのポーチの網戸がばたんと音を立てる。一度、フォーティ・ウィンクス・モーテルってところの、板を打ち付けた受付の前に犬がいたんだけど、脚の上に頭を乗せて、うっとりして、じっとして、あたしが通り過ぎても見上げもしなかった。幾つか小さな町も通り過ぎたけど、ドラッグストアは略奪されてるし、ケーブル線は垂れてるし、バリケードな感じ。それからまた木立ちと葡萄畑の縦縞。前に伸びる道はずっと真っ直ぐ。

それから、何でもありの行楽地に来た。エンタメ地区とショッピング・センターと駐車場が全部揃ってる。ここ、畑のど真ん中に取り残されてる、道路から外れたところに、夜にはネオン煌めくコンクリートの要塞みたいに。でかいアーチを潜ると商業プラザ、どでかい駐車場、スペイン式のレストラン付きバー付きのボウリング場、その前にどでかいボウリングのピンが道端に。その粗塗りのオフホワイトの漆喰と黄褐色のタイルに目をやると、その刹那、何もかもが大爆発。前面の壁は完全になくなった、人形の家の外せる前面みたいに、ダイナマイトの轟音の中で、そして何もかも景気よく燃え始めた。建物から追い出されて、半ダースくらいの人間——その朝の最初に見る生命、けど次々倒れてく、燃えてる瓦礫に潜んでる狙撃兵に撃たれて。

同時に、地雷がすぐ目の前の道路を吹き飛ばした。

戦闘体勢! 道路の端にジープを寄せ、エンジンも切らないまま乗り捨て、弾丸の雨霰の中、ショッピング・プラザを目指す。身を隠すものが一杯あるって判断だけど、スペイン風のアーチの下まで来ると、ここでも銃声がする。スーパーの砕け散った窓をするりと潜り抜けると、銃弾が頬を掠め、壁に突き刺さった。割れたガラスの中に顔を突っ伏して、カワイイものがまだ満載されてるゴンドラ――紙ナプキン、紙コップ、ドイリー――まで這って行き、その後ろに蹲った、慄えながら。このスーパーは明らかに何度も略奪を受けてる。小麦粉は床に叩きつけられ、砂糖は踏みにじられ、ジャムやシロップは溢れ、乳製品は腐って悪臭を発し、蝿の黒い死骸が壊れた冷蔵棚を泳いでる。白兵戦の連中が罅割れてる広場に出たり引っ込んだり、跳んだり倒れたり、落ちてくる石材の白い埃に塗れて喚いてる。弾丸が飛び交う。駆け回る足音。何が何だか解らない。

茶色の染みがついた緑色の軍の作業服の男が素速くスーパーの窓を潜って降りて来て、蹲って弾丸を込め直す、けど撃つ前に途切れ途切れのマシンガンの雨が降り注いで、彼はくるりと回転して落ちた。マシンガンが出て来る頃には戦闘はほとんど終わっていた。血まみれだけど生き残った連中が少々、待ってましたとばかりにスペイン・アーチを通って這々《ほうほう》の体で後退、逃げながら後ろに撃ってる。殿《しんがり》が手榴弾を後ろに放り投げる。高い高い。重い破片の雨となってアーチに降り注ぎ、さらにスーパーの正面にまで届いた。あたしは落ちてくる漆喰に埋まり、煉瓦の破片を頭に喰らった。何もかもが消えた。

気がつくと、冷たい金属の先端が軽くだけど肋骨に突きつけられてた。目を開けてみると、若いのが跪いて覗き込んでる。黒い巻毛、左耳にイヤリング一つ、ダンガリー、ワークシャツ。あたしは破片の山の上に仰向けに寝てて、頭打って、一ダースほどの小さな切り傷から出血もしてたけど、骨は折れてなくて酷いダメージもなかった。あたしをライフルで突っついて起こした少年は話しかけてきたけど言葉が解らなくて、けどスペイン語だってことは解った。しばらくして言葉が全然通じてないことを見て取ると、彼はライフルを下ろして腕であたしを支えて立たせた。眩暈がしてとても一人じゃ歩けない。彼はあたしをほとんど荷物みたいに肩に担いで滅茶滅茶になった広場を通って洞窟みたいなスポーツ用品店の残骸へ連れてった。ばらばらになったサーフボードの山の間に、便衣兵の集団が屋根の上に土嚢で機関銃巣を作ってる。他の者は蹙《しか》めっ面の捕虜たちを並ばせたり、自分や他人の傷の手当てをしてる。大体三〇人から四五人位で、黒いの、茶色いの、黄色いの、白いの色々だけど、ほとんどは若くて、凄く若いのもいて、旗も記章もない、武装した浮浪者の寄せ集め集団ってとこ。

一七歳くらいの少年、髪に血をべっとりつけて、顔を苦痛で歪ませて、店のカウンターだったものの上に仰向けに寝てる。右脚は膝から下が吹き飛ばされてる。酷く汚れて血のこびり付いたショートパンツに袖なしアンダーシャツにガンベルトの黒人娘が注射を打ってる。凄い気遣い、技術、というか愛情で。針金みたいな髪には絆創膏の切れ端。思い出したわ、あたしの最後の女、レイラが、ビーズだのディアマンテの鳥だの造花だのをアフロの繁みに挿してたのを。老け顔の若い二人の女が怪我人の担架を設《しつら》える。厳つい顔の老人が包帯を巻く。少年が譫言を言いながら意識を失うと、黒人娘は振り返って新入り捕虜のあたしを見た。

疲れ切って曇った眼、だけど、それでも、その形は失ってしまったレイラの眼を思わせた。レイラのことを考えたのはいつ？　けどこの娘は二の腕に緋色のアームバンドを巻いてて、そこには♀、円の中には切頭柱。ああ神様。恐ろしいほど心臓がどきどきする。その懐かしいみたいな眼差しが何か言いたそうにしてる。それから、おずおずと、皮肉な歓迎で微笑んだ。「イヴ？」と黒人娘は訊ねた、人違いで気を悪くさせたくないみたいに、躊躇《ためら》いがちに。「イヴリン？」

それから、まだ躊躇いがちに、けど美しく——何？　許し？　和解？　開豁《かいかつ》？——戦いの染みついた手をあたしに差し出した。

何だって君は、君の母親が誰なのか教えてくれなかったのよ、レイラ？

何をどう言ったら信じて貰えた？　掃除婦だなんて言ってないよ、あんたが勝手にそうだと思い込んだんでしょ、ごく普通に。西海岸に住んでるって、ちゃんと言ったよ。ねえ、もし言ったら信じてくれてた？

彼女は笑った。最初は昔と同じに聞こえた。濁りのない新鮮な泉がこの中にある。とても優しくあたしに笑いかけ、そして言った、ここベニート・セレーノ・ショッピング・センターとリラクサラマのレジスタンスの厄介な孤立部隊は片付けたわ、武器の手頃な隠し場所も手に入ったし、重傷者は本部の野戦病院に送るから、あたしも一緒に来ると良い、それともここに残る？　これからショッピング・センターの守備を固めて、難民どもに対処するためにバリケード作るけど？あいつらすぐ動くから。ああ、〈自由州〉はロサンジェルスを掌握したんじゃないんだ。あれは嘘の宣伝だった。実際には十個くらいの派閥が南カリフォルニアの残りを巡って戦争中。自称〈自由州〉って極右は最初にカリフォルニアを連合から奪い取った黒人暫定政府を転覆させたけど、そのリーダーの内の三人は奇襲を受けて暗殺、北の友軍が昨夜、空爆開始。まあ北カリフォルニアだって南と同じくらいぐちゃぐちゃなんだけど——で、あたしが困ってるのを見て彼女は一息置いて、肩を竦めて、言った。「まあ時間はかかったけど、ここまで来たのよね」。

破局の規模の凄さと、それを前にしても彼女が完璧に落ち着き払ってるのに圧倒された。それに彼女がここにいること、全然予想もしてなかったけど、でも完璧にここにハマってる、世界の終わりであり始まりでもあるこの場所に——それに何より、あたしの変わりっぷりに全然興味がないことにね！　女になったあたしを、素直に、無条件に受け入れてくれてることにね！　あからさまに優しいその物腰からしても、ぼろぼろの服装からしても、彼女がリーダーだなんてとうてい思えない。でも他の兵隊たちが、規律じゃなくて自発的に彼女を尊敬してるから、そうなんだけど。

残るわと言うと、裸足のあたしに古いスニーカーを探してくれて、負傷者の消毒の仕事をくれた。けどその負傷者はステーション・ワゴンだの配達トラックだのアイスクリーム販売車だののめちゃくちゃな部隊がどっかに連れ去ったので、スーパーから回収してきた備蓄で食事の準備をするのに参加した。プラザの真ん中で焚き火をして、その上にブティックの倉庫から取ってきた鉄の大釜を吊るす。たぶんハロウィーンのウィンドウ・ディスプレイ用ね。誰かが潰れた金物屋から赤ペンキの缶を見つけてきて、残ってる壁に一生懸命に字を書いた。紀元一年。レイラは今は無線送信器に向かって、モールス信号送ってる。ふと見ると、機械のキーを打ち飛ばしながらぼんやりあたしを見てる。その眼には驚きもなければ満足もない、ただ超然として非人格的な優しさだけ。レイラだけど、もうレイラじゃない。あのマンハッタンの舞姫はどうなっちゃったの？　ずっとお母さんの為にゲリラ戦やってたの？　あの素晴らしい肉体と黙従は初めからお芝居で、偽物で、幻覚だったの？　彼女の髪は今も小さなカールが競い合うみたいに跳ねてるし、肌だって今も洗い立てのヴェルヴェットみたいだけど、あの裸の踊り子の死んだみたいな受動性は化粧と一緒に洗い流されてた。あたしが孕ませて苦しんでたのは、あれはほんと？　ハイチの堕胎医のところで傷ついて、切り刻まれて戻って来た時、タクシーの床に溜まってたのは本物の血？　あたしの体は彼女の復讐だったの？　鈍い、和らぎかけた痛みがこめかみに脈打つ。彼女はあたしに微笑む、冷静で、穏やかで、非個人的な微笑。

真昼間、捕虜が射殺されて、それを埋めるのを手伝った後でチリコンカーンを食べてた時に、彼女が来て隣りに座った。

「歴史が神話を追い抜いた」と彼女は言った。「そして廃《すた》れさせた。〈マザー〉は歴史を手中に収めようとしたけど、手を擦り抜けた。時間はどうやったって逃げていく、彼女はあらゆるシンボルを作動させたけどね。彼女は完璧な元型を創った」。

そして彼女は優しく、ほとんど悲しんでるみたいにあたしの胸に触れた。そして訊ねた、ベウラから逃げてお母さんの計画を台無しにして、それから何があったの？　あたしは語った、ゼロに囚われ、トリステッサの家を穢したと。彼の名を口にすると、悲しみに圧倒されて涙が溢れた。

「彼の名前の、囁くみたいな歯擦音には絶望が掻き立てられる」、レイラは独り言みたいに静かに言った。「宇宙の星みたいにこの大陸に遺棄されて、原子みたいに分解されて砕かれた存在、そのコックが肛門に刺さってる、だから彼自身がウロボロス〔蛇が環状になって自分の尾を飲み込んでいる図。完全・無限の象徴〕になった、完全な環、悪徳の環、閉じた終端に」。

「世界で一番厳重な秘密だと思ってたのに」。

「ずっと前、あたしが生まれるずっと前、ＬＡで整形外科医をしてた母さんのところに彼が来た、お忍びで、国家機密みたいに。彼の望みは判るわね。一〇〇〇万ドル出すって言ったんだって、一〇〇〇万ドルで、彼の機能をその形に合わせてくれって。可哀想な、途方に暮れた人」。

「どうしてお母さんはしてあげなかったの？」

「ママが言うには、彼は充分女だった、もうすでに、セックス用としてはね。それと、最初の検査でびっくりしたんだけど、彼の男性性はあまりにも根深くて、とても除去できそうになかったって」。

キャンプ・ファイヤーの火が消え始め、瓦礫の中からあたしを見つけたチカーノ〔メキシコ系米国人〕がギターを手に、母国語で静かに歌ってる。繊細で豊かなバリトン。

「史実性が神話を不要なものにした」とレイラは言った。「キュベレの女司祭は、しばらくの間、奇蹟による生誕の模倣を中断して、突撃隊員になってた。あたしはね、ご存じの通り、乳首に口紅を塗って〈世界の終わり〉っていうダンスを踊ってた、軽率な人間を誘惑するために――」

ちょうどその時、野戦電話が鳴って、彼女は長いことそれに向かって話してた。何を言ってるのか聞こえないけど、たぶんあたしのこと。だってこっちをちらちら見てるし、一度は微笑んだりしたから、安心させるみたいに。電話を切ると、彼女は部隊に野営の時間だと命じ、火の傍で体を丸めてたあたしを引っ張って立たせた。「あなたを連れてくわ、イヴ」。彼女の装甲車でこの廃墟を発つ、コーヒーのフラスコと、サンドウィッチの包みを持って。緊急任務で沿岸に向かいます、と彼女は部隊に告げた、個人的な理由で――母親に会いに行きます。

それを聞いてあたしのうなじの毛はどうしようもなく逆立った、今のあたしは女神の実の娘に守られてるはずなのに。けど、レイラの眼の鋼鉄の煌めきにあたしは従わないわけにはいかないし、大人しく乗物に乗って隣りに座った。

「怖がらないで」と彼女は言った、「〈マザー〉は今は自分から女神を辞めたから。時間を止められないと解って、その……神経衰弱になって。とても優しく、内省的になった。戦争の間、海の傍の洞窟に退いた」。

その象徴を何とかしなきゃいけないの、レイラ？　しばらく放って置こうよ、時が新しい図像を作るまで。

そうしよ、レイラ?

「リリス、それがあたしの名前」と彼女は言った。「街でレイラと名乗っていたのは、私の象徴の本質を隠すため。誘惑者がその本質を明らかにすれば、誘惑される者は警戒するから。リリスは、覚えてるかしら、アダムの最初の妻、アダムは彼女に精霊《ジン》の種族を産ませた。私の傷は魔法で癒える、強姦されても処女性が更新されるだけ。私は年を取らない、千歳の岩より長く生きる」。

彼女は謙虚に笑った。あたしたちは山道を走ってる。山を越えれば海。

「『そしてかくなる存在の機能とは何か?』」と彼女は聞き慣れない暗い声で訊ねた。「『人間から神々への、そして神々から人間へのメッセージを解釈して伝えること。一方からは祈りと生贄を、もう一方からは命令と褒美を』。それが例えばプラトンによる我々の定義」。

彼女の母音には懐かしい歯切れの良さがある。どこか、東海岸の大学っぽい気取った母音。あこれソフィアだわ、ブロンドで、断固として、偏執狂で嘘つきのソフィア、地下の女教師。まるで前は二人だった一人の少女に会ったみたい――身体はリリス、心はソフィア。

「そして精霊の象徴的顕現の本質に関する合意が為されていた頃には、間違いなく聖なる処女と聖なる娼婦と処女なる母は有益な機能を果たしていた。だが神々は皆死んだ。今や霊界にはかなりの失業者がいる」。

でもあなたは新しい仕事を見つけたじゃないの、レイラ!

「けど、あなたのちゃんとした仕事を見つけるのはもっと難しいでしょうね、イヴ」。

北の空が完全に暗くはならず霞んだ薔薇色に染まってる、リリスにそう言うと、彼女は無感情に言った。

「あれはロサンジェルスの炎」。

レイラ、リリス。あんたやっぱりあの母親の娘だわ。その動じなさ、宏大で繊細な静謐——あのハーレムの尻軽はどうなったのよ、不機嫌で黒いあたしの女は！ 彼女は客観的には存在し得なかったのね、いつだってだいたいはイヴリンっていう若い男の情欲と欲望と自己嫌悪の投影で、でもそいつ自体もういない。この明晰な見知らぬ女リリス、またの名をレイラ、またの名を、たぶん、時にはソフィアとか〈聖処女〉とかに仮装して、私心のない友情みたいなのをくれてた、過去にあたしは彼女を苦しめたのに。受け入れるしかないじゃない、あたしはカリフォルニアで全くのひとり。異邦人。英国人。政治の状況も解らない。戦争が起きてる。あたしは傷心してる。傷心。

トリステッサとあたしを砂漠での両性的な抱擁に追い込んだ月、あれとおなじ月が今、空に上ってく。しばらくするとあたしはうとうとしてた、頭を鋼鉄のドアに押しつけて。とても深い、夢のない眠り、まるでリリスの存在が夜の危険から守ってくれてるみたいに。目覚めると茶色っぽい色褪せた夜明け、最初に見たのは無限の太平洋、あたしの前の眼下に、スレートの屋根みたいにうねる灰色、宏大、静穏。もうずっと陸地にいたから、何でも食べてしまう海の神秘を忘れていた。いかに海が水という口で少しずつ陸を嚙ることを、あたしたちを歯牙にも掛けずに。酷い状態の沿岸の道をがたがた跳ねる。壊れた梁、空中にタイヤを突き出して浮いてるクルマ、円材にコーヒー・テーブル、TV、冷蔵庫、スピーカー、ターンテーブル、小さな遊覧船の胴体なんかが漂って岩だの移動住宅の外殻だのにぶち当たってる――浅ましい文明の残骸、国の半分が爆撃された水際の造成地から水中に転げ落ち、さらに沿岸が浸食し、防波堤に打ちつけてる。特に覚えてるのは化け物みたいな犬の頭、蝶ネクタイにコック帽の茶色い漆喰のダックスフントの頭――道を走ってる間に思い出したけど、柱の上で回ってた奴だわ、ホットドッグ・スタンドのチェーン店の元祖〈ドギー・ダイナーズ〉の看板の柱の上でね。それが今や、海っていう巨大ゴミ箱行き。

「ああ、そうね」とリリスは言った、「ひどいありさまね」。密かに喜んで微笑む。「カリフォルニアの街も燃えてるわ、戦場の街みたいに」。

そして彼女自身、昔は「世界の終わり」と題されたダンスを踊ってたんだし。ゴモラへの報復を呼び起こすために。でも今や彼女は変わった。今や浄化の一部だ。

ここでは巨大な崖を越えてくるのは海鳥だけで、他の生き物の気配はない。小石の広い浜辺がある幅広の湾までくると、そこから先は細い道で、まあ最後の数マイルはそうだと言われてた通り。その浜辺には孤独な気の触れた婆さんが昔は明るいピンクだった籐の庭椅子に座ってる。傍の地面には缶詰の入った頭陀袋。左側には質素な折り畳みの庭机、その上に皿、ナイフとフォーク、缶切り、ウォッカのボトル。リリスがエンジンを切ると、彼女の声が聞こえた。三〇年代の歌謡曲。掠れた弱々しい声だけど、甲高い甘さがある。こちらを振り向きもしない。たぶん聞こえてないんだ。

何だか凄い頭。派手なカナリア・イエローの染毛が手の込んだ巻毛の列になって積み重なってる。ぱっと見、超高級のアイスクリーム・サンデー。その全部を淡いピンクの絹のすけすけリボンで蝶結び、昔風のマントルピースのガラス屋根の下なら素敵だったでしょう。赤と白の水玉のツーピースの水着、肩には艶のある贅沢なブロンドの毛皮のストール、けど肌は皺だらけで窶れて垂れ下がってる。顔は凄く汚いけど目茶目茶塗ってる。塗り立ての白粉に深紅の口紅、栗色の頬紅は今朝入れたものね。あたしたちのことは全く念頭に無い。椅子に座って、ブロードウェイの栄光だの、ロンドンの街の霧の日々、それにいろいろ学んではきたけれどまた恋がしたいわとか、そんな歌を歌ってる。涙で一杯の眼は、ぎらぎらする碧青色のアイシャドーに覆われた眼窩の奥深くの頭の中に引っ込んでる。指の爪は優に六インチはあって、きらきら赤く塗ってるけど、欠けたり剝がれたりしてる。ごつごつした老いた足に銀のハイヒールのサンダル、海辺の守護神みたいに海の方を向いて座ってる。裂けたみたいな高いソプラノが眠たい海の和音に混じる。レイラは微かに微笑んで彼女を見てる、それは憐れみ、あるいは皮肉。

「エヴリシング・イズ・ピーチズ・ダウン・イン・ジョージア」の終わりまで来ると婆さんは立ち上がり、崖の物陰の陰鬱な繁みの方へぎくしゃくと歩いて行き、背中を慎ましく鷗の方に向け、水着の下半分を下ろし、腸の中身を排泄し、土を掬い上げてその汚いものの上に撒き、一度か二度痙攣して垂れた皮膚を震わせ、テーブルに戻ると、袋の中を忙しなく探った。豆の缶詰を見つけると、それを開けて中身を皿の上に描き出し、ナイフとフォークで上品に食い、ちーんと音を立ててナイフとフォークを纏め、瓶に手を伸ばしてウォッカを三インチほど喉に注ぎ込んだ。その喉仏は爺ィのそれみたいに突出して、呑み込む度にびくんびくん上下する。瓶を置くと、大きな満足げな噯《おくび》をして、また歌いだした。

彼女が生理現象を行った繁みの後ろに半ば隠れて、小舟が潮の届かないところまで引き上げられてる。小綺麗な小型ボート、オール付きで全部揃ってる。明るい藤色のプラスティック製。どうやってここまで来たの？　彼女が自力でテーブルと椅子と食べ物と飲み物と口紅と白粉の荷物一式積んで、マリブの焼け出された老人ホームの保管所からここまで遥々漕いできた？　それとも裏庭か駐車場から拾って来て、足にまめをこさえながら海まで引きずって行った？　日曜の午後に浜辺で何時間か遊ぶために、クルマの上に縛り付けていくようなボートを？

彼女は歌ってる。不動の顔の中で唇だけが僅かに動いてる。化粧と垢がこびり付いて固まってる。レパートリーは無限で、機械みたいに一曲終わると次のが始まる。リリスはクラッチを入れ、彼女の背後をゆっくり通り過ぎたけど、この陽気な難民は一度たりとも振り向かなかった。

リリスは訊ねた、あの婆さんを一緒に難民キャンプへ連れ帰って住まわせるか、それとも少なくともウォッカが切れるまではここにいさせて、切れたらリリスが補充するか……黙示録後の世界で、年寄りはどうやって暮らす？　夢が続く限り、その中で暮らす方がいいんじゃない？　あたしは答えなかった。大きな白い海鳥の複雑な空気力学の観察に夢中になってて。鳥たちは移ろう海の上で、上空の荒れ狂う風の流れに乗ってる。リリスはあたしの沈黙を同意と判断した。「じゃあ置いてく」とリリスは決めた。「ひょっとしたら彼女のシェルターを設営するかも、豪雨が来るかも知れないから」。

高台をぐるりと回って小さな隠れた入江に入る。地面は凸凹でがたがた揺れる。彼女は駐車した。コーヒーとサンドウィッチ。朝食。彼女が作意だと言い張るあからさまな人間性の誇示がだんだん嫌になってきた。あたしは彼女の秘密を知ってる。そんな簡単に自分の神話を捨て去れる訳ないって。彼女にはまだ踊るべきダンスがある。新しいものだとしても、完全に自発的に踊るものだとしても。

ささやかな朝食を終えると、彼女はあたしをクルマから連れ出して岸辺を少し歩いた。スニーカーの底が擦り切れて、小石で足を怪我した。海は静かで、波濤もほとんど見えない。天気は依然として陰鬱。岸壁の亀裂に辿り着く。とても狭くて、大人なら横様に這っていかないと潜れない。この亀裂から真水が湧き出て砂利を濡らし、その中へ消えていく。レイラがぶっとい懐中電灯をくれた。つまりあたしは一人でこの天然石の中を這ってってって、あたしの創り主に会わなきゃってこと。

リリスはあたしの頬に軽くキスし尻を叩いて言った、ぐずぐずしてないで急いだ急いだ、私は戻って気の触れた婆さんの様子を見てくるから。

もう身を折って岩の裂け目に入るしかないって覚悟して入ったらもうその瞬間にスニーカーがあの凍てつく湧水でびしょ濡れになるわ、肌は残酷な岩に抱かれて傷だらけだわ、敏感な乳首は情け容赦なく揉まれるわ、膝や肘は擦り剝くわ、髪は何か出てるところに絡まるわ、懐中電灯が照らすのは無表情な岩だけだし。でもあたしは、鮃《ひらめ》みたいにぺらぺらになって進んだわよ。ちょっと動くだけで必死。あっという間に汗まみれ。息は詰まるし、風通しは悪いし、じめじめして、水には硫黄が混じってて、微かに腐った卵の臭い。後ろの裂け目の光や、ちらりと見えてた濃青色の海も徐々に消えた。チーズみたいに押し潰されて、じわじわ進むだけよ。もう昼の光は完全に消えて、目の前に岩が突き出してる、これをどうにかしなきゃ、頼りない懐中電灯一つで。

唐突にやる気をなくす。

世の中に復帰したけど、結局永遠に放浪するって確認しただけ。

亀裂に沿って蟹みたいにじわじわ進む。〈マザー〉は最高に秘教的な核シェルターに引き籠もったって訳。間違いなくホロコーストを生き延びる計画。

訳の解らないところでカリフォルニアの状況は変わり続けている。けどともかくイヴはこの現実の洞窟の奥へ戻る。イヴは母親のところへ戻る。

けどどんなに岩を押しても、〈マザー〉のところに近づいてる気がしない。足下の小川はもう膝まであって、温度も上がってる。柔らかで気持ちよい温かさ。それから、ちょっと力を入れすぎて、懐中電灯が岩の尖ったところに当たった。びっくりして落とす――ひゅーっ！ って。落ちてくロケットみたいに、小さな流れの中に、唯一の光があっという間に消えてしまった。

暗闇と静寂。

巨大な本の頁みたいにあたしを挟んでる岩は静寂でできてるみたい。あたしは静寂の本の頁に挟まれてる。この本はもう閉じられてる。

あたしは平原にあった街の不都合な遺物。ここで石になるのよ、ロトの妻みたいに！

地球の内部に入るという、お馴染みのパニック。

岩の表面に大の字に貼り付いて、最後の前進。手探りする右手が空を摑んだ。バランスを崩し、気持ちの良い温かさの広く浅い水溜まりに倒れ込む。水の中で起き上がり、新鮮で綺麗な空気を思い切り吸った。空気は今、見えない源からあたしの顔に吹いてくる。そうしてると、機械のかちっていう音がして、電気が付いた。大きな洞窟の高い天井から裸電球が下がってる。

けど洞窟は空っぽ。ただ、水溜まりの横の綺麗で渇いた砂の詰まった床に置かれた椅子の背に、清潔なタオルがかかってる。椅子の背もたれは真っ直ぐで座面は藺草《いぐさ》、敬虔で実直なシェーカーの様式。つまり彼女は自分の家具を持ち込んだってこと？

ゆったり水溜まりに浸かって砂と埃にまみれてた髪を洗う機会を満喫すると、這い出して身体を拭き、びしょ濡れのテニスシューズは脱ぎ捨てて、オーバーオールを乾かすために椅子の背もたれに掛けた。ごつごつした壁に鏡、縁が金箔でくねくねした上等の鏡。けどガラスは割れて、鋳割れも酷くて、何も映らない。乱雑な破片の塊で、あたしの身体は少しも見えない。水は岩の、今あたしが出て来たのより大きな亀裂から水溜まりに注いでる。あの中を這ってかなきゃならないんだ。しかも裸で。これも試練の一部だから。

この通路はさっきより広いけど低い。緩やかな水の流れに逆らって這ってく訳だけど、頭を高くしとかないと溺れちゃうし、暗闇で高く上げすぎて見えない何かにぶつけたりすると、一瞬とはいえ気絶して、顔が水面下に嵌まって、口と鼻に同時に水が入る。まさに軍事教練場ね！　押し潰されて死ぬか、溺れて死ぬか。〈マザー〉が発散させてる秘儀の感覚が手に執るように判るわ。もう盛った雌犬みたいに為す術もなく発散させてるもんね。この洞窟の終端であたしを待ってる、中世初期の魔女みたいに地下に潜った謎の神学の卑猥な神。

さっきより小さな洞窟に出た。体温ほどの水が溜まってて、ほのかな蒸気、耐えがたい硫黄の臭い。そしてこの洞窟はお馴染みの、仄暗い、赤い光で満たされてる。どこが光源か判らないけど。今や胸の辺りまで来てる水の上に岩棚がある。その端を摑むと、指が切れて酷い怪我。でも意地悪な花崗岩に苛められながらも凄く頑張って、何とかその上に乗った。今度はタオルなんて用意されてなかったけど、ピクニックみたいに白い亜麻布が敷いてあって、その上に一枚の写真、ガラスのフラスコ、紙に包まれた謎の物体。

写真はもちろん、全盛期のトリステッサの光沢紙の宣伝写真で、頭の上で髪を蛇みたいにぐるぐるに巻き、耳には小さなハート、黒いサテンのイヴニングドレス、眼も眩む喉元に梔《くちなし》の花。ああ、女って何て輝かしいの！　そして右隅に署名、奇妙な金釘流で、「いつもあなたを愛しています、トリステッサ・ド・サン・A」。あたしは咽び泣き、怒りに震えた。写真を握りしめて四つにひき裂いて、さらに裂いて、裂いて、細切れを下の水溜まりに棄てた。それは水面に小さな舟みたいに、それか白い羽根みたいに浮いてて、それから急流に乗って行ってしまった、亀裂を通って、下の洞窟へ。驚いたことに、写真があった布の上に赤い染み、血が出現した。

この血痕の隣りにガラスのフラスコがあって、奇妙な白鳥の首の形。こういうフラスコ、チェコ人の錬金術師バロスラフ実験室で見たわ。フラスコの中には大きな琥珀の塊、重さは一ポンド位で、煤けた蜂の巣の個室みたいで、色は曇った黄色。この琥珀の中に鳥の羽根が入ってる。何かすべきな感じがして、とりあえずフラスコを手に取り、両手に挟んで暖めた。すぐに琥珀は溶け始め――いや、正確には溶けたと言うより、フラスコをブランデー・グラスみたいに擦ると、琥珀はゆっくりじっくり柔らかくなり始めたって言うか、粘性が出て来た。

この過程を観察してる内に、「持続」って言葉は全く意味がないって思いついた。

さらに観察を続けてる内に、「進行」って言葉も「持続」同様に無意味だと思いついた。

それから、不意に気分が悪くなって倒れそうになった。心臓が止まりそうだ。気がつくと、時間の感覚がない。

いつの間にか洞窟内に甘く清冽な松の香りが漂ってる。外から入って来たのかな、複雑な導管が通る秘密の通風システムがあるのかなと思ったけど、そうじゃなかった。手の中のガラスのフラスコから、お香みたいに立ち上ってる、この琥珀から。それは遠い遠い過去の琥珀の森で造られた松脂《まつやに》の重い滴になりつつある。この温かい掌でフラスコをくるくる回している内に、無限のようにゆっくりと、この赤い洞窟の贈物になりつつある。

琥珀はあたしと岩自体を巻き込んで、逆転の過程が進行中。そして岩は活性化した。水は溢れ、思いっきりどばど流れた。さらにどばどばどばどば。見回すと、バイソンとかオオツノジカの生硬な形が褪せた顔料で壁に描いてある。それが、見ている内に、だんだん鮮明になって、輪郭もしっかりして来た。

時間自体が遡行してる。

フラスコの中の琥珀はもうタールくらいの粘度になって、ガラスは熱すぎて持てなくなった。布の上に戻す。その横の小さな包みを開ける。最初、何が入ってるのか分からなかったけど、鎖に吊るされた黄色い金属の小さな棒、つまりペンダントね。ああこれ、街の闇黒と混乱の中でレイラに上げた錬金術の黄金のインゴットだわ。今、こういう回り道の末に彼女の母親が返してくれたんだ。穴を開けて鎖に繋がれてるから、ロケットみたいに首に巻ける。三途の川の渡し守に支払う船賃にでもなるかと思って、この新しいネックレスを頭から被る。半インチの黄金はあたしの胸骨上窩にすんなり収まった。

そしてそれが第二の洞窟。

今通り抜けなきゃならない亀裂は大きくて広くて、人間らしく歩いて通れる。蜘蛛みたいに這ったり、両棲類みたいにばしゃばしゃしなくてよかった。白い布を踏み越えていく時に昇華受器をひっくり返しちゃった。液状樹脂が広がった、とてもとてもゆっくり、溢れたシロップみたいに、白い布の上に。洞窟内の松脂の臭いは今や圧倒的で、この最後の道をあたしについてくる。行けば行くほど強くなる。

この新しい道は、最初はかなり乾燥してたけど、進んでいくとどんどん温かくなっていって、壁に湿気が出てきた。水より粘着性のどろどろした奴。それから第二の洞窟の仄かな赤い光は背後で弱まったけど、その色はあたしを放してはくれない。前に伸ばした手は今や血の滴に濡れてる。

岩は柔らかくなった、もしくは材質が変わった。指で探った手触りは柔らかくてしなやかな感じ。もう時間は過ぎ去らない。今や滴は粘液みたい。この粘液があたしを覆ってる。この道の壁は慄えて、最初はほとんど解らないほどの溜息をついた。だからあたし自身の呼吸かと思った。けどその拍動はどんどん強くなってあたしを圧迫し、あたしを内側へ引っ張り込んだ。

肉と粘液の天鵞絨《ビロード》の壁。

内側へ。

はらわたからの、けど完璧に律動的な振動が壁に漣を立て、あたしを呑み込む。

地球の内側の温かい肉の中を這い進んでいくのは、昔のあたしなら恐かったでしょうけど、今はそれほどでもない。だってもう解ってるから、〈マザー〉は譬喩《ひゆ》で、意識の彼方の洞窟に引き籠もったって。あらゆるものが、信じられないほどゆっくり生じる。あたしは始新世の悠久の速度に抑えられてた。融解する琥珀の入ったフラスコは計時器、あたしの上で、松の木が花を付けることを告げる、それはいつか太陽が少し冷たくなった時、海に覆われてしまう場所に生えている。この森には橅《ブナ》、栗、楓、餅木《モチノキ》、寄生木《ヤドリギ》、杜松《ネズ》、オリーヴ、白檀、月桂樹、袋草、椿……蟻や蜘蛛や小さな蠍《サソリ》はさほど形を変えないだろう、けどあたしが生まれるずっと前に化石になる海百合《ウミユリ》は、今は海の浅瀬に広がって栄えてる。その頃、「始祖鳥」と呼ばれる鳥がいて、その化石はソルンホーフェンの結晶片岩の中から見つかるだろう。同時に鳥であり、蜥蜴《トカゲ》でもある、風と地という相克の要素から成る存在。その天使的側面からは羽根を持つ空飛ぶものの系統樹が発生し、爬虫類的すなわち悪魔的側面からは蜥蜴類、這うもの、鰐類、鱗の跳ねるもの、愛らしい小さな山椒魚などが生じる。始祖鳥は背中に羽毛を持つが、尾にも骨がある。羽根の先に鉤爪を持ち、立派な歯も揃っている。この奇蹟のような、生産的な、中間的な存在の一羽が、芳香を放つ原始の琥珀の森で分泌された松脂の涙滴をかすめ、一枚の羽根を残した。

奇跡のような、生産的な、中間的な存在、あたしはその本質を把握した、この砂漠で。

空中の鳥がそのすべての羽根を脱ぎ捨て、それはゆっくり地面に落ちる。その小さな体に今や鱗が生じる。

あたしはゆっくり進んでいく、時の始まりと終わりに向かって。

それはささやかに始まった。香水が瓶から出た。瓶はすぐに分解して砂に戻り、瓶が立ててあった化粧台は土に根を下ろし、葉を茂らせた。精油はジャスミンと月下香に戻り、たゆたう巨大で優しい鯨の内側で再び凝固して竜涎香となり、麝香《ジャコウ》鼠や麝香鹿の下腹部に戻った。川はひとりでにフィルムの巻き枠みたいにくるくると綺麗に巻かれ、水源に戻る。ミシシッピ川、オハイオ川、ハドソン川の最後の滴が草の葉の上で震える。太陽がそれらを乾かし、草は土の中に入り込む。

仔馬は母馬の子宮に戻る。孕み馬はエントロピーの臭いの風を嗅ぎ、ぎょっとして、勢いよく駆け戻る、曲がりくねった進化の裏道を、アリアドネのような迷宮を。通り過ぎた洞窟には眠る蝙蝠《コウモリ》の群れ、だがそれは母馬が通っても形を変えない。馬は自らの祖先の世代へと遡る。その蹄は縮み、今や単なる前脚の五本指の真ん中の爪に過ぎない。そのずんぐりして短い脚。馬は第三紀の森へと遁走する。膨れた腹は縮む。進化に貢ぐための仔は産まないだろう。母馬自身がどんどん小さくなり、錬金術の壺の中で、アミノ酸の溶液と一房の髪となり、それから羊水の海に溶ける。

塩辛い海の臭いが鼻孔を満たす。あたしの中の海の匂い。

けどあたし自身もすぐに進化への貢物を産むだろう。

肉の壁があたしを吐き出した。泣声も立てずにあたしは光のアンチテーゼみたいな闇の中に落ちた。莫大な闇、今、最後の洞窟を通って、闇に生命を与えながら、大型類人猿が行進する、その行進は今巻き取られている時の巻枠の上であたしを巻き戻す。あたしの毛むくじゃらの乳房、大きく彫り込まれた眼窩、その背後にある脳の萌芽。どうやって石を拾い、それで木の実を割ったのか、もう忘れた。海の音が遍在化した。海、全ての記憶を洗い流し、留めている。

還って来た。

全ての旅の目的地は、その始点。

還って来てはいない。

あたしは遂に、一度だけ、か細い、悲しみに沈んだ泣声を上げげた、新生児のように。だが返事はない。あたしがいたその広大で朗々たる場所には、ただ海の反響音と、あたしの声の小さな谺だけ。母を呼んだけど、答えてはくれない。

「ママ――ママ――ママ！」

返事はない。

テイレシアスの洞窟学の権化――〈マザー〉、娘を産み、今、棄てる、永遠に。

この洞窟の広い入口は岩だらけの水辺に向かって開いてる。その水際にリリスが座ってた、横の装甲車から持ち出したリュックサックを持って。この奇妙な一日もほとんど終わり、沈む太陽は真横からの光の指で波を撫でつける。その波を切って彼女は石を投げてる。その腕の動きを見れば、彼女が片乳をなくしたことが判る、きっと最近。彼女はあたしに微笑み、もの問いたげに眉を上げたけど、どう返事していいか判らない。彼女の隣りに座り、裸足の足を波に洗わせる。彼女は袋からチョコレート・バーを出してあたしと分けた。あたしはその銀紙で小舟を折り、船出させた、中国へ。

「トリステッサの子供が出来てたら？」と彼女は言った。「あなたの赤ちゃん、父親が二人、母親も二人」。

波が小舟をあたしの足元に打ち寄せた。もう一度出航。この遊びに夢中で、曖昧に頷く。レイラはリュックを漁って、長い金属の箱を出した。大きさは時代遅れのグローヴ・ボックスくらいで、白い琺瑯。ようやく小舟が首尾良く赤い日没に進路を定めたので、彼女は肘で軽くつついてあたしのぼんやりした注意を惹き、ぱちんと箱を開けた。それは携帯用小型冷蔵庫だった。中にドライアイスの台があり、その上にかつてイヴリンのものだった一揃いの生殖器があった。

「まだ戻せるわよ、お望みなら」。

あたしは爆笑して頭を振った。彼女は箱を閉めて、波の上に水平に投げた、さっきの小石みたいに。箱はずいぶん長い間、水面を滑ってたけど、波濤に呑み込まれた。それからリリスとあたしはそこに座って、しばらくの間、海が浜辺を呑むのを見てた。アジアからの潮がまた来た。彼女は訊ねた、一緒に野営地に戻りたい？　けど、内戦中は妊婦の暮らしは楽じゃないし、戦いは長引くわよ。しばらくここでじっとしてたいなら、焜炉とか寝具とか備品とか、護身用の武器も持って来るけど――あの気の触れた婆さんの世話もお願いね。リリスはあたしが妊娠してると決めてかかってる。表面的には心配してるみたいにぺらぺら喋ってるけど、その下には圧倒的な強制性がある。もうここに残るしかないんだ。彼女はあたしを追放したんだ、もう昔のあたしに戻る気が無いから。それに気づいて、あたしは何とかして逃げられないかなと思い始めた。リリスは装甲車の寝袋と毛布、缶詰の糧食、水を汲む缶をくれた。そして言った、明日もう少し持って来てあげる、私が無理なら別の者を何人か寄越すから。それから、〈自由州〉の連中はこんな辺鄙な海岸にいるあなたをどうこうすることはないでしょうけどと言いながら、念のためにとピストルと弾薬をくれた。それであたしは、彼女はあたしを見棄てる気なんだと判り、このピストルで撃ってやりたい衝動に駆られたけど、抑えた。どこからそんな衝動が来たのか、慈善の、憐れみの対象にされていることへの屈辱以外にあり得ない。だって心の内では解ってたんだから、リリスが内心あたしを憐れんでること、あたしに追放刑が下されたことをね。けどまあ、一緒に装甲車まで行った訳だけど、そこで彼女は唐突にあたしにキスして、抱きしめて、それからクルマに乗って行った。岬の向こうに彼女が消えてからもずっと長くエンジンの音が夜の中に消えていくのが聞こえてた。

リリスを見たのは、それが最後。

北で大きな爆発があって、白い光の花弁があらゆるものの上に降り注ぎ、それから夜が、傷口に被《かぶ》さる肉みたいに被さった。毛布を一枚引っ張り出して身体に巻きつけ、何か食べなきゃと考えたけど、そんな気になれず、それにこんな忌々しい、風のびゅうびゅう吹く、音の響く洞窟なんかで寝てられない。連れの様子でも見に行こうかと思ったけど、しとしと霧雨が降り始めてた、灰の混じったもの悲しくて不吉な雨みたいなものが。それが水辺の石をぬるぬるさせて、あたしは滑って転倒した。

　姿が見える前に声が聞こえた。まだあの技編み細工の椅子に座って、盛大に歌ってる。一体いつ寝てるの。たぶん寝ないいんだわ。見ると、彼女を雨風から守るために、リリスが予め大きなピンクの紙パラソルを拡げ、後ろの砂利に突き立てていた。あたしが砂漠で捕まった時にソフィアが広げてくれたのと瓜二つ。また爆発、すぐ近くで、でかい！　小さな燃え殻がばらばらとビーチパラソルに降り注いでるのに、婆さんは歌を止めない。木の傍に小舟があるのを見て、思いついた。けど、小舟を持ち上げると――両手で簡単に運べたんだけど――唐突に婆さんは歌を止めて振り向いた。曇った眼が水辺を彷徨《さまよ》ってる。茶色っぽい星影しかないけど、空の硫黄の高温発光ではっきり見えたの。

「いったい何がどうなって？」と彼女は言った。

「イヴよ」、あたしはできるだけ優しく言った、子供の頃からの馴染みみたいに。「イヴただ一人」。

　彼女は厳粛に頷いた、直ちにあたしが判ったみたいに。

「何であたしのボートを持ち出すの、イヴ？　最後の缶詰を食ったら、木の下で最後の糞をして、人間らしくこの世にお別れを言って、小舟に乗って出て行く予定なのに。それは舟じゃない、棺桶なの」。

「そう」とあたしは言った。「解った」。けど小舟は降ろさない。「悪いけど、あんたの棺桶盗むから」。

その目は動きっぱなしだったけど、あたしに焦点が合うことはなかった。盲いなんだ。

「それで海に？」

「そう」。

「おいで、ここに、イヴちゃん」。

両腕で小舟を抱えて、じゃりじゃり砂利を踏みしめて彼女のところまで行き、跪いた。彼女は瘡蓋《かさぶた》のついた汚い指であたしの顔に触れた。彼女の爪、無機物が、素っ気なくあたしの肌を掻いた。あたしの目と鼻と口に触れた、指で読むみたいに。豊潤な腐敗臭。その肉は屍衣。あたしを覆ってた毛布をさっと払い、胸や腹を触った。ざらざらの、瘡蓋だらけの、かさかさの手、だけど触り方は外科医みたいに丁寧。あたしの小さなペンダントを摑み、愛撫し、鎖を引っ張った。

「これおくれ。あんたのネックレスを、あたしのボートの代わりに」。

錬金術の黄金のインゴットを外して渡す。彼女はその匂いを嗅ぎ、舐め、もぐもぐ話しかけ、手で重さを量り、大層お気に入りの様子。それをビキニの上、垂れ乳の間に滑り込ませ、そこにウォツカを撒くと、滴が空襲の光を捉え、ミルクの小真珠みたいに輝いた。きーきー軋む枝編み細工の椅子に凭れて溜息をついた。石化した蛇の巣みたいな髪の老婆、年を取り過ぎて男か女かも判らない。憂鬱で尊大な海から、荘重なオルガンの音が聞こえた。

「あたしらはどこに行けるのか、時の中を漂う哀れなあたしらは？　あたしらはどこか別の浜辺にいるのさ、エヴァ、あんたも、あんたの小さな客も、海に委ねて」。

彼女は身を屈めて盲目的にあたしの額にキスして、真紅の口紅の烙印を残した。あたしは彼女の缶詰の袋は戴いたけど、酒の瓶は残した。彼女は五本のウォッカの内の新しい一本を開け、あたしは陰鬱な海に向かった。ごくごく呑む音がした。舟に乗る。彼女はまた歌い始めた。高い、響き渡る、勝ち誇った声で。その歌は彼女がすぐに死ぬことを告げてるんだ。

第一二章

我々は終結から開始する。

あたしは風に乗ってあの大陸に辿り着き、水に乗って去った。地と火は後に残した。そしてこの奇妙な体験の全ては、思い起こすと、遁走《フーガ》の中でわけがわからなくなる。夜、夢の中であたしはトリステッサの家に戻る。あの谺する館、あたしの人生の全てが演じられた鏡の間、かつて世界であり、今は砕け散ったガラスの霊廟に。彼自身もまたしばしば夜中にあたしを訪《おとな》う。静謐に、羽毛のような素晴らしい白髪で、胸に致命的な赤い穴を開けて。抱擁、抱擁の後、眼を開くと消えている。

性への復讐は愛。

海よ、海よ、秘儀の母よ、誕生の場所へあたしを導け。

訳者あとがき

本書は、Angela Carter, *THE PASSION OF NEW EVE*, 1977の全訳である。

アンジェラ・カーター（一九四〇〜九二）は、現代的設定にゴシック的手法を散りばめた『魔法の玩具店』（一九六七）、ペローの「青ひげ」を下敷きにした幻想童話『血染めの部屋』（一九七九）、翼の生えた大女のブランコ乗りが主人公の『夜ごとのサーカス』（一九八四）、シェイクスピア喜劇のようなお祭り騒ぎの『ワイズ・チルドレン』（一九九一）など作品ごとに実験的手法を試みたイギリスを代表する小説家である。一九九二年に五一歳という若さでガンで亡くなったことは、稀有なエンタテイナーであると同時に現代の真実の姿を映す極上の鏡を失うことであったといえよう。

カーターが日本から大きな影響を受けたことはその作品から想像できる。三作目の小説『さまざまに感じる』（一九六八）でサマセット・モーム賞を受賞し、海外生活二年間の報奨を得た際、彼女はキリスト教的価値観を持たない社会に住むことを望んで日本を選び、西洋的社会をその圏外から見ることで、新しい視点を得ることができた。その最たるものがジェンダーに関わる認識の差であり、それが本作の原点だと考えられる。東京では日本人男性とも交際し、銀座のバーでも短期間だがアルバイトの経験をしたカーターは、好奇心旺盛な元祖日本オタクでもある。日本に滞在することでカーターは、キリスト教社会の原罪意識の教義に根差した「罪の意識」から解放され、より自由に人間の欲望を描くことができるようになったと感じたに違いない。日本では宗教的規範によって性的自由が束縛されていない反面、家庭内では依然として父権社会が根づいていた。妻は奴隷の状態であり、本当の意味での女性らしさが実現されていないことに衝撃を受けたことでフェミニストとして目覚めたカーターは、本当に理想の女性は、男性の頭の中にしかないことも看破した。「完璧な女性」という概念を歌舞伎の男性による女形などから得たカーターは、トリステッサを歌舞伎役者を元に構想したとも言われている。

『ホフマン博士の地獄の欲望装置』（一九七二）では大臣とホフマン博士は、相反する価値観である「理性」と「情熱」を巡って「本物戦争」を繰り広げるが、カーターはこの対立する二つの要素は、一人の人間または現象に同時に存在しうるということに気づいたのであろう。『花火』（一九七四）は多分に自伝的要素を含んだ短篇集であり、中でも「日本の思い出」「肉体と鏡」「映像」などは自らの日本滞在中（一九六九〜七二）の体験を元にしたと思われる。日本滞在は西洋的価値観である二元性（「善と悪」「光と闇」「自と他」「男と女」）から作者を解放しその作風にも影響を及ぼしただろう。

「日本の思い出」で主人公の彼氏は、自分は見たくもないのに彼女を花火見物に連れて行き、自分は退屈しているのに主人公の女性に楽しんでいるかどうか何度も尋ねる。カーターが当時の日本人に見たものは、そのネガティヴィティだった。その逡巡する依存性のようなものは、西洋社会では女性の属性とみなされていた。カーターは自らの日本での恋愛経験において、女性に特有のものだと思っていた性質を持つ日本人男性と、大きな男性物のサンダルしか履けない異国人という男性的自分の関係が、両性具有的に感じられたのではないだろうか。カーターにとって当時の日本はあたかも価値観が逆転している鏡の中の世界のようであったと想像する。

「映像」では、鏡の中に迷い込んだ主人公がすべてが逆転する世界にとまどうが、鏡に映った自分の姿は、カーターにとって日本で発見した「現実」である。彼女は彼女自身のことを描いたであろう「肉体と鏡」の中でボーイフレンドとラヴホテルに入り、天井の鏡に自分の姿を見る。それは、カーターにとってあえて見たくはなかった自分自身のありのままの姿、つまり現実であり、日本という異国の地で自らを発見した瞬間だった。日本はカーターにとって鏡の国であり、鏡像のように価値観の逆転をもたらす反転の場所だったのではないだろうか。その価値観の一八〇度の転換から反転の発想が生まれ、作者は少なからず過激に傾き、それが独創的な表現での創作に結びつき、本書『新しきイヴの受難』（一九七七）の中に見られる矛盾的語法（queasily delicious〈吐き気を催させるおいしさ〉、most immaculate of harlots〈もっとも穢れなき売春婦〉などの撞着語法oxymoron）の多用に繋がったと思われる。

女性学研究者アリス・ジャーディンの「ガイネーシス（女性学）：女性とモダニティの形態」（一九八六）において彼女が論じている「女性の空間の論理」に照らし合わせてカーターの作品を読むと、カーターの日本における「現実の領域」の発見はジャーディン論じるところの「女性の空間」

であると読みとれる。ジャーディンは、西洋における観念的な語りの崩壊は本質的に男性的な問題であって、女性はそれらの哲学的体系の構造からは排除されてきたと論じている。ジャーディンは「具現の領域は哲学的に破綻した西洋において、意味論の可能性として留まり続けている女性の空間になり得る」と示唆しているが、この論によると、カーターは日本の鏡の中に「現実」を発見したことで、女性による社会の再生を試みる動機づけを得たと言えるだろう。

本書『新しきイヴの受難』は、聖書のアダムとイヴの物語のパロディの形式を取りキリスト教的要素がふんだんに織り込まれているが、それを下敷きにジョン・ロックの『統治二論』、ギリシア神話、ヨーロッパの伝承文化である魔女や錬金術などの中世的要素からハリウッドなど現代に至る豊富な知識を独自のアイロニーで味つけしながらコラージュしている。アダムとイヴの物語のパロディとはいいながら本作ではアダムは存在しない。男根主義の怪物ゼロがイヴに向かって『お前はイヴか』(中略)『俺はアダム』」とジョークを言う場面があるが、新しい神話にアダムは不要なのであろう。発表当時、フェミニズムのパンフレットと批判を受けた本作は、女性性とは何か、男性性とは何かという深遠なテーマを扱っているが、奇想天外なストーリー展開とブラックユーモアとエログロナンセンスな香りに推理小説的面白さも加わり、読者はまるで坩堝で攪拌されているかのような眩暈さえ感じる。読者はカーターの魔術的世界に冒険することで新しい自分を発見するだろう。

物語はイギリスから大学教員としてアメリカ・ニューヨークにやってきたイヴリンが奇妙奇天烈な冒険、遍歴を経るピカレスク的展開をとげる。暴動、レイプ、去勢、DVと世界が終末的様相を見せる中で過激な事件が次々と起こるのだが、グロテスクで奇想天外で難解かつコミカルな表現に溢れ、ハリウッド映画好きのカーターらしい面も多くみうけられる。女性作家研究者オルガ・ケニヨンによるインタヴューの中で本作についてカーターは、「一九六九年にアメリカを訪れたことに誘発された。ヴェトナム戦争の最中で市民による暴力的なデモが頻発し、ニューヨークの通りもゴミが溢れていて、グリニッジ・ヴィレッジではゲイの暴動があった年だった。だけど私は出来る限り愉快な話にしたくて、本物のアールデコハウスに住む映画スターを登場させた」(*The Writer's Imagination*, University of Bradford Press, 1992, p.31)。ハリウッドスターのトリステッサについては、「女性性が文化的に減少している現象についてはっきり明言するためにただ単にフェミニスト的面からだけではなく、明白な商品としてハリウッドが作り出した幻想、商品としての女性性について詳細に考察するために創作した」(John Haffenden, 'Magical Mannerist', *Literary Review*, November 1984, p.36) と述べている。

若き大学教員イヴリンは、「仔羊」として、つまり生贄としてイギリスから「畜殺場」であるアメリカ・ニューヨークにやってきた。イヴリンは神への捧げものである「仔羊」つまり人間の代表である。サディスティックな乳母の教育によって女性蔑視の性向を持つようになったイヴリンは、黒人による暴動で廃墟と化していくニューヨークの街で出会ったレイラという若い黒人女性に強く引きつけられる。やがて受動的女性の典型のようなレイラはイヴリンの子を宿すが、イヴリンは中絶を迫り、魔術的摘出手術を受けたレイラは不妊症をわずらい、イヴリンは砂漠へと逃走する。

中絶に失敗し、苦しむレイラを捨てるイヴリンは、心にやましい想いを持ちながら、逃げることに専心するが、「偽善者同士の俺たちは、愛という最後の偽善だけは免れたってわけだ。言い換えれば、あらゆる攻撃の中で最も残忍な、他者を占有するという行為だけは免れたんだ」と口にする。カーターは結婚などの男女間の契約の偽善性に疑問を呈し、人類の存続の為にその関係を問い直す必要性を示唆している。要所要所でカーターは格言的なナレーションを挿入し、ファンタジーの中で読者に現実と向かい合う体験をさせるという、アイロニカルなドラマのような仕掛けを施している。


レイラのいるニューヨークから逃れ、人間に愛想をつかしたイヴリンは砂漠へと向かう。そこで地下組織ベウラに捕らえられ性転換の手術をされるのだが、去勢されたのはレイラに対する悪行のせいだと信じる。「女にされるという罰を受けたのだ」、と。しかし、これはベウラの教祖ホーリー・マザーによる巧妙な罠であり、父権的社会とその歴史を書き換えるための作戦だった。

去勢されたイヴリンは、身体は完璧な女性イヴに改造されるが、心は男のままであった。その上自分の好みのタイプの女性へと変身させられ、自分の性欲の対象に自らがなってしまったことにうろたえ、自我同一性に悩む。この辺りの描写にはカーターの遊び心が炸裂している。ベウラで「心理プログラム」に則り女性になる為の教育を受け、女性としてのたしなみを獲得しなければ女性にはなれないことを実感するイヴ。新しきイヴは、「人は女に生まれるのではない、女になるのだ」というシモーヌ・ド・ボーヴォワールの言葉を体現する。女に転換させられたとたんにそれまでの男としての過去の自分史に動揺し、「女になるためには」過去を捨て白紙にならなければ生きていくことはできないことに気づく。その苦悩ぶりは、それほどまでに性の規範は社会に深く根づき、性別が人間の考え方、生き方に影響を与えていることを告発している。

ベウラでイヴ（リン）の世話をする絶対的処女性を有するかのごとき厳格な女性ソフィアは鏡を見たことがなく、イヴがニューヨークに捨ててきたレイラと対照的に描かれている。レイラは受動性とナルシシズムを体現しており、鏡に自己を捧げ、鏡の奴隷として生きている。その鏡に映るレイラを見ているイヴリンもまたレイラの鏡の奴隷の一部になっていく。

「そんな装備万全の彼女を見てる俺を彼女が見るってのは、彼女もまた鏡の中の自分自身を抛棄しているんじゃないか。自分自身を鏡に捧げ、鏡に押し込まれた俺のエロティックな夢の虚像として機能することを許しているのだから」。「その鏡は、彼女の世界を支えるという重圧で割れてしまったらしい」。

女性性を鏡に喩えている場面であるが、鏡に映る自分を見るという行為は、自分を他者に見られる存在として認識することであり、つまりレイラにとって自我よりも大切なのは他者から見た自分である。ソフィアは一度も鏡を見たことがない女なので、他者から自分がどう見られているかに関心がなく、イヴが自分より美しいことに対する妬みなども持たない。カーターは、レイラとソフィアという対照的な女性を描くことで女性性の謎を炙り出している。物語の後半になって、この二人は同一人物であったことが判明する。極端に自我を捨て生きるレイラと知性と理性の塊りであるソフィアは合わせ鏡であり、現実の女性はその両方を合わせ持ち、フェミニストの主張に従ってレイラ的部分を捨てることを拒否しているのも女性自身であるということへのアイロニーだろう。

イヴリンは幼いころから乳母に連れられて映画館に通い、悲しみを表現するとき最大限の魅力を発揮するハリウッド女優トリステッサに恋していた。イヴリンは、ホーリー・マザーによって女性に転換されるが、かつての憧れの女性トリステッサに遭遇するイヴは、その瞳に映る自分の姿を発見し、トリステッサの瞳の深淵に吸い込まれそうになる。

「彼女の眼の深淵に落ちちゃ駄目、二つの眼に二人のあたしが映ってる、(中略)彼女の眼に開いた深淵、ああ! それはあたし自身の、空虚の、内なる虚空の深淵。あたしは、彼女は、あたしたちは歴史の外にいる。あたしたちは歴史無き存在、あたしたちはこの作り物の人生によって、神秘的な双子になったの」。

トリステッサの瞳は鏡であり、女性になったイヴは鏡の奴隷、つまりトリステッサに支配される者となる。しかしトリステッサに恋したイヴはそれを是とする。イヴはここで完全に女性になったのだと解釈すべきか、しかし女性化という表現はもはや間違っているのかもしれない。自我と他者との関係性がジェンダーの問題と関係していることをカーターは何度も示唆している。

自分の精子で妊娠させられそうになる間際にイヴはベウラから遁走する。そして父権主義の権化であるゼロに拉致され、八番目の妻となり、よりその「女性性」を磨くこととなる。ゼロは、権力を誇示し虚勢を張る男性を代表し、父権制に縛られている「男性性」の虚しさを象徴している。ゼロの七人の妻たちは奴隷のような扱いを受けながらもそれに甘んじ、一週間に一度ゼロのエキスをもらえることで命を繋いでいると信じている。イヴはゼロの神話を信仰しているハーレムの妻たちという信者がいるからこそゼロという教祖が存在することを悟る。「彼の神話は彼女らの信仰に依拠してる。（中略）みんなゼロの威厳ある雰囲気のせいで彼を愛してるけど、それを生み出してるのはみんなの服従でしょ」。

このように、カーターは物語の随所にみられる逆説的な格言めいた表現により、読者の価値観の転換を図っている。これも価値観は鏡の世界のごとく、もう一つの世界においては正反対の規範に基づいていることを認識しているカーターならではの仕掛けだ。性の「役割」もまた可逆的なものであり、女性としてゼロのDVの被害を受けるイヴだが、ゼロに襲われている最中、自分自身がかつてゼロのような人間であったことを思い出し、ゼロが自分自身であることに愕然とする。「彼が自動小銃の銃口みたいに燃える片眼で、半分しか脱いでない小さな身体であたしにのっかる時、あたしは自分が自分じゃなくて彼みたいな気がするから。この決定的な自己の欠落の体験は、いつも内省の衝撃と共にやって来て、あたしが暴行されている瞬間に、以前のあたしが暴行者だったってことを思い知らせる」。読者はジェンダーが役割に過ぎない虚しさに打たれる場面だ。

銀幕上のトリステッサの眼に射抜かれて男性としての機能を失ったと信じるゼロは、砂漠に隠遁したらしいトリステッサの居場所を探し出し成敗することで自分の能力が復活すると信じ、日夜トリステッサ探しに憑りつかれている。そして遂に砂漠の山の向こう側にトリステッサの住むガラスの城を見つける。死体のように横たわっていたトリステッサを見つけたイヴは、たちまち恋に落ち、彼女を救おうとするが、捕獲されたトリステッサは実は女性ではないことが判明する。ゼロの悪意のある冗談としてトリステッサと結婚式を挙げさせられるイヴはその場でトリステッサと無理やり番わされるのだが、その時トリステッサは自分がレイプする側になるとは想像すらしたことがなく、自分はその受け身でネガティヴな性質を愛する故に女性になった、と言う。トリステッサは身体と心の不一致の問題の為に性転換手術を受けようとしたが、その「深い男性性」の為に元外科医であったホーリー・マザーに断られたのだった。この箇所でカーターは、「身体と心の一致」を強いる社会のシステム自体に問題があり、ありのままで社会が受け入れるべきだという現代的な思考を先取りしている。

その後、トリステッサとイヴはヘリコプターで逃亡する。そして身体は男性、心は女性だったトリステッサと、元男性のイヴという両性具有の二人は砂漠で二人きりになり深く結ばれる。男性はポジティヴで能動的、女性がネガティヴで受動的であるべきだという二元的な役割を押しつける父権主義的構図を破壊する為のカーターの解決方法は、去勢された男と、心が女である男の恋であった。世界中で愛された女優が実は男性であったという事実は、理想の女性は男性の頭の中にしかない、つまり理想の女性は男性である、という逆説的事実を露呈している。


地下の女集団ベウラの理念は、フェミニズム思想に基づき次のようになっている。

「命題一：時間は男であり、空間は女である。

命題二：時間は殺し屋である。

命題三：時間を殺し、永遠に生きよ」。

「オイディプスは（中略）男根中心主義と共謀したために、彼はその軌道の結末を老いた盲人とし、

和解を求めて海岸沿いを放浪することとなった。（中略）

男は史実性に生きる。その男根的軌道は彼を前方へ、上方へと連れて行く――だが、どこへ？

不毛の海、月面のクレーター以外の、どこへ！

後ろに向かえ、後ろに向かって源に至れ！」

このフェミニスト思想の理想郷ベウラでの教えに従った運命に導かれたイヴは「改良された」オイディプスである。イヴリンは男性のままで理想のオイディプス、つまり「新しきイヴリン」にはなれなかったのだろうか。ホーリー・マザーを教祖とし、自らの片乳をマザーに提供し、父権社会での「女性らしさ」を捨てた女殉教者達は人間的温かみに欠けロボットのように描写され辛辣に皮肉られている。ベウラの教祖であるホーリー・マザーにも迷いが生じ洞窟に引きこもる。封建的父権主義者にフェミニスト・パンフレットと揶揄された本作であるが、カーター自身のフェミニズム思想に対する危惧が露わになっている作品でもあり、フェミニズム問題とジェンダー問題は分かちがたく結びついた同時に解決すべき事柄であることを示し、性が社会性と結びつかない両性具有を新しい性として提示している。

永遠の処女性をもつ魔女リリスだったことが明かされたレイラに、男性に戻るか、と尋ねられたイヴは、それを断る。最後の場面でイヴはノアの方舟ならぬレジャーボートに載って海に繰り出すところで物語は幕を閉じる。イヴのお腹には命が宿っていて、父親は男性に生まれたが女性として生きてきたトリステッサである。リリスでもあるレイラは、イヴに「あなたの赤ちゃん、父親が二人、母親も二人」と言う。

物語の終わりの言葉は、「性への復讐は愛」。もはや女であっても男であっても同じ、男でもあり女でもある人類最後の人間が同じように男でもあり女でもあった恋人の子を宿し、自己充足して海に漕ぎ出し、新しき世界を創るだろうという象徴的結末だ。それがカーターの苦肉の解決法であり、現代が彼女の預言に近づいているのは間違いない。

四〇年以上前に書かれた『新しきイヴの受難』は、LGBTが世界的に認知され、日本でもその語が『広辞苑』に新たに記載されたばかりの現在において示唆に満ちた預言的作品である。二一世紀に入り、男女という二元論は崩壊寸前だが、カーターは当時すでにその兆候に気づき、意識変革を唱えていた。

大学で中世文学を研究したカーターは、この『新しきイヴの受難』において現代社会を中世の街に換え、読者を異次元の世界に運んでくれる。随所に中世ヨーロッパ的知識と小道具を配置し、そこに「時間が早く流れる」アメリカの廃墟やハリウッドの世界などをミックスし、世代も地域も飛び越えた人間と物の博覧会をパノラマのように展開している。このグロテスクで暴力とエロティシズムに溢れる劇画的フィクションという手法こそ、現代世界の現実を鮮明に映してくれる鏡としてふさわしい。男女というジェンダーを超えて中性化を目指す国際社会の動きはもはや大きなうねりとなって地球全体を覆いつつあり、それを四〇年以上前に預言したカーターの先見の明にはただただ驚かされる。

この作品は、カナダの文学理論家ノースロップ・フライが預言したように、アイロニーの時代から神話の世界への回帰を如実に表している。時間という歴史に縛られた男性中心的人類史は終わりを告げ、女性的空間に立ち戻った神話の時代の復活へと世界が向かっていることを、そしてそれ以外に人類の存続の方法はないことを示している。

＊＊＊

本訳書の刊行にあたっては、担当してくださった清水範之氏には大変お世話になった。貴重なアドバイスを頂き、最後まで辛抱づよく励ましてくださった清水氏には感謝の気持ちでいっぱいだ。

望月節子

二〇一八年二月

望月節子（もちづき せつこ）
広島県生まれ。
名古屋学院大学大学院外国語学研究科英語学専攻博士後期課程修了。
現在、名古屋学院大学非常勤講師。博士（英語学）。
主な論文に、Irony and Myth in the Works of Margaret Atwood
（「名古屋学院大学大学院外国語博士後期課程研究シリーズ」第8号、2011年）、
Alice in Japan: Carter's Discovery of the Actual
（*Gender Multiculturalism and Re-visioning:*
Creating and Fostering Literary Communities,
Universiti Putra Malaysia Press, 2011）などがある。

新《あたら》しきイヴの受難《じゅなん》
2018年3月15日初版第1刷印刷
2018年3月23日初版第1刷発行

著者　アンジェラ・カーター
訳者　望月節子
発行者　佐藤今朝夫
発行所　株式会社国書刊行会
東京都板橋区志村1-13-15　〒174-0056
電話 03-5970-7421
ファクシミリ 03-5970-7427
URL：http://www.kokusho.co.jp
E-mail：info@kokusho.co.jp
装訂者　小林剛（UNA）
印刷・製本所　中央精版印刷株式会社
ISBN978-4-336-06250-5 C0097

夜ごとのサーカス

アンジェラ・カーター／加藤光也訳

四六判変型／五〇二頁／三二〇〇円

背中に翼のはえた空中ブランコ乗りの女が語る世にも不思議な身の上話。英国のマジック・リアリスト、アンジェラ・カーターの奔放な想像力と過激な幻想、豊饒な語りが結実した、八〇年代を代表する傑作。

ミステリウム

エリック・マコーマック／増田まもる訳

四六判／三二〇頁／二四〇〇円

騙りの文学の最高峰である著者が放つ第二長篇。謎が謎を呼ぶ、カフカの悪夢とボルヘスの物語の迷宮を思わせる幻想譚。奇病におかされた町で「私」は「真実」を見つけることができるのか？

女たちのなかで

ジョン・マクガハン／東川正彦訳

四六判／三一二頁／二三〇〇円

アイルランドの田園地方を舞台に、専制君主のごとく一家に君臨するマイケル・モラン、妻ローズと五人の子供たちの家族への忠節と自立を描き、人生の意味を静かに深く問いかける、マクガハンの最高傑作。

闇夜にさまよう女

セルジュ・ブリュソロ／辻谷泰志訳

四六判／四〇八頁／二五〇〇円

頭に銃弾を受けた女は、正常な世界に戻ったとき、自分が普通の女ではなかったのではと疑う。追跡されている連続殺人犯なのか、それとも被害者なのか？　フランスSF大賞受賞作家の最高傑作ミステリー。

税別価格。価格は改定することがあります。

H・P・ラヴクラフト　世界と人生に抗って

ミシェル・ウエルベック／星埜守之訳
四六判／二一二頁／一九〇〇円

『服従』『素粒子』のウエルベックの衝撃のデビュー作、ついに邦訳！　ラヴクラフトの生涯と作品を、熱烈な偏愛を込めて語り尽くす！　スティーヴン・キングによる序文「ラヴクラフトの枕」も収録。

リリアン卿　黒弥撒

ジャック・ダデルスワル＝フェルサン／大野露井訳
四六判／三二〇頁／三六〇〇円

美しく奔逸な青年貴族リリアンの放蕩の生を、オスカー・ワイルド事件や少年愛スキャンダル「黒ミサ事件」を元に描いた衝撃の問題作。絢爛で暗澹たる耽美と退廃に彩られた、鮮烈で狂おしい愛と憎悪の物語。

ドン・キホーテ――人生の名言集

佐竹謙一／誉田百合絵編訳
四六判／三一四頁／二〇〇〇円

世界文学の傑作のひとつ『ドン・キホーテ』から、「人生」「感情、心情、理性」「社会生活と処世術」「芸術、文学、技法」などをテーマに、人生に豊かで奥深いいろどりを与えてくれる二三〇の名言をセレクト。

主の変容病院・挑発

スタニスワフ・レム／関口時正訳
四六判変型／四四二頁／二八〇〇円

レムはここから始まった――ナチスによって占領された病院を舞台に、苦闘する青年医師の姿を描いた処女長篇と、レムの面目躍如ともいうべき架空の歴史書の書評とでおくる、レムの出発点と到達点。

税別価格。価格は改定することがあります。